BILHETES
DE ÓDIO

Autoras Bestseller do *New York Times*

VI KEELAND
PENELOPE WARD

Copyright © 2018. Hate Notes by Vi Keeland and Penelope Ward
Direitos autorais de tradução© 2021 Editora Charme.

Todos os direitos reservados.
Nenhuma parte desta publicação pode ser reproduzida, distribuída ou transmitida sob qualquer forma ou por qualquer meio, incluindo fotocópias, gravação ou outros métodos mecânicos ou eletrônicos, sem a permissão prévia por escrito da editora, exceto no caso de breves citações consubstanciadas em resenhas críticas e outros usos não comerciais permitido pela lei de direitos autorais.

Este livro é um trabalho de ficção.
Todos os nomes, personagens, locais e incidentes são produtos da imaginação da autora.
Qualquer semelhança com pessoas reais, coisas, vivas ou mortas, locais ou eventos é mera coincidência.

1ª Impressão 2021

Design da capa: Eileen Carey
Adaptação da capa e Produção Gráfica - Verônica Góes
Tradução - Laís Medeiros
Revisão - Equipe Charme

Esta obra foi negociada por Brower Literary & Management.

FICHA CATALOGRÁFICA ELABORADA POR
Bibliotecária: Priscila Gomes Cruz CRB-8/8207

K26b   Keeland, Vi

Bilhetes de Ódio / Vi Keeland; Penelope Ward;
Tradução: Laís Medeiros; Revisão: Equipe Charme;
Capa e produção gráfica: Verônica Góes;
Design da capa: Eileen Carey. – Campinas, SP: Editora Charme, 2021.
344 p. il.

Título original: Hate Notes.

ISBN: 978-65-5933-021-8

1. Ficção norte-americana | 2. Romance Estrangeiro -
I. Keeland, Vi. II. Ward, Penelope. III. Medeiros, Laís. IV. Equipe Charme.
V. Góes, Verônica. VI. Carey, Eileen. VII Título.

CDD - 813

---

www.editoracharme.com.br

BILHETES DE ÓDIO

Tradução: Laís Medeiros

Autoras Bestseller do *New York Times*

VI KEELAND
PENELOPE WARD

Editora **Charme**

DEDICATÓRIA

Para Kimberly, por encontrar o lar certo para

Reed e Charlotte.

CAPÍTULO 1
CHARLOTTE

Há um ano, você não me encontraria em um lugar desses nem morta. Não me entenda mal; não sou uma pessoa esnobe. Cresci passando horas vasculhando araras em lojas de segunda mão com a minha mãe. E isso foi no tempo em que só havia produtos de segunda mão em lojas de brechó, presentes predominantemente em bairros de classe operária. Hoje em dia, produtos usados são chamados de vintage e vendidos no Upper East Side por uma pequena fortuna.

Eu já ostentava roupas "levemente usadas" antes do Brooklyn começar a ser invadido por gente rica.

Produtos de segunda mão não eram um problema para mim. Meu problema com vestidos de noiva usados eram as histórias que eu imaginava que eles carregavam consigo.

Por que eles estão aqui?

Peguei de uma das araras um vestido de noiva Vera Wang longo, com um corpete cruzado e saia de tule em cascata. *Expectativa: conto de fadas. Realidade: divórcio após seis meses*, decidi. Um vestido Monique Lhuillier estilo sereia, de renda delicada — *o noivo morreu em um acidente de carro terrível. A noiva, devastada, o doou para o bazar anual da igreja. Uma compradora experiente o adquiriu por uma pechincha e teve um retorno três vezes maior do que seu investimento após revendê-lo.*

Cada vestido usado tinha uma história, e o meu pertencia à arara dos *Descobri que ele era um filho da puta traidor.* Suspirei e voltei para o balcão da loja, onde duas mulheres discutiam em russo.

— Este é da coleção do ano que vem, sim? — a mulher mais alta com sobrancelhas bizarras e tortas perguntou. Tentei não ficar encarando, mas falhei.

— Sim. É da coleção de primavera da Marchesa.

Elas estavam aquele tempo todo folheando catálogos, mesmo que eu tenha lhes dito, vinte minutos antes, quando entrei na loja, que o vestido pertencia a uma coleção exclusiva que ainda não havia sido lançada. Deduzi que elas queriam ter uma ideia de qual era o preço original do modelo.

— Acho que vocês não vão encontrá-lo em catálogos ainda. A minha futura sogra... — corrigi-me. — A minha *ex* futura sogra é parente de um dos designers, ou algo assim.

As mulheres me encararam por um momento e, então, voltaram a discutir.

Ok, então.

— Acho que vocês precisam de mais um tempinho — murmurei.

Chegando ao fundo da loja, encontrei uma arara chamada PERSONALISADOS. Sorri. A mãe do Todd teria um ataque cardíaco se eu a levasse a um lugar onde os letreiros continham erros ortográficos. Ela ficou horrorizada quando fui olhar um vestido em uma loja onde não lhe serviram champanhe enquanto eu estava no provador. Deus, eu realmente fiquei inebriada pelos Roth e quase me tornei uma dessas vacas pretensiosas.

Passei as pontas dos dedos pelos vestidos personalizados e suspirei. Eles provavelmente carregavam histórias ainda mais interessantes. Noivas ecléticas com espíritos livres demais para seus namorados ou maridos entediantes. Essas mulheres eram do tipo obstinadas que nadavam contra a corrente, marchavam em protestos políticos, mulheres que sabiam o que queriam.

Parei diante de um vestido branco justo na cintura e com saia larga, adornado com rosas vermelho-sangue. O espartilho tinha linhas vermelhas delineando as costelas. *Largou seu namorado banqueiro pelo vizinho artista francês, e esse foi o vestido que ela usou quando se casou com Pierre.*

Nenhum vestido de grife daria certo para essas mulheres, porque elas sabiam exatamente o que queriam e não tinham medo de dizer. Elas lutavam pelos desejos de seus corações. Eu tinha inveja delas. Eu costumava *ser* uma delas.

Lá no fundo, eu era uma garota que preferia *personalisados* — com erro ortográfico intencional. Quando foi que me perdi e me tornei uma pessoa acomodada? Eu não tive coragem de admitir meus reais sentimentos para a mãe de Todd, e foi assim que acabei com um vestido de noiva chique e monótono, para começo de conversa.

Quando cheguei ao último vestido na arara PERSONALISADOS, tive que parar por um momento.

Plumas!

Eram as plumas mais lindas que eu já vira. E esse vestido não era branco; era rosado. Esse vestido era *tudo*. Era exatamente o que eu teria escolhido se pudesse ter um vestido *personalisado*. Esse não era um vestido qualquer. Esse era O vestido. O topo era tomara que caia com uma curva delicada. Havia plumas menores e mais finas na linha do decote. O corpete inteiro era coberto por uma sobreposição de renda, levando a uma linda saia estilo sereia. E a barra era composta por uma cascata de plumas. Esse vestido *cantava*. Era mágico.

Uma das mulheres me viu olhando para ele.

— Posso experimentar esse? — perguntei.

Ela assentiu, conduzindo-me até um provador nos fundos.

Tirei a roupa e, com cuidado, coloquei o vestido. Infelizmente, meu vestido dos sonhos era um número menor do que o meu. Toda a comilança induzida pelo estresse que eu vinha passando ultimamente cobrou seu preço.

Então, deixei o zíper das costas aberto e admirei-me diante do espelho. *Isso.* Essa não parecia uma mulher de vinte e sete anos que havia acabado de dar um pé na bunda do seu noivo traidor. Não parecia ser uma pessoa que precisava vender seu vestido de noiva para poder comer algo além de macarrão instantâneo em duas refeições por dia.

Esse vestido me fazia sentir como alguém que não se preocupava com nada. Eu não queria tirá-lo. Mas, para ser honesta, eu estava suando e não queria arruiná-lo.

Antes de retirá-lo, olhei para minha imagem no espelho uma última vez e me apresentei à pessoa imaginária que estava admirando aquela nova eu.

Colocando as mãos na cintura com uma postura confiante, eu disse:

— Olá, eu sou Charlotte Darling.

Eu ri, porque meio que soei como uma repórter de notícias.

Depois que tirei o vestido, um remendo azul dentro dele chamou a minha atenção. Era um pedaço de papel, costurado na parte interna da barra da saia.

Algo emprestado, algo azul, algo velho, algo novo. Era assim, não era? Ou era ao contrário?

Acabei me tocando de que, talvez, isso tenha sido o "algo azul".

Ergui o material para mais perto e estreitei os olhos para ler o bilhete. No topo, estava gravado em alto-relevo *Da mesa de Reed Eastwood.* Passei meu dedo sobre cada letra ao ler.

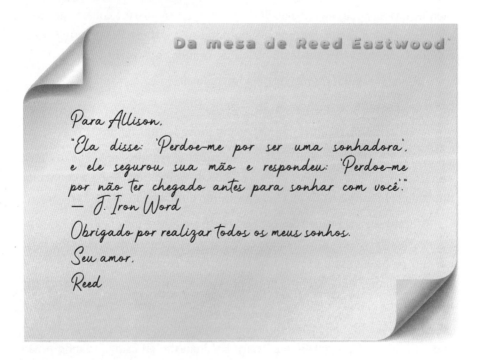

Para Allison,
"Ela disse: 'Perdoe-me por ser uma sonhadora', e ele segurou sua mão e respondeu: 'Perdoe-me por não ter chegado antes para sonhar com você.'"
— J. Iron Word
Obrigado por realizar todos os meus sonhos.
Seu amor,
Reed

Meu coração acelerou. Aquela era a coisa mais romântica que eu já havia lido. Eu não conseguia nem imaginar como esse vestido tinha ido parar ali. Como qualquer mulher com juízo abriria mão de um sentimento tão poderoso?

Se eu já achava que esse vestido era tudo... agora, ele era definitivamente *tudo*.

Reed Eastwood a amava. *Ah, não.* Tomara que Allison não tenha morrido. Porque um homem que escreve essas palavras para alguém não deixa simplesmente de amar.

— Tudo bem aí? — a vendedora indagou.

Abri a cortina para olhar para ela.

— Sim... sim. Na verdade, acho que me apaixonei por esse vestido. Você já descobriu quanto posso conseguir pelo meu Marchesa?

Ela balançou a cabeça.

— Nós não damos dinheiro. Você ganha crédito na loja.

Merda.

Eu precisava mesmo do dinheiro.

— Quanto custaria esse vestido? — Apontei para o vestido rosado de plumas.

— Podemos fazer a troca.

Era tentador. Esse vestido era o meu espírito animal, e eu sentia que o bilhete poderia ter sido escrito para mim pelo meu perfeito noivo imaginário. Eu não queria tentar adivinhar a história por trás dele. Eu queria *vivê-la*, criar a minha própria história para ele. Talvez não hoje, mas algum dia, no futuro. Eu queria um homem que me apreciasse, que quisesse compartilhar os meus sonhos, e que me amasse incondicionalmente. Eu queria um homem que me escrevesse um bilhete desses.

Esse vestido precisava ser guardado no meu closet como um lembrete diário de que o amor verdadeiro existe.

Soltei as palavras antes que pudesse mudar de ideia:

— Vou levá-lo.

CAPÍTULO 2
CHARLOTTE

Meu currículo precisava de uma transformação total. Depois de passar duas horas procurando anúncios on-line de "precisa-se", percebi que teria que embelezar um pouco as minhas habilidades.

O trabalho temporário de merda que eu tinha acabado de concluir poderia enfeitar a minha experiência administrativa. Pelo menos, ficaria bem no papel. Abri meu currículo patético no Word e adicionei meu último trabalho como assistente jurídica.

Worman e Associados. É um nome que combina direitinho. David *Worm*an, cuja primeira sílaba do sobrenome significa "verme", era o advogado para quem eu havia acabado de concluir um trabalho temporário de trinta dias, e ele era realmente metade verme, metade homem. Após digitar as datas e o endereço, recostei-me na cadeira e pensei no que eu poderia listar como experiência adquirida enquanto trabalhei para aquele babaca.

Vejamos. Toquei meu queixo com o dedo. *O que eu fiz para o homem-verme essa semana? Hum...* Ontem, retirei a mão dele da minha bunda enquanto ameaçava prestar queixa por assédio sexual. Sim, isso precisava constar no meu currículo. Digitei:

Apta a realizar múltiplas tarefas ao mesmo tempo em um ambiente de alta pressão.

Na terça-feira, o verme me ensinou como retroagir a data da máquina de selos postais para que a Receita Federal pensasse que sua verificação fiscal atrasada ainda estava no prazo e não lhe cobrasse multa. *Essa é boa.* Precisava ser adicionada também.

Realiza com sucesso atividades com prazo determinado.

Na semana passada, ele me mandou ir à La Perla para escolher dois presentes: algo chique para o aniversário de sua esposa, e algo sexy para uma "amiga especial". Talvez eu tenha adicionado uma coisinha para mim também na conta do imbecil. Deus sabe que eu não estava podendo pagar uma calcinha fio-dental de trinta e oito dólares ultimamente.

Demonstra uma ética de trabalho magnífica e compromisso com projetos especiais.

Depois de adicionar mais algumas realizações cheias de balelas e palavras clichês, enviei meu currículo para uma dúzia de agências de trabalhos temporários e me recompensei com uma taça de vinho cheia até a borda.

Que vida empolgante a que eu levava. *Vinte e sete anos e solteira em Nova York, numa sexta-feira à noite, usando calça de moletom e camiseta quando mal são oito horas.* Mas eu não tinha vontade alguma de sair. Vontade nenhuma de beber martinis de dezesseis dólares em bares chiques, onde homens como Todd usavam ternos caros que escondiam seus lobos interiores. Então, em vez disso, abri o Facebook e decidi dar uma espiada nas vidas que as outras pessoas tinham — pelo menos, as que elas exibiam nas redes sociais.

Meu feed estava cheio de postagens típicas de uma noite de sexta-feira: sorrisos em *happy hours*, fotos de comida, e os bebês que algumas amigas minhas estavam começando a ter. Fiquei rolando a tela, distraída, por um tempo, enquanto tomava meu vinho... até que cheguei a uma foto que fez o meu dedo congelar. Todd havia compartilhado uma foto postada por outra pessoa. Era dele de braços dados com uma mulher — uma mulher que se parecia muito comigo. Ela poderia se passar por minha irmã. Cabelos loiros, grandes olhos azuis, pele clara, lábios cheios, e o olhar de adoração ridículo que eu também tive por ele, um dia. Diante do jeito como estavam vestidos, pensei que, talvez, estivessem indo a um casamento. Então, li a legenda logo abaixo:

Todd Roth e Madeline Eilgin anunciam seu noivado.

Seu noivado?

Setenta e sete dias antes — não que eu estivesse contando —, o *nosso* noivado havia acabado. E ele já tinha pedido outra pessoa em casamento? Pelo amor de Deus, ela nem era a mulher com quem o peguei me traindo.

Aquilo tinha que ser algum engano. Minha mão tremia de raiva quando movi o mouse e cliquei no perfil de Todd. Mas, claro, não era um engano. Havia dezenas de recados de felicitações, e ele até mesmo respondeu alguns deles. Ele também postou uma foto das mãos dos dois juntas, exibindo o anel de noivado no dedo dela. *Meu. Maldito. Anel. De. Noivado.* Meu ex cheio de classe não se deu ao trabalho de ao menos trocar o modelo do anel depois que eu o atirei na sua cara enquanto ele fechava o zíper da calça. Aposto que ele também não trocou o colchão sobre o qual dormimos por dois anos antes que eu me mudasse. Na verdade, a tal *Madeline* já devia estar exercendo o cargo de compradora na rede de lojas de departamento Roth, sentando à minha antiga mesa, fazendo o trabalho do qual pedi demissão para não ter que olhar para a cara traidora de Todd todo santo dia.

Eu me senti... nem sei direito como me senti. Enojada. Derrotada. Provocada. *Substituível.*

Estranhamente, não senti ciúmes do fato de que o homem que eu pensei que amava havia seguido em frente. Só que ser tão facilmente substituída doeu muito. E apenas confirmou que o que tivemos não foi nem um pouco especial. Depois que terminei tudo, ele jurou que lutaria para me ter de volta, disse que eu era o amor da sua vida e que nada o impediria de provar que fomos feitos um para o outro. As flores e os presentes pararam de chegar após duas semanas. As ligações pararam após três semanas. Agora, eu sabia por quê. Ele havia encontrado o amor da vida dele *de novo.*

Chocando até a mim mesma, não chorei. Apenas fiquei triste. *Muito triste.* Junto com a minha vida, meu apartamento, meu emprego e a minha dignidade, Todd havia tirado de mim o ideal no qual sempre acreditei: amor verdadeiro.

Recostei-me na cadeira e fechei os olhos, respirando fundo algumas vezes. Depois, decidi que não ia aguentar isso quieta. *Que se dane!* Eu não tinha outra escolha, além de partir para a ação.

Então, fiz o que qualquer garota desprezada do Brooklyn faria após descobrir que seu ex-noivo nem esperou a cama esfriar antes de colocar outra mulher dentro de casa.

Tomei a garrafa de vinho inteira.

É. Eu estava bêbada.

Mesmo que não estivesse com a fala arrastada, o fato de que eu estava usando um vestido de casamento cheio de plumas com o zíper completamente aberto nas costas, enquanto virava uma garrafa de vinho direto do gargalo, devia ser um sinal bem óbvio. Inclinei a cabeça para trás em um gesto nada elegante e esvaziei as últimas gotas antes de bater a garrafa na mesa. Meu laptop sacudiu, fazendo-o despertar do modo descanso. Fui agraciada com o casal feliz.

— Ele vai fazer a mesma coisa com você. — Apontei com o dedo para a tela. — Sabe por quê? Porque uma vez traidor, sempre traidor.

As porcarias das plumas do vestido fizeram cócegas na minha perna de novo. Isso aconteceu pelo menos uma dúzia de vezes durante a última hora, e mesmo assim, toda vez, eu jurava que era algum inseto subindo pela minha perna. Quando estendi a mão para dar mais uma palmada, senti algo a mais, e então percebi o que era. *O bilhete azul.*

Erguendo a bainha, puxei a parte interna do vestido e li o bilhete novamente.

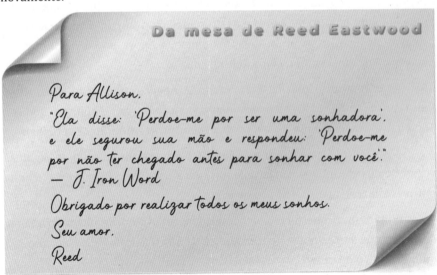

Da mesa de Reed Eastwood

Para Allison.
"Ela disse: 'Perdoe-me por ser uma sonhadora'.
e ele segurou sua mão e respondeu: 'Perdoe-me
por não ter chegado antes para sonhar com você'."
— J. Iron Word
Obrigado por realizar todos os meus sonhos.
Seu amor.
Reed

Meu coração soltou um suspiro de desejo. *Tão lindo. Tão romântico.* O que pode ter acontecido com esses dois, para esse vestido ter vindo parar nas mãos de uma garota bêbada qualquer, em vez de estar sendo bem cuidado e passado para suas filhas?

Era meio improvável, mas eu não aguentava mais olhar para a cara do Todd. Então, digitei no Facebook: *Reed Eastwood.*

Imagine a minha surpresa quando apareceram dois em Nova York. O primeiro tinha, provavelmente, mais de sessenta anos. Embora o vestido fosse um tanto sexy para uma noiva daquela idade, dei uma fuçada mesmo assim, para ter certeza. Reed Eastwood tinha uma esposa chamada Madge e um golden retriever chamado Clint. Ele também tinha três filhas e chorou ao entrar com uma delas na igreja, ano passado.

Por mais que uma parte de mim quisesse muito fuçar as fotos do casamento da filha desse Reed para me torturar um pouco mais, passei para o próximo Reed Eastwood.

Meu pulso acelerou de maneira que voltei à sobriedade quando sua foto de perfil pareceu na tela. *Esse* Reed Eastwood era lindo de morrer. Na verdade, ele era tão incrivelmente lindo que pensei que aquela podia ser a foto de um modelo que alguém estava usando como uma brincadeira ou para se passar por outra pessoa. Mas, quando cliquei nos álbuns de fotos, havia outras do mesmo homem. Uma mais linda do que a outra. Ele não tinha muitas, mas a última na qual cliquei era dele com uma mulher, tirada há alguns anos. Era uma foto de noivado: Reed Eastwood e *Allison* Baker.

Eu havia encontrado o autor do bilhete azul e sua amada.

Meu celular estava dançando feito um feijão mexicano saltitante sobre a mesa de cabeceira. Estiquei o braço e o peguei no instante em que caiu na caixa-postal. Onze e meia. Caramba, eu tinha apagado mesmo. Tentei engolir, mas minha boca estava mais seca do que o deserto. Eu precisava de um copo enorme de água, um analgésico, um banheiro e das persianas do quarto fechadas para bloquear os raios fortes e desagradáveis do sol.

Arrastando o meu eu de ressaca até a cozinha, forcei-me a me hidratar, mesmo que beber água estivesse me deixando enjoada. Havia uma pequena possibilidade de que a água e as pílulas viajassem de volta pela direção oposta em um futuro próximo. Eu precisava me deitar. No caminho de volta para o quarto, passei diante do meu laptop sobre a mesa da cozinha. Era um lembrete doloroso da noite anterior — do motivo pelo qual eu bebi uma garrafa de vinho inteira sozinha.

Todd está noivo.

Eu estava irritada com ele por me sentir na merda naquela manhã. E ainda mais irritada comigo mesma por ter permitido que ele arruinasse mais um dia da minha vida.

Aff.

Minha memória estava nublada, mas a foto do casal feliz estava clara como o dia. Um pânico repentino me atingiu — *Deus, eu espero não ter feito nada estúpido de que não me lembro.* Tentei ignorar o pensamento, até consegui voltar para a porta do meu quarto, mas sabia que não seria capaz de descansar com aquela sensação incerta. Voltei para a mesa, liguei o laptop e fui direto para as minhas mensagens. Soltei um suspiro de alívio ao descobrir que não tinha mandado nenhuma mensagem para Todd e me arrastei de volta para a cama.

Era começo da tarde quando comecei a me sentir humana novamente e tomei um banho. Quando terminei, tirei meu celular do carregador e sentei na cama, com meus cabelos enrolados em uma toalha, enquanto conferia as mensagens. Eu já tinha esquecido que o meu celular havia me acordado pela manhã, até ver que eu tinha uma nova mensagem de voz. Provavelmente alguma outra agência de empregos temporários que queria desperdiçar um dia inteiro me entrevistando quando nem ao menos tinham um emprego para oferecer. Apertei em "Reproduzir" e peguei a escova para pentear os cabelos enquanto escutava.

— *Olá, srta. Darling. Aqui é Rebecca Shelton, da Eastwood Properties. Estou ligando em resposta à sua solicitação para visitar a cobertura no Millennium Tower. Temos uma visita marcada para hoje às quatro horas. O sr. Eastwood estará no local caso você deseje visitar o espaço logo depois. Talvez por volta das cinco da tarde? Por favor, retorne a nossa ligação para confirmar se esse horário fica bom para você. O nosso número é...*

Não registrei o número do telefone que ela deixou, já que deixei o celular cair na cama. *Ai, Deus.* Eu tinha esquecido completamente de que espionei o cara do bilhete azul. Algumas cenas da noite anterior começaram a voltar à minha mente. Aquele rosto. *Aquele lindo rosto.* Como eu podia ter esquecido? Lembrei de ter clicado nas fotos dele... depois em sua biografia no perfil... o que me levou ao site da Eastwood Properties. Mas, a partir daí, não conseguia mais me lembrar de droga nenhuma.

Pegando o laptop, abri o meu histórico e acessei o último site que visitei.

A Eastwood Properties é uma das maiores empresas de corretagem independentes do mundo. Nós conectamos as propriedades mais prestigiosas e exclusivas a compradores qualificados, assegurando extrema privacidade para as duas partes. Esteja você buscando por uma cobertura de luxo em Nova York com uma vista para o parque, uma propriedade à beira-mar nos Hamptons, um palácio encantador na área das montanhas, ou se estiver pronto para ser dono de uma ilha particular, é na Eastwood que o seu sonho começa.

Havia um link para pesquisar as propriedades, então digitei o nome do lugar que a mulher havia mencionado na mensagem de voz: *Millennium Tower.* Como era de se esperar, a cobertura apareceu à venda. Por apenas 12 milhões de dólares, eu poderia me tornar a proprietária de um apartamento na Columbus Avenue, com extensa vista para o Central Park. *Espere aí que vou pegar meu talão de cheques.*

Depois de ficar babando em um vídeo e dezenas de fotos, cliquei no botão para marcar uma visita à propriedade. Um formulário de inscrição abriu, onde no topo lia-se: *Visando à privacidade e à segurança dos nossos vendedores, todos os compradores em potencial devem preencher um formulário para solicitar uma visita às propriedades. Somente compradores que atenderem aos nossos rigorosos critérios de pré-qualificação serão contatados.*

Soltei um riso pelo nariz. *Que ótimos critérios de pré-qualificação esses seus, Eastwood.* Eu não tinha certeza se tinha ao menos dinheiro suficiente para pegar o trem até o centro para chegar àquele lugar ostentoso, que dirá para comprá-lo. Só Deus sabe o que foi que escrevi que acabou me qualificando.

Fechei o site e estava prestes a desligar o laptop e voltar para a cama, quando decidi dar mais uma espiadinha no sr. Romântico no Facebook.

Deus, ele era lindo.

E se...

Eu não deveria.

Ideias formuladas em mentes bêbadas nunca levavam a nada de bom.

Eu não podia fazer isso.

Mas...

Aquele rosto...

E aquele bilhete.

Tão romântico. Tão lindo.

Além disso... eu nunca vi o interior de uma cobertura de doze milhões de dólares.

Eu realmente não deveria.

Por outro lado... passei os últimos dois anos fazendo tudo o que eu deveria fazer. E a que ponto isso me levou?

Esse aqui. Isso me trouxe até esse maldito ponto aqui: de ressaca e desempregada, sentada nessa porcaria de apartamento. Talvez fosse a hora de fazer coisas que eu *não deveria* fazer, para variar. Peguei o celular e deixei meu dedo pairando sobre o botão "Retornar" por um tempo.

Dane-se.

Ninguém nunca saberia. Poderia até ser divertido me arrumar toda e fazer o papel de pessoa rica do Upper East Side, enquanto satisfazia a minha curiosidade sobre aquele homem. Que mal havia nisso?

Nenhum que me viesse à mente. *Mesmo assim, você sabe o que dizem sobre curiosidade...*

Apertei em "Retornar".

— Oi. Aqui quem fala é Charlotte Darling. Estou ligando para confirmar um compromisso com Reed Eastwood...

CAPÍTULO 3
CHARLOTTE

— Sinta-se à vontade para começar a dar uma olhada pelo ambiente, ou pode ficar aqui na antessala, o que preferir. O sr. Eastwood está finalizando um outro compromisso e deverá encontrá-la aqui em breve.

Aparentemente, era preciso mais de uma pessoa para mostrar uma cobertura chique. Como se não bastasse Reed Eastwood estar em algum lugar por ali, uma *hostess* também foi designada para me receber e me entregar um livreto em papel brilhoso com informações sobre a propriedade.

— Obrigada — eu disse antes que ela desaparecesse.

Fiquei na antessala, segurando com força a minha bolsa Kate Spade verde-clara, que consegui em uma seção de liquidação de uma loja de departamento, e sentindo que aquilo podia ser um grande erro.

Tinha que me lembrar *por que* eu estava ali. O que eu tinha a perder? Absolutamente nada. A minha vida estava uma zona, e, na pior das hipóteses, poderia ao menos satisfazer a minha curiosidade em relação ao autor do bilhete azul e deixar tudo isso para trás. Eu só precisava saber o que aconteceu com ele — com eles — e então, seguiria meu caminho.

Trinta minutos depois, eu ainda estava esperando. Podia ouvir falas abafadas do outro lado do ambiente, mas ainda não tinha visto ninguém aparecer.

E então, comecei a ouvir o som de passos ecoando pelo piso de mármore.

Meu coração acelerou, apenas para voltar a desacelerar quando vi a *hostess* conduzindo um casal de aparência rica pela antessala em direção à saída. Nada de Reed Eastwood.

A mulher, que segurava um cachorro branco minúsculo, sorriu para mim antes que os três desaparecessem pelo elevador.

Onde ele está?

Por um momento, me perguntei se ele havia se esquecido completamente de mim. Estava tudo tão quieto. Havia uma saída pelos fundos? Por mais que eu provavelmente devesse ter ficado na antessala, decidi perambular um pouco pelo lugar e caminhei até uma biblioteca magnífica.

O espaço era delineado com madeira escura e masculina. Prateleiras abertas cobriam cada parede, do chão ao teto. Sob meus pés, havia um tapete persa que provavelmente custava mais do que eu conseguiria ganhar em um ano inteiro.

O cheiro de livros antigos era intoxicante. Caminhei até uma das prateleiras e peguei o primeiro que me chamou a atenção: *As Aventuras de Huckleberry Finn*, de Mark Twain. Lembrei-me de ter ouvido falar sobre esse livro na escola, há anos, mas não conseguia me lembrar de jeito nenhum sobre o que era.

— O primeiro grande romance americano, dependendo do ponto de vista.

Meu corpo estremeceu diante do som de sua voz profunda e penetrante. Era o tipo de voz capaz de te perfurar.

Virei-me, com a mão sobre o peito.

— Você me assustou.

— Pensou que estava sozinha?

Eu congelei — *congelei* — ao olhá-lo atentamente. Reed Eastwood era tão sombrio e intimidante quanto este cômodo. Um olhar, e meus joelhos estavam tremendo. Ele era ainda mais alto do que eu havia imaginado, e usava o que eu tinha certeza de que se tratava de uma camisa social feita sob medida. Ela delineava as curvas do seu peitoral como uma luva. Ele também usava uma gravata-borboleta e suspensórios, o que em qualquer outro homem seria considerado um estilo bem nerd. Mas nesse homem — nesse peito musculoso — ficavam incrivelmente sensuais.

Ele estava de pé na porta, observando-me e segurando uma pasta. Achei meio rude, mas, honestamente, eu não tinha experiência alguma com essa situação. Um corretor não deveria estender a mão ao seu cliente, normalmente? Ou pedir desculpas por estar atrasado?

— Você já leu? — Sua voz, mais uma vez, vibrou em mim.

— O quê?

— O livro que está segurando. *As Aventuras de Huckleberry Finn.*

— Oh! Hum... sim. Eu acho que... sim, na escola, anos atrás.

Arrepios percorreram meu corpo quando ele se aproximou, lançando-me um olhar cético, como se conseguisse ver além da minha resposta. Isso me deixou muito inquieta. Seus olhos pareciam chocolate amargo — um tom castanho profundo. Conforme eles mediram meu corpo de cima a baixo, meus mamilos ficaram rígidos.

— O que te fez escolher esse livro em particular?

— A lombada — respondi honestamente.

— A lombada?

— Sim. É preta e vermelha, e combina muito bem com o ambiente. Ela se destacou para mim.

Sua boca curvou-se em um sorriso leve e cínico, mas ele não riu. Ele parecia estar me estudando. Sua intensidade me fazia querer sair correndo. Esquecer de toda essa empreitada. Ele não era *nada* como imaginei, baseado na doçura daquele bilhete azul.

Isso *não* era o que eu estava esperando.

— Pelo menos, você é honesta, eu suponho. — Ele inclinou a cabeça. — Não é?

Eu estava suando.

— O quê?

— Honesta.

Ele disse isso como se estivesse me desafiando. Limpei a garganta.

— Sim.

Ele se aproximou lentamente e tirou o livro das minhas mãos, seus dedos roçando nos meus. O leve toque foi eletrizante. Sem poder evitar, olhei para sua mão esquerda, em busca de uma aliança de casamento; não havia nenhuma.

— Este foi um livro controverso, em sua época — ele disse.

— E por que foi assim, mesmo? — *Mesmo*. Como se, algum dia, eu tivesse aprendido a resposta.

Enquanto aguardava sua resposta, inspirei o aroma rústico do seu perfume almiscarado.

Reed passou seus longos dedos pelos outros livros na prateleira, sem olhar para mim enquanto falava.

— É um relato satírico da atmosfera social no Sul um pouco antes da virada do século, mas a visão do autor sobre racismo e escravidão é interpretada de forma diferente por muitos. Portanto, controverso. — Ele finalmente me olhou. — Isso provavelmente foi ensinado na escola quando você não estava prestando atenção.

Engoli em seco.

Primeira descoberta sobre Reed Eastwood: babaca arrogante.

Um babaca arrogante que está certo. Eu não estava prestando atenção.

Ele colocou o livro de volta na prateleira e olhou para mim.

— Você lê?

Toda pergunta saía da sua boca de um jeito desafiador.

— Não. Eu... costumava ler livros de romance. Mas acabei perdendo o hábito.

Ele arqueou uma sobrancelha de uma maneira zombeteira.

— Livros de romance?

— Sim.

— Então, me diga, srta. Darling, como pode uma pessoa que não lê, exceto por um livro de romance ocasional, estar interessada em uma cobertura que contém uma biblioteca que ocupa vinte e cinco por cento do espaço total?

Eu disse a primeira coisa que me veio à mente. Qualquer coisa é válida para evitar um silêncio constrangedor com esse homem.

— Acho que a biblioteca dá personalidade a este lugar. Estar rodeado de livros é muito sexy... aconchegante... não sei. Há algo bem intrigante nisso.

Deus, que resposta estúpida.

Ele continuou a me fitar de maneira inquisitiva, como se estivesse esperando por mais. Seu olhar fixo me deixava muito desconfortável, não somente porque ele estava muito sério, mas também porque era tão *atraente*. Seus cabelos escuros estavam penteados para o lado, e diferente de todo o resto, não estavam perfeitamente arrumados. Ele também tinha uma barba por fazer de três dias no queixo. Reed apresentava uma energia perigosa que contradizia seu vestuário respeitável. Algo em seus olhos me dizia que ele não teria problema em me curvar e dar um tapa na minha bunda com tanta força que eu sentiria durante dias. Pelo menos, na minha mente sim.

Estar naquela biblioteca silenciosa, combinado ao poder do seu olhar, estava me deixando tensa.

— Podemos partir para o restante do ambiente? — ele perguntou finalmente.

— Sim... por favor. É para isso que estou aqui.

— Certo — ele murmurou.

Soltei um suspiro de alívio, grata pela mudança de ambiente. A biblioteca estava começando a parecer uma masmorra.

Reed era tão impressionante de costas quanto era de frente. Observando a curva da sua bunda se mover contra sua calça feita sob medida, tentei lutar contra meus pensamentos sexuais.

Ele me conduziu até a cozinha impressionante.

— Aqui, nós temos piso de mogno. Como pode ver, é um cômodo gourmet. Foi criado com o chef em mente e reformado recentemente. As superfícies são de granito, a bancada central é de mármore. Eletrodomésticos de aço inoxidável. Tudo aqui é da melhor qualidade. Os armários são personalizados e envernizados em branco. Você cozinha, srta. Darling?

Alisei meu vestido tubinho preto ao responder.

— Cozinho, vez ou outra.

— Ótimo. Bem, fique à vontade para dar uma olhada. Se tiver alguma pergunta, é só me dizer.

Ele estava começando a agir normalmente comigo? Meu pulso se acalmou um pouco.

Passeei pela cozinha gigantesca, o barulho dos meus saltos ecoando pelo cômodo. Ele apoiou seus antebraços musculosos sobre a bancada central, mantendo o corpo imóvel enquanto seus olhos me seguiam. A pausa em sua intensidade era, aparentemente, temporária. Ela estava de volta.

Forcei meu olhar a desviar do dele e assenti.

— Muito linda.

— Perguntas?

— Não.

— Pronta para prosseguirmos?

— Sim.

A próxima parada era a suíte master. O quarto era um pouco escuro, mas a janela enorme que exibia uma vista espetacular da cidade compensava isso completamente.

— Esta é a suíte master. Dê uma olhada no generoso closet, por onde é possível circular para acessar os itens guardados. O banheiro conta com um chuveiro com vapor, banheira de hidromassagem e piso de mármore. E, como pode ver, este quarto apresenta a melhor vista de toda a cobertura.

Explorei sem pressa, olhando para tudo em um último esforço para parecer séria. Ele me seguiu de perto, logo atrás de mim, o que deixou meu corpo em alerta. Eu estava altamente sensibilizada por sua sensualidade, e não gostei disso. Esse homem não era gentil. Ele não era o Reed — pelo menos, não o Reed sobre o qual eu fantasiei. O meu Reed deveria renovar as minhas esperanças. Este Reed estava, aos poucos, sugando as minhas energias.

Assim que circulamos e voltamos ao espaço principal do quarto, ele me olhou.

— Perguntas? Comentários?

Eu precisava dar um fim nisso. *Diga alguma coisa.*

— Eu acho... hum... que talvez seja espaço demais para mim.

Ele sentou na cama e cruzou os braços, com a pasta ainda nas mãos.

— Espaço demais...

— Sim. Estou achando que pode ser demais apenas para mim. Eu... trabalho muito. E... não terei tempo para aproveitar tudo.

Ele me olhou fixamente, com muita intensidade.

— Ah, é mesmo. Com instrução de surfe para cães.

Instrução de quê?

— Perdão?

Ele tocou na pasta com o dedo indicador.

— A sua profissão. Você preencheu o formulário e colocou todas as suas informações. Ensinar surfe para cães parece ser um trabalho muito complexo. Como alguém se torna esse tipo de instrutor?

Oh, merda.

No que foi que eu me meti?

A essa altura, mentir era simplesmente mais fácil do que explicar a verdade.

Comecei a falar um monte de merda:

— Como você disse... é muito... complexo. É preciso... muito estudo. Muita prática.

— Como funciona, exatamente?

Como funciona o surfe para cães? Agora você me pegou.

— Você fica em uma das extremidades da prancha e... o cachorro fica na sua frente... e, hum... ele... — Perdi minha linha de pensamento.

— Surfa. — A palavra saiu em uma risada.

— Sim.

Reed levantou da cama e se aproximou de mim.

— Então, é um emprego que paga bem?

Engolindo em seco, balancei a cabeça.

— Não, não paga bem.

As perguntas dele estavam saindo mais rápido.

— Então você deve ter alguma herança.

— Não.

— Se a sua ocupação não permite que você consiga pagar um lugar como esse, como planeja pagar?

— Eu tenho outras formas...

Seu olhar ficou frio.

— É mesmo? Porque o seu relatório de crédito diz que você *não* tem outras formas. Na verdade, ele diz basicamente que você não tem onde cair morta, *Charlotte*. — Meu nome rolou por sua língua como se fosse uma obscenidade.

Ele retirou uma folha de papel de dentro da pasta e a segurou bem diante dos meus olhos.

— Onde você conseguiu isso? — sibilei, arrancando-a da sua mão. — Você me investigou?

Seu tom ficou ainda mais irritado.

— Você acha mesmo que eu vou mostrar um apartamento de doze milhões de dólares a alguém sem fazer uma verificação de antecedentes? Não é possível que seja tão ingênua.

Senti-me sufocada pela humilhação.

— Mas você não pode verificar os meus antecedentes sem a minha permissão.

Ele estreitou os olhos.

— Você me cedeu permissão quando clicou no botão que enviou o seu formulário solicitando a visita. Que surpresa você não estar ciente desse fato.

Fiquei menos na defensiva.

— Então, você sabia desde o início?

— Claro que eu sabia — ele reagiu. — Vamos dar uma olhada em mais algumas coisas que você parece não se lembrar de ter colocado na sua inscrição.

Ah, não.

Reed abriu a pasta.

— Ocupação: instrutora de surfe para cães. Hobbies e interesses: cães e surfe. Emprego anterior: gerente noturna da Deez Nuts.

Ele jogou a pasta para o lado — na verdade, ele a atirou do outro lado do quarto. O conteúdo dela se espalhou pelo chão.

— Por que você está aqui, srta. Darling?

Acho que acabei de fazer xixi nas calças.

— Eu só queria ver...

— *Ver...* — Ele cerrou os dentes branquinhos ao falar.

— Sim. Eu vim para ver... — *Você.* — E não estava esperando que você fosse tão cruel.

Sua risada saiu cheia de raiva.

— Cruel? Você não tem consideração alguma pelo valor do tempo de uma pessoa, entra aqui com um perfil completamente falso, e está *me* chamando de cruel? Eu acho que você precisa se olhar no espelho, srta. Darling. Surpreendentemente, parece que esse *é* o seu nome verdadeiro. O porquê de você ter mentido sobre todo o resto e informado o seu nome *verdadeiro* é que não faço ideia, sem contar que foi muito idiota. Então, não. Se eu fosse *cruel*, estaria chamando a segurança neste momento.

Segurança?

Foi aí que perdi a cabeça.

Como ele ousa chegar a esse ponto? Eu só vim para *vê-lo*. Para me certificar de que ele estava bem, de que *eles* estavam bem. E, por mais que eu não pudesse admitir isso, ele ter chegado a esse nível baixo acendeu algo dentro de mim.

— Ok. Você quer saber a verdade? Eu estava curiosa. Curiosa sobre este lugar... curiosa sobre o que parecia ser o completo oposto do tipo de vida com o qual eu venho lidando ultimamente. Eu queria uma mudança. Estou na lama há semanas, então fiquei um pouco bêbada ontem à noite. Dei uma pesquisada pela internet e encontrei esse site. Encontrei você. Eu queria vir *olhar*, não por motivos maliciosos, nem para desperdiçar o seu tempo. Só queria recuperar um pouquinho da esperança de que as coisas podem melhorar, algum dia. Talvez eu quisesse fazer de conta que as coisas não estavam tão ruins quanto realmente estão. Nem me lembro de ter preenchido todas essas informações ridículas, ok? Tudo o que sei é que recebi uma ligação confirmando essa reunião e eu aceitei, pensando que talvez fosse o destino me dizendo que eu deveria vir e viver uma experiência fora do comum.

Reed ficou em silêncio. Então, continuei:

— E, *sim*, eu leio, Reed. Estava com vergonha de te contar a verdade. Eu ainda leio romances, mas somente os livros que contêm sexo selvagem, já que não estou descolando nada disso no momento, porque não consigo confiar em ninguém o suficiente para deixar que se aproxime de mim depois que o meu noivo me traiu. Então, sim... eu leio, Reed. Eu leio muito. E eu usaria essa biblioteca pra cacete, só que os livros que eu colocaria nas minhas prateleiras não seriam bem do tipo que você poderia exibir para clientes em potencial.

Sua boca se curvou um pouco.

— E eu consigo cozinhar qualquer coisa que dê para colocar em uma panela elétrica. Mas acho que eu nunca usaria aquela cozinha. É muito exagerada. Mas esse quarto? Com toda certeza. Seria um sonho. Assim como toda essa experiência. É tudo um sonho, nada que eu vá poder realmente viver. Então, me processe por ser uma *sonhadora*, Eastwood.

Saí pisando duro, para fugir dali de uma vez por todas, mas não sem antes tropeçar no carpete a caminho da saída.

CAPÍTULO 4
CHARLOTTE

— Droga!

Consegui segurar as lágrimas até encontrar um banheiro no saguão do Millennium Tower. Consegui até, de alguma maneira, mantê-las nos olhos enquanto entrava em uma das grandes cabines. Mas, quando cheguei lá, vi que não tinha mais papel higiênico, então abri minha bolsa e comecei a procurar por algum lencinho enquanto ainda estava conseguindo me controlar. Minhas mãos ainda não haviam parado de tremer depois da comida de rabo que eu tinha acabado de levar, e acabei me atrapalhando com aquela porcaria, fazendo com que tudo o que havia nela caísse e se espalhasse pelo chão. E... o meu celular rachou ao se chocar contra o azulejo chique. Foi aí que perdi o controle e comecei a chorar.

Sem mais dar a mínima para os germes, sentei-me no vaso sanitário fechado e coloquei tudo para fora. Eu não estava chorando somente pelo que havia acontecido no andar de cima. Aquele era um choro que estava iminente há muito tempo — um choro pesado, alto, de soluçar. Se, ultimamente, as minhas emoções estavam em uma montanha-russa, essa era a parte em que você joga as mãos para cima e o carrinho desce de uma vez, a cem quilômetros por hora. Fiquei grata pelo banheiro estar vazio, já que eu tinha o péssimo hábito de falar sozinha quando estava muito chateada.

— No que diabos eu estava pensando?

— Surfe para cães? Deus, eu sou tão idiota.

— Será que eu não poderia ter ao menos feito aquele papel ridículo na frente de um homem menos intimidante? Talvez um que não fosse um Adônis alto, sombrio, confiante e cheio de marra?

— Por falar em homens, por que os bonitos sempre são tão babacas?

Eu não estava esperando uma resposta, mas acabei recebendo uma, mesmo assim.

A voz de uma mulher veio de algum lugar do banheiro, do outro lado da divisória onde eu estava.

— Quando Deus estava criando o molde para homens bonitos, Ele perguntou a uma das anjas o que mais deveria acrescentar para fazer um homem mais atraente a seus olhos. A anja não queria faltar com o respeito e usar uma linguagem chula, então ela apenas disse: "Dê-lhe uma vara bem grande". Infelizmente, essa parte foi colocada ao contrário, e agora todos os homens bonitos nascem com uma vara bem grande enfiada na bunda.

Eu ri, no meio de uma fungada nada atraente, e falei:

— Não tem papel higiênico aqui. Você poderia me entregar um pedaço?

Uma mão surgiu por baixo da porta com um chumaço de papel.

— Aqui está.

— Obrigada.

Depois de usar metade do papel para assoar o nariz e secar meu rosto, e a outra metade para me limpar, respirei fundo e comecei a recolher do chão as coisas que caíram da minha bolsa.

— Você ainda está aí? — perguntei.

— Sim. Pensei que seria melhor esperar para me certificar de que você está bem. Ouvi você chorando.

— Obrigada. Mas eu vou ficar bem.

A mulher estava sentada em um banco diante de um espelho quando finalmente saí da cabine onde estava me escondendo. Ela aparentava já ter mais de setenta anos, mas estava usando um terno e arrumada com muito requinte.

— Você está bem, querida?

— Sim, estou.

— Você não parece bem. Por que não me diz o que te deixou chateada?

— Eu não quero incomodá-la com os meus problemas.

— Às vezes, é mais fácil conversar com um estranho.

Acho que deve ser melhor do que falar comigo mesma.

— Sendo honesta, eu não saberia nem por onde começar.

A mulher deu tapinhas no assento ao seu lado.

— Comece pelo começo, querida.

Soltei um risinho pelo nariz.

— Você vai ficar aqui até a semana que vem.

Ela abriu um sorriso caloroso.

— Tenho todo o tempo que precisarmos.

— Tem certeza? Você parece estar a caminho de uma reunião de diretoria ou prestes a receber uma homenagem em algum evento de caridade.

— É uma das vantagens de ser a chefe. Você determina o seu próprio horário. Agora, que tal começar pelo surfe para cães? Isso existe mesmo? Porque eu tenho um cão d'água português que pode estar interessado.

— ... e então, eu saí correndo. Quer dizer, não culpo o cara por ter se irritado por eu ter desperdiçado seu tempo. O problema foi que ele me fez sentir uma grande idiota por ter sonhos.

Eu estava conversando com a minha nova amiga, Iris, há mais de uma hora. Assim como ela disse, comecei pelo começo. Contei sobre o meu noivado, o término, meu emprego, a nova noiva do Todd, o formulário que preenchi bêbada, e a bronca que consegui com isso e me fez ir parar no banheiro às lágrimas. Por algum motivo, até contei que eu era adotada e o quanto desejava encontrar a minha mãe biológica, algum dia. Eu não achava que aquele fato tinha a ver com tudo o que estava me chateando, mas, mesmo assim, me vi despejando a informação junto com o meu relato de infortúnios.

Quando finalmente terminei minha história, ela se recostou no banco.

— Você me lembra alguém que conheci há muito tempo, Charlotte.

— Sério? Então não sou a primeira fracassada desempregada, solteira, sem um tostão e a um passo de ter um colapso nervoso que você conheceu enquanto tentava lavar as mãos?

Ela sorriu.

— É a minha vez de contar uma história, se você ainda tiver um tempinho livre.

— Eu, literalmente, não tenho nada além de tempo livre.

Iris começou.

— Em 1950, uma jovem de dezessete anos se formou no ensino médio e sonhava em ir para a faculdade e estudar Administração. Naquele tempo, não eram muitas as mulheres que conseguiam ir para a faculdade, e muito poucas estudavam Administração, que era largamente considerada uma área de atuação somente dos homens. Certa noite, pouco depois de se formar no colegial, a jovem conheceu um lindo carpinteiro. Os dois tiveram um romance relâmpago, e não demorou muito até a garota mergulhar de cabeça no mundo dele. Ela aceitou um emprego de secretária, atendendo telefones na empresa de família para a qual o carpinteiro trabalhava, passava suas noites ajudando a mãe a tomar conta de casa, e deixou seus próprios sonhos e paixões em segundo plano.

"No dia do Natal em 1951, o rapaz a pediu em casamento, e ela aceitou. Ela pensou que, até o ano seguinte, estaria vivendo o sonho americano de ser uma esposa dona de casa. Mas, três dias após o Natal, o rapaz foi recrutado para o exército. Alguns de seus amigos também foram recrutados, e muitos deles iam se casar com suas namoradas antes de serem enviados para o exército. No entanto, o noivo carpinteiro dessa jovem mulher não queria fazer isso. Então, ela prometeu esperar por seu retorno e passou os próximos anos trabalhando na empresa de carpintaria do pai dele. Quando seu soldado finalmente voltou para casa, quatro anos depois, ela estava pronta para seu felizes para sempre. Só que, no dia que voltou, ele a informou que havia se apaixonado por uma secretária que trabalhava na base dele e queria terminar o noivado. Ele ainda teve a audácia de pedir de volta o anel que havia dado a ela, para que pudesse oferecê-lo à sua nova namorada."

— Nossa — eu disse. — Eu mencionei que a nova noiva do Todd está usando o meu anel de noivado? Eu queria nunca tê-lo jogado na cara dele.

Iris continuou:

— Eu também queria que você não tivesse feito isso. Foi o que essa garota fez. Ela se recusou a devolver o anel, dizendo ao ex-noivo que ficaria com ele como pagamento por ter perdido quatro anos de sua vida. Depois de passar alguns dias se recuperando da mágoa, ela recolheu sua dignidade, ergueu a cabeça e vendeu o anel. Ela usou o dinheiro para pagar os primeiros semestres da faculdade de Administração.

— Uau. Que bom para ela.

— Bem, a história não termina aí. Ela terminou a faculdade, mas estava tendo muita dificuldade em encontrar um emprego estável. Ninguém queria contratá-la para administrar uma empresa quando sua única experiência era o trabalho de secretária na empresa de carpintaria da família do seu ex-noivo. Então, ela deu uma incrementada em seu currículo. Ao invés de dizer que foi secretária na empresa de carpintaria, ela escreveu que foi gerente, e ao invés de listar em suas obrigações coisas como digitar cotas e atender telefones, ela colocou preparar ofertas e negociar contratos. Seu currículo melhorado fez com que ela conseguisse uma entrevista de emprego em uma das maiores empresas de gestão de propriedades da cidade de Nova York.

— Ela conseguiu o emprego?

— Não. Ela descobriu que o diretor da empresa conhecia seu ex-noivo, sabia que ela havia mentido sobre suas responsabilidades na empresa de carpintaria e a repreendeu durante a entrevista.

— Ah, meu Deus! Assim como o que aconteceu comigo hoje com o sr. Ranzinza.

— Exatamente.

— Então, o que aconteceu?

— O mundo funciona de um jeito engraçado, às vezes. Um ano depois, ela estava trabalhando em uma empresa menor de gestão de propriedades e já havia sido promovida várias vezes, quando recebeu um currículo do Sr. Locklear, o homem que a censurou durante aquela primeira entrevista. Ele havia sido rebaixado do seu cargo e estava procurando um emprego. Então, ela o contatou com a intenção de fazer com ele o mesmo que ele havia feito com ela. Mas, no fim das contas, ela agiu de forma superior e o contratou porque ele era qualificado e, afinal de contas, ela havia mesmo mentido em seu currículo.

— Uau. O sr. Locklear se desculpou, pelo menos?

Ela sorriu.

— Sim. Depois que a mulher o fez amolecer, eles trabalharam muito bem juntos. Na verdade, acabaram abrindo a própria empresa de gestão de propriedades, que se tornou uma das maiores firmas do estado. Antes de ele falecer, os dois celebraram quarenta anos no mundo dos negócios, dentre os quais trinta e oito eles passaram casados.

Diante do seu sorriso, eu soube.

— Então, o seu nome é Iris *Locklear*, certo?

— É, sim. E a melhor coisa que me aconteceu na vida foi aquele soldado ter terminado o nosso noivado. Ser uma dona de casa não era para mim. Eu havia esquecido de todos os meus sonhos. Ser compradora em uma loja de departamentos era a carreira dos seus sonhos, Charlotte?

Balancei a cabeça.

— Eu fiz faculdade de Artes. Faço esculturas.

— Quando foi a última vez que você esculpiu?

Meus ombros caíram.

— Faz alguns anos.

— Você tem que voltar a fazer isso.

— Não é bem o tipo de coisa que me ajuda a pagar as contas.

— Talvez. Mas você precisa descobrir como amar a vida que tem, enquanto trabalha para construir a vida que quer. Então, encontre um emprego que pague as contas e faça esculturas à noite. E nos fins de semana. — Ela sorriu. — Isso vai te ocupar e evitar que fique fuçando na internet e preenchendo formulários de corretagem com informações falsas.

— Isso é verdade.

— Tudo acontece por uma razão, Charlotte. Aproveite esse tempo para reavaliar a sua vida e o que você quer dela. Foi o que eu fiz. Você só poderá encontrar a felicidade verdadeira dentro de si mesma, não dentro de outras pessoas, não importa o quanto você goste delas. Faça-se feliz, e o resto virá. Eu prometo.

Ela estava completamente certa. Eu estava tão focada em ficar triste e amuada que havia esquecido que existiam coisas que eu amava e me faziam feliz. Minhas *próprias* coisas. Esculpir, viajar... senti um impulso repentino de correr para casa e começar uma lista de coisas que eu queria fazer.

— Muito obrigada, Iris. — Eu a envolvi em um abraço enorme, sem me importar com o fato de que, até uma hora atrás, ela era apenas uma estranha.

— Disponha, minha querida.

Lavei as mãos e, usando o espelho, fiz o melhor que pude para limpar minha maquiagem borrada. Quando terminei, Iris ficou de pé.

— Eu gostei de você, Charlotte.

Soltei um risinho.

— Claro, eu lembro você de *você*.

Ela me entregou um cartão de visitas.

— Tenho uma vaga aberta para o cargo de assistente. É sua, se quiser.

— Sério?

— Sério. Segunda-feira, às nove da manhã. O endereço está no meu cartão.

Fiquei boquiaberta.

— Eu não sei o que dizer.

— Não diga nada. Mas me traga uma peça de cerâmica que fizer nesse fim de semana.

CAPÍTULO 5
CHARLOTTE

Esse lugar fazia o meu antigo escritório parecer uma lata de lixo.

Eu sabia, pelas roupas que usava e o cartão de visitas cor de creme com caligrafia de acabamento dourado, que Iris Locklear era dona de um negócio bem-sucedido. Eu só não fazia ideia de que era *tão* bem-sucedido assim.

Olhei em volta da área da recepção, maravilhada. Um lustre gigante e brilhante, janelas que iam do piso ao teto com vista para a Park Avenue, e espaço — muito espaço aberto. O saguão era maior do que o meu apartamento inteiro. Uma mulher morena bonita chamou meu nome enquanto eu olhava embasbacada pela janela. Tentei esconder o tremor das minhas mãos ao andar em direção a ela.

— Olá, Charlotte. Meu nome é Liz Talbot. Sou encarregada do departamento de Recursos Humanos. A sra. Locklear me disse que você viria esta manhã. Ela está em uma reunião, mas deve voltar dentro de mais ou menos uma hora. Que tal eu levá-la para conhecer o escritório enquanto você preenche os papéis da sua contratação?

— Isso seria ótimo. Obrigada.

A Locklear Propriedades ocupava o andar inteiro e empregava mais de cem pessoas, incluindo quarenta gestores de propriedades, trinta corretores, um departamento de marketing com dez pessoas e uma equipe de suporte com outras dezenas. Iris não estava brincando quando disse que trabalhou muito para subir de cargo. Depois que Liz me mostrou tudo, fomos até seu escritório e ela me deu uma pilha de papéis em uma pasta que tinha meu nome escrito nela.

— Vou levá-la até seu escritório e você poderá começar a preencher esses papéis. O seu contrato de trabalho está aí, junto com as informações sobre a sua escolha de plano de saúde, informações sobre as nossas opções de planos de aposentadoria, formas de depósito direto, e os formulários de informações tributárias e de verificação de elegibilidade para o emprego, que precisaremos que sejam preenchidos e devolvidos até quarta-feira. Os dias de pagamento são o primeiro e décimo quinto do mês. — Ela tocou os lábios com o dedo. — Acho que estou esquecendo de alguma coisa. Mas é segunda-feira, e eu só tomei uma xícara de café até agora, então devo estar esquecendo mesmo.

Liz abriu uma gaveta em sua mesa e retirou de lá um molho de chaves enorme antes de me conduzir até o lugar onde eu ia trabalhar. Ela destrancou a porta de um escritório e acendeu as luzes.

— Aqui está. Vou encomendar uma placa de identificação com o seu nome para colocar na porta e mandar fazer cópias extras das chaves esta tarde.

— Hã, eu acho que você está me confundindo com outra pessoa.

Ela franziu as sobrancelhas.

— Você é Charlotte Darling, não é?

— Sim. Mas eu não deveria ficar em algum cubículo? Isso parece um escritório executivo. Tem até um sofá!

Um olhar compreensivo surgiu em sua expressão.

— Oh! — Ela riu. — Eu trabalho aqui há tanto tempo que me esqueço do quão incomuns algumas coisas podem parecer nesse lugar. A assistente cuida de todas as necessidades pessoais da família Locklear. Você terá acesso a muitas informações pessoais e confidenciais, e a família é muito reservada. Eles não gostariam de manter essas informações em um cubículo, onde todo mundo poderia ver.

— Ah. Ok. Faz sentido.

No entanto, ainda me parecia um espaço muito grande para uma assistente. Mas quem era eu para contestar um escritório privativo e elegante na Park Avenue? Tudo parecia quase bom demais para ser verdade: um emprego em que eu poderia aprender com uma mulher como Iris, um contracheque estável com benefícios, e nada de família Roth para lidar. Embora eu gostasse do meu emprego enquanto trabalhava para a família de Todd, sempre senti que algumas pessoas me olhavam como se eu o tivesse conseguido por causa do homem com quem eu dormia. Iris me deu muito mais do que um emprego quando nos conhecemos, e eu estava determinada a provar para ela que não havia sido um erro.

— Vou deixá-la começar. Você sabe onde fica o meu escritório, se precisar de alguma coisa. Meu ramal é o 109, caso queira ligar para tirar alguma dúvida.

— Um zero nove. Entendi. Obrigada.

Liz sorriu e caminhou até a porta. Ela parou quando ficou diante do sofá e deu tapinhas ao longo do encosto.

— A propósito, deixe-me te dar um toque, de mulher para mulher. Max tende a flertar um pouco. Ele estará deitado nesse sofá tentando bater papo com você antes mesmo do dia acabar. Mas ele é inofensivo. Não deixe que isso te assuste.

— Max?

— O neto da sra. Locklear. Ele não vem aqui com muita frequência. Somente às segundas-feiras, na maioria das semanas. Parece que o fim de semana dele começa na terça-feira e vai até o domingo. Ele e o irmão cuidam da parte dos negócios encarregada das vendas das propriedades. Bem, é mais o irmão dele que cuida disso. A sra. Locklear cuida da parte dos negócios responsável pela gestão de propriedades. São empresas separadas, com nomes diferentes, mas muitos funcionários, como você e eu, trabalham para as duas.

— Ah. Ok. E obrigada pela dica sobre o Max.

Minha cabeça ficou girando depois que Liz me deixou sozinha. Dei-me um minuto para respirar fundo algumas vezes e, então, comecei a cuidar da minha papelada. Iris e eu não havíamos discutido um salário. Então, admito que estava curiosa sobre quanto a minha posição pagava. Ainda bem que eu estava sentada quando descobri. *Setenta e cinco mil dólares!* Era muito mais do que eu ganhava na Roth's. Tudo isso parecia um sonho.

Quase uma hora depois, a mulher responsável por dar início a uma nova fase da minha vida bateu na porta do meu escritório. Fiquei de pé.

— Iris. Hã... Sra. Locklear. — Percebi que era assim que Liz a chamava.

— Me chame de Iris, querida. Como você está esta manhã?

Pensei que talvez ela estivesse com medo de que eu fosse emocionalmente instável.

— Estou bem. Não vou ter um colapso aqui, prometo. Normalmente, eu sou bem equilibrada.

Seu sorriso tinha uma pontinha de diversão.

— Fico feliz em ouvir isso. Liz te mostrou tudo?

— Mostrou. Aqui é tudo muito lindo.

— Obrigada.

— Ela também me deu essa papelada. Ainda não terminei, mas posso terminar até hoje à noite.

— Pode fazer tudo com calma e ir até o meu escritório quando terminar. Eu preciso fazer algumas ligações, de qualquer jeito. Poderemos falar sobre algumas das suas responsabilidades. Você já conheceu os meus netos?

— Ainda não. As portas dos escritórios estavam fechadas quando passei por elas. Liz disse que eles ainda não haviam chegado, mas chegariam em breve.

— Tudo bem, então. Vou apresentá-la a eles quando começarmos. Vejo você em breve.

Ela já estava na porta quando lembrei de algo.

— Iris!

— Sim? — Ela girou.

Abri a gaveta da mesa onde eu havia enfiado a minha bolsa estilo sacola da Michael Kors e peguei de lá um pacote feito com jornal.

— Eu fiz isso para você no fim de semana. Lembra que você me disse para te trazer uma escultura de cerâmica?

Iris voltou à minha mesa enquanto eu desembrulhava o vaso que havia feito. Como eu estava sem prática com a roda de olaria, tive que passar por umas doze tentativas até conseguir acertar o formato. Mas, no fim, acabou ficando ainda melhor do que eu esperava. Passei o fim de semana inteiro no estúdio *Painted Pot*, onde coloquei o vaso no forno uma vez e o pintei, mas ainda faltava esmaltá-lo e colocá-lo novamente no forno.

— Ainda não está pronto. Precisa de mais acabamentos e ficar mais tempo no forno, mas eu queria que você o visse e soubesse que fiz para você.

Iris pegou o vaso da minha mão. Eu o havia pintado com flores de íris em uma cor roxa vibrante. Embora feliz com o resultado, fiquei nervosa ao entregar a ela. Ainda mais depois de dar uma olhada nas obras de arte chiques espalhadas pela empresa.

— Isso é magnífico. Você realmente o fez? — Ela girou o vaso nas mãos para dar uma boa olhada na peça inteira.

— Sim. Não é o meu melhor trabalho. Estou um pouco enferrujada.

Ela olhou para mim.

— Então estou louca para ver o seu melhor trabalho, Charlotte. Esse vaso é deslumbrante. Olhe só os detalhes e o sombreamento nas flores, e o formato delicado da peça. Você não faz somente esculturas de cerâmica, você faz arte.

— Obrigada. Como eu disse, ainda não está finalizado. Mas eu queria que você soubesse que eu cumpri com a minha palavra e o fiz.

Ela me entregou o vaso de volta.

— Isso significa muito para mim. Eu sempre ajo de acordo com o meu instinto, e não estava errada sobre você. Estou com a sensação de que hoje é o primeiro dia de uma série de coisas incríveis na sua vida.

Depois que ela saiu do meu escritório, eu me senti nas nuvens. Terminei de preencher os formulários que Liz havia me dado e decidi, em seguida, ir buscar alguns lenços para embrulhar o vaso antes de cobri-lo com o jornal. Como o vaso ainda não estava esmaltado, o fundo estava com uma pequena mancha de tinta que devia ser resultante da fricção com o jornal. Eu não queria que ficasse com mais manchas. Então, peguei o vaso e o levei comigo para ver se conseguiria limpá-lo antes de voltar a embrulhá-lo.

Saí do meu escritório e virei à esquerda para ir à cozinha, antes de perceber que fui pela direção errada. Parei e comecei a andar na direção oposta. O problema foi que eu não olhei direito para onde estava indo. Ao dar o segundo passo, esbarrei com tudo em alguém.

Atrapalhei-me toda com o vaso nas mãos ao recuar do meu trombo contra um peito forte. Eu quase consegui, quase me reequilibrei para continuar de pé e evitar que o produto de um trabalho que levou meu fim de semana todo caísse no chão. Mas, então, cometi o erro de olhar para a pessoa com a qual colidi. O vaso escorregou das minhas mãos, logo antes de eu cair de bunda no chão.

Mas que...

O homem se abaixou diante de mim.

— Você está bem?

Consegui apenas piscar em resposta, muda e atordoada em meio a estilhaços de cerâmica.

Ele estava tão diferente sem a carranca no rosto que cheguei a me perguntar se estava enganada — talvez fosse apenas um homem assustadoramente parecido. *Até que ele deu uma boa olhada em mim.* Um sorriso lento e perverso surgiu em seu lindo rosto.

Eu não estava enganada. O homem que arrancou todo o fôlego do meu corpo pela segunda vez... era definitivamente Reed Eastwood.

CAPÍTULO 6
REED

Piscar várias vezes não estava funcionando. Ela ainda estava aqui. Eu não estava vendo coisas.

Era mesmo ela.

No meu local de trabalho. A loira platinada. Aqueles olhos azul-gelo.

A Barbie Nórdica que conheci outro dia — Charlotte Darling — estava caída de bunda no chão diante de mim, assustada como se tivesse visto um fantasma. Fiquei de pé, estendi a mão e a ajudei a se levantar.

Se eu a assusto tanto assim, por que ela continua me perseguindo?

Não tive muito tempo para pensar antes que as palavras saíssem da minha boca.

— Você está fazendo turnê com o seu showzinho, srta. Darling? Não me lembro de ter comprado ingressos para a Cidade da Loucura. O que você está fazendo aqui?

— Eu... Aff... — Ela balançou a cabeça, como se estivesse saindo de um torpor, e colocou uma mão sobre o peito. — Reed... Eastwood. O que *você* está fazendo aqui?

Que tipo de joguinho ela está fazendo?

— Você está *me* perguntando o que estou fazendo na minha própria empresa? Quem deixou você entrar nos meus escritórios?

Parecendo agitada, ela olhou para baixo e ajustou sua saia.

— Eu trabalho aqui.

Ela o quê?

Meu sangue estava pulsando acelerado.

Apesar de eu tê-la deixado ir àquela visita à cobertura para repreendê-la por fazer joguinhos e desperdiçar o meu tempo, me arrependi por ter sido tão severo logo em seguida. Mas, agora, ela estava justificando completamente a maneira como eu tinha agido.

— Sabe, eu até senti um pouco de pena de você depois que saiu correndo chateada do Millennium naquele dia. Mas vir aqui já é ultrapassar os limites. Como você passou pela segurança?

Mencionar a palavra com *S* acionou algum tipo de gatilho nela. A mesma mulher que estava se encolhendo segundos atrás endireitou o corpo e me lançou um olhar irritado. Eu deveria ter me lembrado que um jeito certeiro de fazê-la perder a cabeça era mencionar a segurança, assim como na última vez.

Ela se aproximou e ergueu a voz.

— Pare de ameaçar chamar a segurança para mim. Você não me ouviu dizer que eu *trabalho* aqui?

O cheiro de algo doce em seu hálito me fez perder a linha de raciocínio por um breve momento. *Donut com cobertura, talvez.* Fui arrancado rapidamente da perda momentânea de foco quando ela fechou os olhos e começou a mover os dedos freneticamente como se estivesse... digitando. Na verdade, era exatamente isso que ela estava fazendo: digitando algo no ar.

— Mas o que raios você está fazendo? — tive que perguntar.

Ela continuou os movimentos ao responder.

— Estou digitando todas as coisas que eu realmente quero te dizer, para desabafar sem ter que dizer em voz alta. Acredite em mim, isso é o melhor para nós dois. — Seus dedos continuaram se movendo.

Não pude evitar a risada baixinha que me escapou.

— Você prefere parecer uma completa idiota do que dizer em voz alta o que está pensando?

Ela finalmente parou de digitar.

— Sim.

— Você se lembrou de clicar em "Enviar"? — zombei. Charlote, no entanto, não achou graça do meu sarcasmo.

— Dizer a você o que eu estava pensando não seria nada profissional. Não quero correr o risco de perder o meu emprego logo no primeiro dia.

— Estou vendo que você aprendeu muito sobre profissionalismo durante o tempo em que trabalhou na Deez Nuts.

— Vai se ferrar.

— Opa! Alguém precisa clicar na tecla "backspace".

Jesus. Agora, eu estava apenas gostando de provocá-la, incitando sua loucura. Precisava me lembrar de que ela estava ali como uma invasora.

— Quer me contar mais uma vez como conseguiu entrar aqui, srta. Darling? Porque, com toda certeza, você não trabalha aqui. Esta empresa é *minha*. Posso assegurá-la de que eu perceberia se a tivesse contratado.

— Tecnicamente, a empresa é *minha*. — Minha avó apareceu e nos interrompeu. Ela virou-se para Charlotte. — Peço desculpas pelo comportamento do meu neto.

— Neto? — Charlotte apontou com o dedo indicador enquanto alternava olhares entre minha avó e mim. — Ele... ele é seu neto? Esse... esse é o cara sobre quem eu te falei no banheiro aquele dia. O corretor babaca pretensioso!

— Desculpe, Charlotte. Aparentemente, não consegui juntar dois mais dois. — Apesar de suas palavras, minha avó não parecia nem um pouco surpresa. — Eu nunca imaginaria que o idiota arrogante que você descreveu era o Reed.

— Banheiro? Do que vocês estão falando? — perguntei.

Charlote começou a explicar:

— Quando saí da cobertura do Millennium Tower, fui usar o banheiro do saguão. Foi aí que encontrei a Iris. Eu obviamente não fazia a menor ideia de que ela era sua avó. Ela viu que eu estava chateada. Contei a ela tudo o que aconteceu entre mim e você durante a visita. Nós ficamos lá por um tempinho e conversamos, nos conectamos, e foi aí que ela me ofereceu o cargo de assistente pessoal aqui.

Ah, de jeito nenhum!

De. Jeito. Nenhum. Essa mulher precisava de tratamento. De jeito nenhum eu permitiria que ela tivesse acesso às minhas relações pessoais.

— Vovó, podemos conversar no meu escritório por um momento, por favor?

— Claro. — Ela sorriu antes de olhar para Charlotte, que havia se curvado para recolher os pedaços do vaso quebrado. — É melhor você voltar para o seu escritório, Charlotte, e ir se familiarizando com o banco de dados da empresa. Pedi ao Stan, do setor de TI, para ir lá se você tiver alguma dúvida. Sinto muito que o lindo vaso que você fez para mim tenha quebrado. Você não precisa limpar a bagunça. Posso chamar alguém para fazer isso.

— Tudo bem. Já consegui recolher a maior parte. Mas talvez precisemos de alguém para aspirar os cacos. — Ela ficou de pé e jogou os pedaços quebrados em uma lata de lixo ali perto, antes de virar-se para mim com os olhos brilhando de raiva. — Talvez Stan possa tentar instalar um chip de sensibilidade no seu neto. Parece que está faltando isso nele.

Estalei os dedos.

— Devem ter esquecido de colocá-lo de volta em mim quando instalaram o meu detector de mentiras.

Eu realmente preciso parar de gostar disso.

Os olhos de Charlotte se mantiveram no meu olhar severo antes de ela desviar. Uma sensação estranha borbulhou no meu peito conforme observei suas mechas loiras balançarem enquanto ela se afastava. Eu sabia que aquilo era a culpa se instalando. Minha reação havia sido sensata, diante da loucura dela, mas, por algum motivo, me senti um grande babaca.

Minha avó me seguiu até o meu escritório. Fechei a porta atrás de nós.

— Você sabe que o seu dia está indo muito bem quando a sua própria avó te chama de idiota.

— Bem, você certamente age como um, às vezes. — Ela parecia estar se divertindo com a minha irritação. — Ela é bonita, não é?

Claro, se você considerar que ser "bonita" significa ter olhos expressivos, lábios suculentos e um corpo de pin-up dos anos 50. Está mais para kriptonita.

A beleza física de Charlotte era inegável. Mas de jeito nenhum eu iria reconhecer isso. Sua loucura eclipsava sua beleza.

Fiz uma careta.

— Vovó... o que você está tentando fazer com isso?

— Ela será uma ótima adição à nossa equipe.

— Aquela mulher? — Apontei em direção à porta. — Aquela mulher não tem a mínima experiência. Sem contar que ela é maluca e mentirosa. Você devia ter visto as coisas ridículas que ela colocou no formulário para visitar a cobertura.

Ela sorriu de maneira zombeteira.

— Surfe para cães, eu sei.

— Você sabe sobre isso e a contratou mesmo assim? — Comecei a andar de um lado para o outro, sentindo minha pressão subir. — Desculpe, mas você precisa examinar sua cabeça. Como você pode se sentir bem em confiar a ela os nossos negócios mais confidenciais e pessoais?

Minha avó sentou-se no sofá do outro lado da minha mesa.

— Ela não sabia o que estava fazendo quando preencheu o formulário, nem ao menos se lembrava ter feito aquilo. Foi um lapso bêbado de sanidade. Todos já tivemos noites assim. Pelo menos, eu tive. Não vou te contar tudo o que conversamos, porque é algo particular, mas as ações dela foram movidas por um bom motivo. Vi algo nela que me lembrou de mim mesma. Eu acho que ela tem um espírito determinado, e esse é o tipo de energia vibrante que precisamos por aqui.

Ela só pode estar brincando. Vibrante?

Para mim, Charlotte era como um raio de sol cegante brilhando na sua cara durante uma ressaca. Vibrante, talvez, mas nada bem-vinda.

Minha avó era o tipo de pessoa cheia de empatia que via o lado bom dos outros. Eu respeitava isso, mas tinha medo de ela estar sendo manipulada.

— Ela é uma mentirosa — insisti.

— Ela mentiu... mas não é mentirosa por hábito. Há uma diferença. Ela cometeu um erro. Charlotte se abriu comigo, uma completa estranha. Ela não precisava fazer isso. E é uma das pessoas mais honestas que já conheci.

Cruzando os braços, balancei a cabeça em descrença.

— Não posso trabalhar com ela.

— A contratação dela não está aberta a debate, Reed. Você tem bastante dinheiro para contratar a sua própria assistente pessoal, se não quiser usar a compartilhada, mas eu não vou demiti-la.

— Ela terá acesso a todas as minhas informações pessoais. Eu não deveria ter o direito de opinar sobre essa decisão?

— Por quê? Você tem algo a esconder?

— Não, mas...

— Quer saber o que eu acho?

— O quê? — Bufei.

— Faz muito tempo desde que te vi tão intenso em relação a alguma coisa. Na verdade, desde aquele show de Natal no Carnegie Hall.

Encolhi-me.

— Será que você pode, por favor, não me lembrar disso?

Ela adorava trazer à tona a minha breve participação em um coral de meninos quando eu era criança. Eu costumava me envolver bastante nas músicas alegres, até começar a amadurecer e ver o coral como um hobby idiota. Caí fora, e minha avó nunca deixou de falar que perdi o meu propósito.

— Bom ou ruim, aquela garota acendeu uma chama dentro de você — ela disse.

Encarando o trânsito lá embaixo pela janela, recusei-me a reconhecer que havia verdade em sua sentença, enquanto sentia um calor permear minha pele.

— Não seja ridícula...

Minha avó tocara em um ponto sensível. Eu sabia que, no fundo, ela tinha razão. Charlote havia mesmo acionado um gatilho em mim, que estava se manifestando como raiva, por fora. Mas, por dentro, era como uma empolgação indescritível. Sim, ela havia me irritado por desperdiçar o meu tempo durante a visita naquele dia. Mas, no momento em que ela soltou os cachorros em mim e saiu pisando duro do quarto, ela já havia me impressionado de uma maneira que eu não conseguia explicar. Não consegui parar de pensar nela durante aquela noite inteira. Me preocupei se havia sido duro demais, se havia causado nela algum tipo de colapso nervoso. Eu a imaginei cambaleando por Manhattan, com rímel borrado, tropeçando nos próprios pés ao andar sobre aqueles saltos. Depois de um tempinho, parei de pensar sobre isso, e ela não havia mais me passado pela mente até que, literalmente, esbarrou em mim momentos atrás. E assim, toda aquela energia bizarra veio à superfície novamente, mais uma vez expressando-se como raiva em relação a ela. Mas por quê? Por que eu me importava o suficiente para deixá-la me afetar?

Minha avó interrompeu a minha linha de raciocínio.

— Eu sei que o que aconteceu com a Allison destruiu a sua alegria. Mas está na hora de seguir em frente.

A menção do nome de Allison fez meu estômago doer. Queria que a minha avó não a tivesse citado nessa situação.

— Você precisa de uma mudança de cenário — ela continuou. — Já que não está indo a lugar algum, eu trouxe isso para você ao contratar a Charlotte. Eu prefiro ver você por aí discutindo com ela do que sozinho no seu escritório.

— Não dá para discutir com alguém cujo modo de comunicação é digitar seus argumentos no ar.

— O quê?

— Nossa, você não a viu fazendo isso? — Não pude evitar a risada. — Ela disse que não queria me *dizer* o que estava realmente pensando por medo de perder o emprego, então ela começou a fingir que estava digitando no ar feito uma lunática para poder desabafar. Essa é a maluca que você contratou.

Minha avó jogou a cabeça para trás de tanto rir.

— É uma ótima ideia, na verdade. Alguns políticos deveriam fazer aulas com ela. Todos nós poderíamos aprender a pensar antes de falar, mesmo que isso signifique digitar em vez de dizer. É isso que eu quis dizer sobre ela. Ela é única.

BILHETES DE ÓDIO 49

Revirei os olhos.

— Ela é única, com certeza.

Sua expressão suavizou conforme ela pousou a mão no meu ombro.

— Você pode, por favor, pelo menos tentar fazê-la se sentir bem-vinda?

— Não parece que tenho outra escolha. — Suspirei, exasperado.

— Vou entender isso como um sim. Você pode praticar nos Hamptons amanhã. Ela vai te auxiliar na visita à propriedade de Bridgehampton. Lorena estará de folga durante toda a semana. Como já fizemos antes, a assistente pessoal da empresa a substitui quando ela não pode assisti-lo durante as visitas.

Ótimo. Um dia inteiro com ela.

Minha avó se levantou e seguiu em direção à porta, antes de virar-se uma última vez.

— Charlotte sabe uma coisa ou outra sobre ter o coração partido. Você tem mais coisas em comum com ela do que pensa.

Sempre que a minha avó se referia ao meu término com Allison, eu ficava aborrecido. Além de isso não ter nada a ver com essa discussão, também me forçava a pensar em coisas que eu estava tentando esquecer. Eu estava fazendo um grande esforço para superar a dor que veio com o fim do relacionamento.

Fiquei olhando pela janela por uma boa parte da meia hora seguinte, brincando com meus polegares e tentando me conformar com o fato de que agora Charlotte trabalhava na empresa. Ela ter vindo parar aqui era definitivamente uma coincidência bizarra. Eu tinha certeza de que não iríamos conseguir trabalhar juntos todos os dias sem estar constantemente batendo de frente.

Decidi ir até seu escritório para estabelecer algumas regras e explicar quais eram as minhas expectativas para quando ela estivesse trabalhando sob minha supervisão no dia seguinte.

Sob mim.

Livrei-me rapidamente da imagem mental do seu corpo pequeno sob o meu. Isso que era engraçado sobre ter desdém por alguém atraente. Era como uma batalha entre corpo e mente em que, sob circunstâncias normais, o corpo estava destinado a vencer.

Mas essas não eram circunstâncias normais. Charlote Darling estava longe de ser normal, e eu precisava manter a minha guarda erguida.

Preparando-me para dizer umas boas verdades a ela, caminhei a passos duros pelo corredor e respirei fundo antes de abrir a porta do seu escritório sem bater.

Ver meu irmão, Max, deitado no sofá, com os pés para cima, me pegou desprevenido. No entanto, não deveria ser uma surpresa o fato de que ele já se apressou em vir causar uma boa impressão na nova assistente bonita. Isso era típico do Max.

— Posso ajudá-lo, sr. Eastwood? — ela perguntou friamente.

Max abriu um sorriso pretensioso.

— Charlotte, sei que vocês dois já se conhecem, mas deixe-me te apresentar formalmente ao meu irmão mais velho, também conhecido como nosso soberano do mal.

Ótimo.

O Ken mulherengo não perdeu tempo em se aproximar da Barbie Nórdica.

CAPÍTULO 7
CHARLOTTE

Os ânimos mudaram completamente no segundo em que Reed entrou no escritório. A *vibe* me lembrou um pouco de quando eu estava na escola e o professor desligava as luzes de repente para acalmar a turma baderneira. A diversão havia, oficialmente, chegado ao fim.

De repente, minhas palmas estavam suando novamente.

Tomei um gole do caramelo macchiato gelado que Max me trouxe da Starbucks do outro lado da rua e tentei manter a compostura, mas não estava funcionando. Tudo em Reed me intimidava: sua estatura, sua gravata-borboleta e os suspensórios, sua voz profunda. Mas o que eu achava ainda mais intimidante era a suspeita de que ele me odiava. Pois é, tinha isso também.

Seu irmão, Max, por outro lado, era seu total oposto: encantador e pé no chão. Se isso aqui fosse o ensino médio e não um ambiente corporativo, Max seria o engraçadinho da classe. Enquanto Reed seria o professor ranzinza.

Max conseguiu me fazer esquecer momentaneamente da repreensão que Reed havia me dado mais cedo. Mas o adiamento foi de curta duração.

Reed lançou um olhar estranho para Max.

— O que você está fazendo aqui?

— O que parece que estou fazendo? Dando as boas-vindas para a nossa nova funcionária, diferente de você.

Os olhos de Reed pareciam adagas. Ele aparentava ainda mais perturbado diante do fato de que contei a Max o que havia acontecido entre nós. Mas não pude evitar. Max me perguntou qual era o problema, e eu decidi ser sincera e honesta. O *problema* era Reed Eastwood.

O Eastwood mais novo, por outro lado, me disse para não levar para o lado pessoal qualquer coisa que seu irmão dissesse ou fizesse, que Reed às vezes era ríspido até mesmo com ele. Max me assegurou que Reed não era tão malvado quanto poderia parecer. Aparentemente, ele só havia tido um ano muito complicado.

Era muito difícil imaginar que ele era a mesma pessoa que havia redigido aquele bilhete azul tão amoroso. O que me fez me perguntar sobre a Allison. Será que ela o havia deixado por causa da sua rispidez? Isso não estaria fora das possibilidades, com certeza. Senti uma pontada de culpa por saber sobre seu casamento fracassado e pelo fato de que ele não fazia ideia de como eu realmente o havia encontrado.

Reed gesticulou em direção ao irmão.

— Será que você não tem que, sei lá, ir mandar polir os seus sapatos ou algo assim?

Max cruzou os braços.

— Não. Na verdade, tô de boa. Minha agenda está livre hoje.

— Grande surpresa.

— Qual é... você sabe que eu sou o presidente do comitê de boas-vindas. — Max tomou um gole do seu café e afundou-se ainda mais no sofá de couro preto.

— É engraçado como esse comitê parece ser bem seletivo. Não estou vendo você lá na contabilidade dando as boas-vindas para o novo contador que começou hoje.

— Essa ia ser a minha próxima parada.

— Claro. — Reed lançou um olhar irritado para o irmão.

Os dois eram parecidos, mas diferentes. Embora um lembrasse o outro e os dois tivessem uma beleza sombria, Max tinha os cabelos mais compridos e parecia bem mais rebelde e despreocupado com seu sorriso presunçoso. Reed era mais recomposto e perpetuamente bravo. Essa última característica não deveria ter me atraído, mas coisas inatingíveis sempre me foram atraentes. Através do seu flerte pesado, Max deixou claro que eu provavelmente poderia tê-lo se quisesse. E isso meio que me desanimou. Por outro lado, eu nem ao menos tinha certeza de que Reed me odiava, e mesmo assim já me sentia cativada por sua personalidade misteriosa.

— Bom, eu preciso falar com a Charlotte — Reed disse. — Sobre negócios de verdade, diferente de seja lá como você chama o que está fazendo agora. Dê-nos um pouco de privacidade, por favor.

Sentei-me com as costas retas na cadeira enquanto Reed fechava a porta após seu irmão sair. Diferente de Max, ele não sentou no sofá. Não, *esse* irmão preferia ficar de pé, com os braços cruzados, enquanto me olhava de cima. E eu não ia mais tolerar isso. Fiquei de pé, tirei meus sapatos de salto com um chute para cima e subi na cadeira.

— O que você pensa que está fazendo? — Ele estreitou os olhos para mim.

Imitando sua postura, cruzei os braços contra o peito e o encarei por cima do meu nariz empinado.

— Estou olhando para você *de cima*.

— Desça.

— Não.

— Srta. Darling, desça logo daí antes que caia e se machuque. Tenho certeza de que seus anos de prática equilibrando cães na parte da frente da sua prancha de surfe a fizeram pensar que é capaz de andar sobre uma cadeira com rodinhas, mas posso assegurá-la de que cair e esmagar o crânio na quina da mesa vai doer.

Deus, esse homem era um babaca imponente.

— Se você quiser mesmo que eu desça, terá que se sentar para falar comigo.

Ele suspirou.

— Tudo bem. Desça.

Só para me divertir um pouco, fingi que estava perdendo o equilíbrio antes de descer. Reed correu até o meu lado para me segurar. *Bem, quem diria? O sr. Malvadinho tem um lado cavalheiro.* Não consegui esconder meu sorrisinho presunçoso.

Ele fez uma carranca.

— Você fez isso de propósito.

Desci e estendi a mão em direção às cadeiras do outro lado da minha mesa.

— Que tal nós dois nos sentarmos, sr. Eastwood?

Ele resmungou alguma coisa que não consegui entender, mas sentou.

Juntei as mãos sobre a mesa e abri um sorriso enorme para ele.

— Então, sobre o que o senhor queria discutir?

— Nossa viagem de amanhã.

Iris havia mencionado que eu teria que auxiliar em uma visita a uma propriedade fora da cidade amanhã, mas, como naquele momento eu ainda não fazia ideia de que ele era seu neto, não havia juntado as peças. *Ótimo, um dia inteiro com um homem que me odeia.* E eu aqui pensando que estava tendo um ótimo novo começo nesse novo emprego perfeito. Em vez disso, eu teria que aguentar um homem que mal podia esperar o momento em que eu ferraria tudo, me observando como um falcão o tempo todo.

— O que você gostaria de me dizer sobre a viagem? — Peguei um bloco de notas e uma caneta.

— Bem, para começar, sairemos às cinco e meia, em ponto.

— Da manhã?

— Sim, Charlotte. As pessoas tendem a querer visitar grandes propriedades com área plantada durante o dia.

— Você não tem que ser tão arrogante. Eu sou nova aqui.

— Sim, eu estou dolorosamente ciente deste fato.

Revirei os olhos e escrevi no bloco "cinco e meia", adicionando "EM PONTO" com letras maiúsculas e sublinhando duas vezes, enquanto ele observava.

— Cinco e meia, então — eu disse. — Devo encontrá-lo na estação de trem?

— Vamos de carro.

— Ok.

— Tenho uma ligação com um cliente de Londres às sete da manhã. Quando Lorena e eu temos que ficar fora o dia todo, eu geralmente dirijo durante a primeira hora, mais ou menos. Quando chegamos ao final da via expressa de Long Island, paramos em algum lugar para tomar café da manhã e ela dirige pelo resto do caminho para que eu possa atender minhas ligações e responder e-mails antes de chegarmos à propriedade.

— Hã. Eu não dirijo.

— Como assim você não dirige?

— Assim: eu não tenho carteira de motorista, então não poderei trocar com você no volante.

— Eu não estava perguntando literalmente. Perguntei por que uma mulher de vinte e alguns anos ainda não tirou a habilitação.

Dei de ombros.

— Apenas não tirei. Muitas pessoas que moram aqui na cidade não dirigem.

— Você nunca tentou aprender?

— Está na minha lista.

Reed soltou mais um suspiro audível e balançou a cabeça.

— Tudo bem. Eu dirijo o caminho inteiro. Me mande o seu endereço por e-mail e eu vou te buscar. *Esteja pronta.*

— Não.

Ele ergueu as sobrancelhas.

— Não?

Eu tinha a suspeita de que esse homem não estava acostumado com as pessoas dizendo-lhe não com frequência.

— Eu te encontro aqui.

— É mais fácil para você se eu for te buscar na sua casa nesse horário.

— Tudo bem. Eu não me sinto confortável com você vendo onde moro.

Reed esfregou o rosto com as duas mãos.

— Você sabe que posso entrar na base de dados dos funcionários da empresa e procurar o seu endereço na hora em que eu quiser, não é?

— Isso não tem problema. Mas *saber* onde eu moro e *ver* onde eu moro são duas coisas diferentes.

— Como?

— Bom... — Recostei-me na cadeira e gesticulei para a roupa que eu estava usando. — Você *sabe* que eu estou nua sob as minhas roupas, mas para isso não tenho que te *mostrar* os meus seios.

Seus lábios cheios se curvaram em um sorriso perverso enquanto seus olhos desceram até o pouco decote que minha blusa exibia.

— Eu não acho que seja a mesma coisa. Mas se você está dizendo...

Aquele homem tinha a habilidade de me enfraquecer apenas com um olhar. Endireitei a coluna e levei a caneta ao bloco de notas novamente.

— O que mais?

— Nós vamos mostrar a propriedade de Bridgehampton para duas famílias. Essa é uma propriedade de sete milhões de dólares, e nossos clientes esperam privacidade. Você precisará se posicionar na porta da frente para que ninguém entre na casa durante a visita. Se a segunda família chegar cedo demais, você fica responsável por convidá-los a sentarem na sala de espera que fica depois do corredor principal.

— Ok. Posso lidar com isso.

— Diga aos responsáveis pelo buffet que o montem nessa sala para que você possa oferecer algo aos clientes enquanto eles esperam. É claro que você deve oferecer algo às duas famílias quando elas chegarem. Mas também é uma maneira discreta de conduzir clientes que chegam cedo demais a algum outro cômodo enquanto eu termino de mostrar tudo à primeira família.

— Buffet?

— *Citarella*. Eles estão na lista dos fornecedores. Sugiro que coloque as informações de contato deles em seu celular para o caso de surgir algum problema.

Inclinei minha cabeça para o lado.

— Por que os possíveis compradores da Bridgehampton vão ter comida, e eu não tive? A minha cobertura era bem mais cara.

Reed abriu um sorriso convencido.

— Isso foi porque eu disse à Lorena que não te oferecesse comida, já que eu já havia descoberto que você estava mentindo.

— Oh.

— Sim. Oh. Ah, por favor, vista-se adequadamente. Nada apertado demais que possa causar distrações.

Fiquei ofendida com o comentário. Eu sempre me vestia adequadamente para o trabalho.

— Distrações? O que você quer dizer com isso? Causar que distrações? E... para quem?

Reed limpou a garganta.

— Deixe para lá. Apenas use algo como o que está usando agora. Vamos viajar a trabalho, e não para nos divertirmos nos Hamptons. E... o certo é "quais".

— Quais? O quê?

— Você disse "que distrações". O certo seria "quais distrações".

Revirei os olhos.

— Você estudou naquelas escolas somente para garotos, não foi?

Reed ignorou minha pergunta.

— Há um folheto de papel brilhoso sobre a propriedade nos arquivos. Você deve se familiarizar com as instalações para poder responder qualquer pergunta caso eu não esteja disponível.

Rabisquei essa anotação.

— Ok. Mais alguma coisa?

Ele colocou a mão no bolso de sua calça e retirou o celular.

— Registre o seu número aí, caso haja alguma mudança de planos.

Comecei a digitar.

Primeiro nome: *Charlotte.*

Sobrenome: *Darling.*

Empresa: abri um sorriso presunçoso internamente enquanto considerava digitar Deez Nuts no campo, mas pensei melhor.

Pelo menos, eu *achei* que tinha aberto um sorriso só em pensamento.

— O que você está aprontando? — Reed esticou o pescoço, tentando espiar a tela do seu celular.

— Nada.

— Então por que eu vi um sorriso diabólico no seu rosto por um momento?

Estendi a mão para devolver seu celular.

— Minha avó dizia que uma dama sempre deve abrir um sorriso angelical e guardar seus pensamentos diabólicos para si mesma.

Ele resmungou e ficou de pé.

— Não me admira você e Iris terem se dado tão bem.

Sem dizer que nossa conversa estava acabada, Reed foi até a porta.

— A propósito, eu estava olhando para o meu celular hoje mais cedo enquanto andava e esbarrei em você. Minha avó disse que havia um vaso nas suas mãos que quebrou ao cair no chão. Traga-me o recibo e eu te darei um reembolso por ele.

Balancei a cabeça.

— Não precisa. Os materiais custaram apenas alguns dólares. Eu fiz aquele vaso.

Ele franziu as sobrancelhas.

— Você o fez?

— Sim. Eu faço esculturas. E objetos de cerâmica. Bem, eu costumava fazer. Quando Iris e eu nos conhecemos no banheiro, eu mencionei isso a ela e disse que sentia falta de fazê-los. Ela me encorajou a retomar, a voltar a fazer as coisas que me fazem feliz. Então passei o fim de semana na roda de olaria fazendo aquele vaso. Fazia alguns anos e, bem, ela estava certa. Eu preciso focar mais nas coisas que me fazem feliz ao invés de ficar revivendo o passado, que é algo que não posso mudar. Fazer aquele vaso foi o primeiro passo na direção certa para mim.

Reed me encarou de uma maneira engraçada por um longo tempo, e então virou-se e saiu pela porta sem uma palavra. *Que babaca*. Um babaca lindo e arrogante que era tão gostoso de costas como era de frente.

Mais tarde, naquele dia, notei um bilhete azul na minha mesa. Isso me pegou completamente desprevenida e me fez pausar por um momento antes de pegá-lo. Porque era o mesmo artigo de escritório azul que estava dentro do vestido de noiva.

Arrepios percorreram minha espinha. Eu já havia quase esquecido do lindo bilhete azul e das emoções que senti quando o descobri pela primeira vez. Eu não conseguia imaginar que o homem desagradável que acabei conhecendo tivesse a capacidade ser tão romântico. O Reed que encontrei era pragmático e frio. Aquilo me deixou ainda mais curiosa sobre o que havia amargurado um homem que um dia foi tão doce.

Suspirei.

Um bilhete azul de Reed. Para mim.

Isso é tão surreal.

No topo do papel, estavam gravadas em relevo as letras que formavam *Da mesa de Reed Eastwood*. Respirei fundo e li o restante:

Da mesa de Reed Eastwood

Charlotte,

Se você tiver mais perguntas sobre Bridgehampton, sinta-se à vontade para digitá-las no ar para mim.

Reed

CAPÍTULO 8
REED

Parei no semáforo da esquina quinze minutos adiantado. Charlote já estava lá, de pé, em frente ao edifício. Como o sinal estava vermelho, tive um pouco de tempo para observá-la à distância. Ela checou seu relógio e depois deu uma olhada em volta da calçada, antes de andar até uma garrafa de água vazia que estava jogada ali perto. Ela a pegou e olhou em volta novamente.

O que diabos ela estava fazendo? Procurando por garrafas pelas ruas de Manhattan para devolvê-las e receber cinco centavos por cada uma? Essa mulher era realmente excêntrica. Quem tinha tempo para essas merdas? Continuei observando quando ela caminhou em direção a alguma outra coisa, curvou-se para recolher, deu mais alguns passos e repetiu o processo. *Mas que...*

O sinal ficou verde, então eu virei à direita e estacionei na rua de mão única onde fica o edifício da empresa. Charlote deu um passo cauteloso para trás antes de se curvar para ver quem era. A mulher estava coletado tesouros infestados de germes de uma rua de Nova York e preocupou-se com a possibilidade de que a Mercedes S560 que estava parando ali em frente fosse alguma encrenca. Abaixei minha janela blindada.

— Está pronta?

— Oh. Sim. — Ela olhou para a direita, depois para a esquerda, e ergueu seu dedo indicador antes de percorrer metade do quarteirão. — Um segundo.

Meus olhos a seguiram conforme ela caminhou até uma lata de lixo e jogou lá as porcarias que havia recolhido. *Ótimo. Como se não bastasse ela limpar as ruas da cidade ao raiar do dia, sua bunda ficava fantástica naquela saia enquanto ela fazia isso.*

Ela abriu a porta do passageiro e entrou.

— Bom dia.

Animadinha, também. Perfeito.

Apontei para o porta-luvas.

— Tem lencinhos aí dentro. — Seu pequeno nariz se franziu em confusão. Suspirei. — Para você limpar as mãos.

Aquele sorriso diabólico estava de volta. Charlote ergueu as mãos, com as palmas viradas para mim, e as ondulou diante do meu rosto, me provocando.

— Você tem fobia a germes?

— Limpe logo as suas mãos.

Esse ia ser um dia longo pra cacete.

Coloquei o carro em movimento e segui em direção ao túnel enquanto ela limpava as mãos. Nenhum de nós disse uma palavra até estarmos fora da cidade e na fila para pagar o pedágio do outro lado de Manhattan.

— Você não tem um daqueles passes de pedágio? — ela perguntou, olhando para um letreiro enorme que dizia **SOMENTE DINHEIRO.**

— Tenho. Mas, na última vez que o usei, estava com meu outro carro, e o esqueci lá.

— O seu outro carro é uma van ou algo assim?

— Não. É um Range Rover.

— Por que você precisa de dois carros?

— Por que você faz tantas perguntas?

— Nossa! Você não precisa ser tão rude. Só estava tentando puxar conversa. — Então, ela ficou olhando pela janela.

A verdade era que o Range Rover era da Allison. Mas eu não ia abrir essa caixa de Pandora para essa mulher. Havia dois carros na fila na nossa frente, então enfiei a mão no bolso para pegar uma nota de vinte e lembrei-me de que havia colocado a carteira dentro do porta-luvas.

— Você poderia pegar a minha carteira no porta-luvas para mim?

Ela continuou a olhar pela janela.

— Que tal usar um "por favor" nessa frase?

Frustrado e vendo que havia apenas um carro entre o meu e a cabine do pedágio, inclinei-me e peguei a carteira eu mesmo. Aquela posição, infelizmente, também me deu uma visão espetacular das pernas bronzeadas, tonificadas e bem torneadas de Charlotte. Bati a porta do porta-luvas para fechá-lo.

Depois que passamos pelo pedágio e pegamos a via expressa de Long Island, decidi testar se a nova assistente era mesmo boa em seguir instruções.

— Quantos quartos e banheiros há na propriedade que iremos mostrar hoje?

— Cinco quartos e sete banheiros. Mesmo que eu não faça ideia de por que alguém precisaria de sete banheiros.

— Estrutura da piscina?

— Concreto pulverizado. Aquecida. Tem o formato de um lago de montanha com um deck de mármore italiano importado e uma cachoeira.

Ela tinha mesmo feito o dever de casa. No entanto... eu tinha preparado algumas armadilhas para ela.

— Metragem quadrada?

— São 441,48 metros quadrados na casa principal. Mais 60 metros quadrados na casa da piscina, que também é aquecida.

— Número de lareiras?

— Quatro na parte interna, uma na externa. As internas são todas a gás, e a externa é à lenha.

— Eletrodomésticos?

— Marcas variadas: *Viking, Gaggnau e Sub-Zero*. Na verdade, há geladeiras com freezer na cozinha principal e na casa da piscina que fazem parte de uma categoria superior da *Sub-Zero*. E, caso você esteja se perguntando, as três geladeiras juntas custam mais do que um Prius novo. Eu pesquisei.

Hummm. Eu queria que ela errasse alguma, então fiz uma pergunta que não estava no folheto.

— E a decoração interior foi feita por que designer?

— Carolyn Applegate, da Applegate e Mason Interiores.

Senti uma batalha estranha travando-se em mim. Eu quis fazê-la errar essa resposta, mas, mesmo assim, uma parte em mim também comemorou o fato de ela ter acertado.

— E "por qual"... — ela murmurou, sua voz sumindo aos poucos.

— Como é?

— Você disse "E a decoração interior foi feita por que designer?". O certo seria "por qual".

Tive que fingir uma tosse para disfarçar minha risada.

— Tudo bem. Que bom que você fez o dever de casa.

Chegamos à propriedade de Bridgehampton uma hora antes da primeira apresentação. Os responsáveis pelo buffet estavam ocupados arrumando tudo. Eu precisava fazer algumas ligações e responder e-mails, então sugeri a Charlotte que fosse dar uma volta pela propriedade para se familiarizar com o ambiente. Meia hora depois, eu a encontrei no salão principal analisando uma pintura.

Me aproximei por trás dela.

— A proprietária é uma artista. Nenhuma das pinturas faz parte da venda.

— Sim. Eu li isso. Ela é incrível. Você sabia que ela vai até casas de repouso e ouve histórias de como as pessoas conheceram seus companheiros e depois pinta o que ela imagina de acordo com o que ouviu? Me pergunto se esse é um desses quadros. É tão romântico.

O quadro retratava um casal durante um encontro em um restaurante, mas a mulher parecia estar olhando para outro homem, que estava sentado a uma mesa do outro lado do ambiente e abrindo um sorriso discreto.

— Qual parte é romântica? A parte em que a mulher está olhando para um cara diferente daquele que está pegando a conta, ou a parte em que o pobre imbecil para quem ela está olhando ainda não percebeu que ela fará o mesmo com ele alguns meses depois?

Olhei para a pintura e simpatizei silenciosamente com o idiota desavisado. *Acredite em mim, amigo, é melhor para você descobrir logo que ela não é leal.*

Charlote virou-se e ficou de frente para mim.

— Uau. Você é mesmo um sopro de ar fresco, não é?

— Sou realista.

Ela colocou as mãos na cintura.

— Ah, é mesmo? Então, diga algo positivo sobre mim. Uma pessoa realista consegue ver o lado positivo *e* o negativo nos outros. Tudo o que você viu em mim até agora foi negativo.

Charlote era baixinha, mesmo com os saltos que estava usando. E, com a proximidade que estávamos, eu podia ver diretamente dentro da sua blusa de seda. Achei que ela não apreciaria os pensamentos positivos que eu estava tendo no momento. Então, virei-me e saí dali.

— Estarei na cozinha quando os primeiros clientes chegarem.

Até mesmo babacas são capazes de fazer um elogio vez ou outra quando devido. E talvez eu tenha sido muito duro com Charlotte. Mas havia algo nela que me deixava irritado. Ela tinha uma inocência que eu desejava muito quebrar, e não tinha muita certeza do porquê.

— Você fez um ótimo trabalho hoje. — Fechei a porta da frente e estendi a mão para gesticular para que Charlotte descesse os degraus na minha frente.

Sendo o grande pé no saco que ela geralmente é, não pôde apenas aceitar o elogio. Ela abriu um sorriso pretensioso e colocou uma mão na orelha.

— O que foi isso? Acho que não entendi bem. Você vai ter que repetir.

— Espertinha.

Caminhamos até o carro juntos. Abri a porta do passageiro e esperei que ela entrasse para fechá-la.

Ao sairmos da entrada de carros em frente à casa, perguntei:

— Como você sabia todas aquelas coisas sobre Carolyn Applegate?

A decoração interior da casa não havia convencido a primeira cliente, inicialmente, mas, depois que Charlotte citou uma dúzia de celebridades que haviam redecorado suas casas recentemente com a mesma designer, a mulher passou a admirar mais o lugar. Essa estratégia sutil que ela usou pode ter mudado todo o resultado da visita de hoje.

Charlote era incomum, isso eu tinha que admitir, mas também admitia que os instintos da minha avó estavam certos, geralmente. Ela não havia chegado onde chegou por acidente. Iris conseguia ler bem as pessoas, e estava começando a parecer que sua leitura sobre Charlotte não estava completamente errada. Talvez eu tenha deixado meus sentimentos por mais uma linda mulher loira comprometerem o meu julgamento inicial, de alguma maneira.

— Google — ela disse. — Eu pesquisei o nome dos proprietários atuais e os encontrei na lista de clientes no site da designer. Depois, pesquisei sobre alguns outros clientes dela. Quando mencionei que a designer também havia feito a decoração da casa da Christie Brinkley, a poucos quilômetros de distância dali, os olhos da sra. Wooten se iluminaram. Então, eu abri o site e mostrei a ela que as fotos da casa da Christie tinham um tecido parecido no jogo de almofadas do sofá.

— Bem, isso deu certo. Você mudou a percepção inicial dela sobre a casa. E, com o segundo casal, fingir que gostou do monstrinho deles funcionou mais ainda.

Ela franziu as sobrancelhas.

— Eu não estava fingindo. O garotinho era adorável.

— Ele estava gritando o tempo todo.

— Ele tinha *três anos*.

— Tanto faz. Que bom que você conseguiu fazê-lo calar a boca.

Ela balançou a cabeça.

— Um dia, você vai ser um marido horrível para uma mulher nada sortuda, além de um pai muito impaciente.

— Não vou, não.

— Não? Então você é mais legal com as mulheres com quem namora?

— Não. Apenas não pretendo me casar ou ter filhos. — Os nós dos meus dedos ficaram brancos por causa do meu aperto mortal no volante.

Charlote ficou quieta, mas um olhar rápido no seu rosto me disse que eu havia tocado em um assunto que ela pretendia analisar durante o resto do caminho. Eu precisava arrancar aquela merda pela raiz, então voltei nosso foco para os negócios.

— Vou precisar que você envie um e-mail para os dois casais. Agradeça por eles terem ido visitar a propriedade e marque um horário para que possamos conversar por telefone na semana que vem.

— Ok.

— Ligue também para a Bridgestone Propriedades, na Flórida. Peça para falar com Neil Capshaw. Diga a ele que é a minha nova assistente e pergunte sobre o status da venda da propriedade dos Wooten em Boca. Se eles tiverem um comprador, podem ficar mais inclinados a comprar a casa de verão de Bridgehampton o quanto antes.

Ela pegou o celular e começou a digitar os lembretes nele.

— Ok. E-mails para os compradores. Ligar para Capshaw. Entendi.

— Também há um compromisso na minha agenda para amanhã às quatro horas que eu preciso que seja remarcado. Veja se pode adiá-lo para quatro e meia.

— Ok. Com quem é o compromisso?

— Iris.

Charlotte parou de digitar no celular e olhou para cima.

— Quer que eu ligue para a Iris, a sua própria avó, para remarcar um compromisso?

— Sim. Você é minha assistente. É isso que assistentes fazem. Elas marcam compromissos, mudam compromissos, e até mesmo cancelam compromissos quando preciso. Você não foi informada de que isso seria parte das funções do seu cargo?

— Mas ela é sua *avó*. Nem todo relacionamento deveria ser tratado como negócio, mesmo se for sobre negócios que vocês irão discutir. Você mesmo deveria ligar, não acha?

— Por quê?

Charlote balançou a cabeça e expirou.

— Deixa pra lá.

Para minha sorte, dirigimos em silêncio por um tempinho depois disso. O trânsito estava leve, e conseguimos chegar à via expressa sem que a srta. Raio de Sol tentasse me dizer como fazer o meu trabalho. Eu estava prestes a pegar a interestadual quando Charlotte cruzou e descruzou as pernas no assento do passageiro, e meus olhos acabaram desviando da estrada por uma fração de segundo. Não deve ter sido mais do que isso. No entanto, quando dei por mim, Charlotte estava gritando e buscando onde se segurar.

— Cuidado!

Instintivamente, pisei com tudo no freio antes mesmo de ter a oportunidade de entender com o que diabos eu tinha que ter cuidado. Tudo o que aconteceu em seguida pareceu passar em câmera lenta.

Olhei para a frente.

Uma pequena criatura peluda atravessou correndo a estrada à nossa frente.

Meu carro deu uma parada brusca e estridente, e pude ver o que eu quase atropelei.

Um esquilo.

Um maldito esquilo.

Ela me deu um susto do cacete porque um roedor estava atravessando a estrada.

Inacreditável. Eu estava prestes a dizer poucas e boas para ela quando uma batida enorme me impediu.

Sobressaltado, levei um minuto para perceber o que havia acontecido.

Alguém nos atingiu por trás.

CAPÍTULO 9
CHARLOTTE

— Merda! — Reed disparou antes de sair do carro e bater a porta. Ele não conseguiu mover o carro até o acostamento. O que quer que tenha acontecido deixou o veículo sem condições de ser dirigido.

Meu coração estava batendo com força.

Tudo bem.

Nós estamos bem.

O esquilo também.

Todos estão bem.

Ainda em choque ao sair, consegui registrar vagamente os sons abafados de Reed discutindo com o motorista do SUV vermelho que nos atingiu por trás.

— O que eu posso fazer para ajudar? — perguntei.

— Ligue para a polícia. Vamos precisar registrar uma ocorrência. Depois, procure a empresa de reboque mais próxima, enquanto eu pego as informações do seguro desse cara. — Ele tirou algo da carteira. — Aqui está o meu cartão do seguro. Diga a eles que estamos logo depois da Saída 70, em Manorville.

Uma hora e meia depois, a polícia finalmente foi embora e um motorista de reboque chegou para levar-nos até a oficina mais próxima.

Após uma longa espera, o mecânico veio falar conosco. Infelizmente, o veredito sobre a Mercedes de Reed não era bom.

— O seu para-choque traseiro está amassado, e isso está causando atrito contra o pneu. Posso terminar de consertar isso para você até amanhã de manhã.

Um olhar de preocupação surgiu no rosto de Reed.

— Amanhã de manhã? Nós precisamos voltar para a cidade esta noite.

— É o serviço mais rápido que você vai conseguir por aqui. A maioria das outras oficinas te pediria dois dias ou mais.

Reed soltou um suspiro profundo de frustração antes de passar os dedos pelos cabelos.

— Como nós vamos voltar? — perguntei.

— Eu acho que não vamos voltar esta noite. Você pode chamar um carro para te levar embora e colocar na conta da empresa, se não gostar da ideia de ficar aqui. Caso contrário, reserve dois quartos para nós em algum hotel perto daqui. Não faz sentido eu alugar um carro e dirigir por duas horas para voltar para a cidade, se terei que pegar o meu carro aqui pela manhã.

O dono da oficina chamou Reed para discutirem o pagamento enquanto eu fiquei ponderando sobre o que queria fazer. Mesmo que ele tivesse a tendência de me dar nos nervos, eu não achava que deixar o meu chefe sozinho aqui no meio de Long Island seria uma maneira de causar uma boa impressão. Eu queria demonstrar que era boa em trabalhar em equipe, mostrar a ele que eu era dedicada ao meu trabalho. Havia muito potencial para crescimento dentro da empresa, e eu precisava usar toda oportunidade que pudesse para provar que era capaz, especialmente diante do jeito que as coisas começaram. O que eu tinha que fazer estava claro. Coloquei a mão na massa e comecei a procurar os números de telefone de alguns hotéis locais.

Reed parecia ainda mais frustrado quando voltou do balcão de atendimento.

— Você decidiu o que vai fazer?

— Reservei dois quartos para nós em um Holiday Inn aqui perto.

— Holiday Inn? Não tinha outras opções?

— Tenho certeza de que você deve estar acostumado com hotéis cinco estrelas, como o Gansevoort ou o Plaza. Mas eu adoro o Holiday Inn. Qual é o problema com o Holiday Inn?

Ele murmurou algo antes de responder.

— Nada. Não há problema nenhum em... — Ele hesitou e, então, respirou fundo. — Está ótimo. Obrigado.

— Também chamei um Uber. Vai chegar aqui em alguns minutos.

Ele sorriu com os dentes cerrados.

— Ótimo.

Dava para perceber que ele estava bravo com toda essa situação. A ideia de passar mais tempo comigo do que o necessário provavelmente o irritava. E me irritou também, porque tínhamos nos dado bem durante o dia. Na verdade, fiquei bem surpresa com o quão bem nós trabalhávamos juntos. Essa situação veio como uma desmancha-prazeres no que estava sendo um dia muito produtivo.

Infelizmente, o motorista do Uber que chegou para nos buscar dirigia um Mini Cooper. Reed e eu mal cabíamos no banco de trás. Ele resmungou baixinho enquanto nos espremíamos ali. Suas pernas longas estavam comprimidas. O caminho foi bem errático, também. Curva após curva, fui sendo empurrada contra o corpo rígido de Reed. Tentei não pensar no fato de que o meu corpo estava reagindo a cada mínimo contato.

— Você pode parar no Walmart ali na frente? — perguntei ao motorista. — Prometo que serei rápida.

A frustração de Reed se elevou.

— Do que você precisa no Walmart?

— Alguns itens de cuidado pessoal, um biquíni e alguns lanchinhos para comer no quarto.

Os olhos dele arregalaram.

— Um biquíni?

— Sim. O hotel tem uma piscina interna aquecida. — Sorri.

— Você tem quantos anos? Dez? Isso não são férias. Também vai querer um McLanche Feliz para jantar?

Ele era tão arrogante, às vezes.

— Adultos também podem gostar de nadar, sabia? É uma ótima maneira de relaxar e espairecer depois de um dia estressante, e, por morar na cidade, eu raramente tenho a oportunidade de nadar em uma piscina. Então, você pode apostar que vou, sim, fazer valer o meu dinheiro nesse hotel. Bem, fazer o *seu* dinheiro valer. — Pausei antes de sair do carro. — Você quer alguma coisa?

— Não.

— Volto em cinco minutos — prometi antes de fechar a porta.

Quinze minutos depois, Reed parecia bem zangado quando voltei para o carro com as minhas coisas.

— Não foram só cinco minutos.

— Desculpe. O homem que estava na minha frente na fila estava discutindo com a moça do caixa por causa do preço dos cortadores de pelos do nariz.

— Está falando sério?

— Eu não conseguiria inventar isso, mesmo se tentasse.

Reed soltou um suspiro exagerado. Mesmo que parecesse estar com raiva, ele ainda era tão lindo, que, às vezes, parecia ficar ainda mais quando estava zangado. Ele estava vestido de maneira um pouco mais casual hoje, com uma camisa polo azul-marinho, que ficava justa em seus ombros largos, e uma calça cáqui. Ele estava sexy pra caramba.

Enfiei a mão na sacola do Walmart e tirei de lá os doces que comprei. Após abrir a embalagem, peguei um pedaço do alcaçuz de morango e depois o ergui diante do seu rosto.

— Quer um Twizzler?

Ele balançou a cabeça e riu, parecendo finalmente se conformar com a situação que estava sendo forçado a aguentar. Para minha surpresa, em vez de me zombar, ele pegou o doce e começou a devorá-lo. Seus dentes se enfiavam no alcaçuz de uma maneira tão gostosa que eu podia praticamente sentir a mordida na minha pele. Arrepiei-me. Quando ele terminou, esticou a mão em um pedido silencioso por mais. Pela primeira vez, ficou evidente que ele tinha um lado mais leve enterrado sob todo aquele seu exterior severo. Isso me deixou esperançosa em relação à possibilidade de ter uma melhor relação de trabalho com ele.

O carro fez uma parada brusca e estridente, deixando-nos no Holiday Inn.

Reed pegou as nossas chaves e, quando estava pagando, sua carteira deslizou das suas mãos, caindo no piso de mármore. Uma foto que devia estar guardada ali acabou indo parar no chão. Eu a reconheci imediatamente. Era a foto do seu noivado, que estava no seu perfil do Facebook.

Oh, meu Deus. Ele ainda carrega a foto dela. Por quê?

Aquela foi a primeira vez que percebi de verdade que o homem que havia escrito aquele bilhete azul ainda estava em algum lugar dentro dele. Talvez ele não tenha mudado tanto assim. Talvez ele estivesse apenas *fingindo* que mudou.

Eu precisava saber mais, mas tinha que agir de maneira indiferente para que ele não suspeitasse de que eu sabia de coisas sobre as quais não deveria saber.

Curvei-me para pegar a carteira e a foto, fazendo-me de desentendida ao entregar tudo a ele.

— Quem é essa mulher?

— Ninguém.

Meu coração estava batendo com força conforme andamos até o elevador. Fomos até o nosso andar em silêncio.

Ele me acompanhou até o meu quarto, que ficava a três portas de distância do dele.

Era só isso? Ele ia apenas fazer de conta que carregava na carteira a foto de alguém que não significava nada para ele? E esperava que eu acreditasse nisso?

Minha animação diante do prospecto de desvendar a pista que faltava sobre o enigma que é Reed Eastwood me fez insistir mais.

— Você mentiu. Quando disse que a pessoa naquela foto era ninguém.

— Como é?

As palavras saíram de mim em um vômito verbal.

— Eu te procurei no Facebook uma vez. Aquela era uma foto do seu noivado. O nome dela é Allison. Eu sei que não é da minha conta, mas é por isso que sei que você está mentindo.

Ai. Merda.

Qual é o meu problema?

— Você o quê? — ele reagiu.

— Me desculpe. Mas você não pode me dizer que nunca fez isso... que nunca fuçou as redes sociais de alguém.

— Não, eu nunca fiz isso. Não sou um espião de carteirinha, como certas pessoas.

Eu estava com medo de perguntar.

— O que aconteceu com ela?

Ele ignorou minha pergunta.

— Isso já passou dos limites.

— Eu vivo me perguntando se ela é o motivo pelo qual você é do jeito que é.

— Como é? Do jeito que eu sou?

— Fechado e amargo. Você parecia tão feliz naquela foto.

E também... havia o bilhetinho azul. Era o que eu queria dizer.

Mas eu já estava cavando o meu próprio buraco.

Seus olhos escureceram, e não parecia um bom presságio.

— Você está ultrapassando um limite muito perigoso, Charlotte.

Apesar de suas palavras duras, de alguma maneira, achei que, talvez, se eu compartilhasse com ele o fato de que eu entendia como era ter o coração partido, ele pudesse se abrir um pouco mais.

— Eu... eu não sei o que aconteceu entre você e ela... mas entendo como é ser magoado por alguém que você amava, ou pelo menos achava que amava. Talvez, se você falasse sobre isso, pudesse se livrar um pouco dessa raiva toda.

Sua voz ecoou pelo longo corredor.

— A única pessoa que está me deixando com raiva aqui é você. Você só tem me causado problemas desde o momento em que se infiltrou na minha vida.

Ele fechou os olhos, como se tivesse se arrependido imediatamente da aspereza de suas palavras. Mas era tarde demais. O estrago estava feito. Mesmo que me sentisse envergonhada por tê-lo colocado contra a parede daquela maneira, não ia aceitar que ele continuasse a me insultar. Eu não ia mais ficar quieta. Porra, eu nem estava mais em horário de trabalho.

Dane-se!

— Estou cansada de ser tratada dessa maneira. Vou te deixar em paz pelo resto da noite. Poderemos nos encontrar para tomar o café da manhã. Começa às sete. É de graça... não que você se importe.

Eu podia sentir as lágrimas se formando nos meus olhos, mas lutei contra elas. Me recusava a deixá-lo ver o quão chateada suas palavras me deixaram.

Reed deu alguns passos pelo corredor em direção ao seu quarto. Ele ficou diante da porta, observando-me enquanto eu passava o cartão-chave pela fechadura e não conseguia destrancá-la. Uma luz vermelha que indicava erro ficava acendendo repetidamente.

Isso só pode ser brincadeira! Que bela maneira de sair de cena.

Ouvi passos se aproximarem de mim. Humilhada, recusei-me a olhá-lo. Ele pegou o cartão-chave, e o toque breve de sua mão na minha não me passou despercebido. A porta apitou, acendendo uma luz verde assim que ele a abriu.

Claro que ele conseguiria fazer isso na primeira tentativa.

— Obrigada — sussurrei, ainda sem olhar para ele. Reed começou a se afastar novamente quando o interrompi. — Espere.

Eu havia comprado três pacotes de Twizzlers. Retirei um pacote fechado de dentro da sacola do Walmart e entreguei para ele, antes de entrar no meu quarto e fechar a porta.

CAPÍTULO 10
REED

Meus pensamentos estavam acelerados conforme a água do chuveiro caía sobre mim. Nenhuma quantidade de sabonete de hotel seria capaz de lavar o quão na merda eu estava me sentindo.

E ela ainda teve que me entregar aquelas drogas de Twizzlers, fazendo-me sentir ainda mais babaca.

Quem faz isso?

Que tipo de pessoa dá doces a alguém que acabou de tratá-la como lixo?

Charlote Darling é esse tipo de pessoa. Charlote Darling, com seus olhos brilhantes, seu jeito ávido, espirituoso e cegamente otimista. E eu não tenho feito nada além de minar sua espirituosidade desde o momento em que nos conhecemos, para garantir que nem um pouco da porra do seu brilho encoste em mim.

Ouvi-la tocar no nome de Allison me forçou a erguer a guarda com mais força do que nunca. Porque a única resposta verdadeira para sua pergunta sobre o que aconteceu exigiria que eu me abrisse para ela. Somente meus familiares mais próximos sabiam a verdade sobre o que aconteceu entre mim e minha ex-noiva. Eu precisava manter desse jeito.

Esquecera de verdade que ainda tinha aquela foto guardada na carteira. Mas entendi a impressão que devo ter passado: a de que eu era um bobo sentimental. Talvez eu tenha sido mesmo, antes que Allison me fizesse perder a fé no amor. Charlote deve ter deduzido que o fato de eu carregar aquela foto lhe dava a liberdade de tentar me fazer me abrir.

Com uma toalha em volta da cintura e os cabelos ensopados, deitei-me na cama e pensei em apenas cair no sono assim mesmo. Mas eu ainda não havia comido nada além daquele pacote inteiro de Twizzlers. Eu tinha que sair do quarto para ir comer alguma coisa. Pelo menos, foi o que eu disse a mim mesmo. O motivo real por trás disso era não conseguir tirar Charlotte da cabeça. Talvez eu fosse conseguir dormir melhor se me desculpasse por ter soltado os cachorros nela.

Vesti minhas roupas novamente antes de tomar a liberdade de andar até o quarto de Charlotte.

Inspirei fundo e bati na porta algumas vezes. Vários segundos se passaram sem resposta alguma. Bati novamente. Nenhuma resposta.

Bom, sem um carro, ela não deve ter ido muito longe. Peguei o elevador para descer até o saguão e espiei a academia, mas não havia nenhum sinal de Charlotte por lá.

O único restaurante que havia ali perto o suficiente para ir andando era um Ruby Tuesday. Quando passei pelas portas deslizantes do Holiday Inn, uma garoa atingiu meu rosto. Gotas de chuva brilhavam sobre os carros conforme eu andava pelo estacionamento em direção ao restaurante.

Assim que entrei, vi que o local onde fica a hostess estava vazio. Já era tarde, provavelmente estava perto da hora de fechar, então havia poucos fregueses. Levei apenas alguns segundos para encontrar Charlotte. Ela estava sentada a uma mesa em um canto, parecendo pensativa enquanto mastigava a ponta de uma caneta. Então, ela começou a escrever algo em um guardanapo. Ri, pensando que cada palavra ali devia ser um palavrão e que ela estava me xingando.

Eu sabia que precisava pedir desculpas, mas, naquele momento, eu preferia ficar apenas observando-a sem que ela soubesse. Eu podia erguer a minha guarda o quanto fosse diante dela, mas mentir para mim mesmo era bem mais difícil; era quase impossível. Não havia uma parte de mim que realmente não gostasse dessa mulher. Eu só não gostava do fato de que ela me lembrava de todas as coisas que eu estava tentando esquecer. O que me atingia era bem mais do que sua mania de se intrometer. Sendo simples e direto, o jeito alegre que emanava de Charlotte me lembrava de uma época da minha vida em que eu era feliz. Era doloroso pensar naquilo, principalmente no fato de que uma parte de mim ainda sentia saudades daquela felicidade.

Caminhei em direção a ela e decidi provocá-la.

— Acabaram os livros de colorir?

Ela deu um pulo. Estava tão concentrada no que quer que estivesse escrevendo que não havia me notado bem ali ao seu lado.

Ela virou o guardanapo para baixo.

— O que você está fazendo aqui?

— Ouvi falar que aqui tem buffet de saladas. E preciso de uma bebida.

— E de um calmante.

— Não posso misturar as duas coisas, então vou me conformar com uma cerveja. — Sentei-me de frente para ela. — Posso me juntar a você?

— Não sei se gosto de vê-lo tentando se *infiltrar* no meu jantar, Eastwood.

Infiltrar. Ela estava usando a minha própria terminologia contra mim. Merda. Eu mereci isso.

Engolindo o orgulho, me forcei a me desculpar.

— Me desculpe por ter usado esse termo para me referir a você mais cedo. E me desculpe por ter perdido a cabeça.

— Você poderia ter dito que não queria falar sobre aquilo. Não tem que ser tão malvado em relação a tudo. — Seu rosto estava vermelho. Ela estava mesmo com raiva.

— Você tem razão.

Charlote franziu as sobrancelhas.

— Você está concordando comigo? É a primeira vez que isso acontece.

— Fiz muitas coisas pela primeira vez hoje.

— Tipo o quê?

A garçonete se aproximou para anotar o meu pedido, impedindo que eu respondesse à pergunta de Charlotte. Quando estávamos sozinhos novamente, ela insistiu em ter uma resposta.

— Então, o que você fez pela primeira vez hoje?

— Bem... — Cocei a barba por fazer no meu queixo. — Essa é a primeira vez que coloco os pés em um Ruby Tuesday. — Dei risada. — Hoje também foi a primeira vez que andei em um Mini Cooper. Primeira vez que me hospedei em um Holiday Inn. Primeira vez que estive em um acidente de carro...

Ela pareceu chocada.

— Sério?

— Sim. Graças a você.

— Graças a *mim*? Era você que estava dirigindo.

— Você me distraiu.

— Você não estava prestando atenção. Por isso não viu o esquilo.

Foi isso mesmo. Eu não estava prestando atenção porque os meus olhos estavam grudados nas suas pernas. Da mesma maneira que estão agora grudados nos seus lábios.

— Talvez eu estivesse um pouco distraído. — Nossos olhares se prenderam por um momento de silêncio antes de eu mudar de assunto. — Então, o que você está escrevendo?

Ela colocou a mão sobre o guardanapo, impedindo-me de pegá-lo.

— Não tenho certeza se quero te contar.

— Por que não?

— Por alguma razão, acho que você vai zombar de mim — ela disse com a expressão séria. Cara, ela estava mesmo convencida de que eu era um babaca insensível.

— Nada que venha de você me surpreende mais, Charlotte. A essa altura, já estou bem-preparado para qualquer coisa. Tente.

Ela virou o guardanapo e o deslizou até mim, hesitante.

Era uma lista numerada. No topo, estava escrito *Lista do Foda-se*.

— Lista do Foda-se? O que é isso?

— É como uma lista de desejos. Mas vou chamar a minha de Lista do Foda-se porque é como eu realmente me sinto. A vida é curta, e nunca deveríamos presumir que temos todo o tempo do mundo para fazer as coisas que queremos fazer. Então, foda-se! Quer dizer, nós quase *morremos* hoje.

Seu comentário me fez soltar uma gargalhada alta.

— Nós quase *morremos*? Isso não é meio exagerado? Foi uma pequena batida de carro, no máximo. Como chamaríamos o nosso fim... Morte Por Um Esquilo?

— Você sabe o que eu quero dizer! Podia ter sido bem pior. Nenhum de nós sabe quando a nossa hora vai chegar. Então, tudo o que passamos hoje me motivou a pensar em fazer algumas das coisas que eu tenho adiado.

— Estão em ordem de importância?

— Não. Só na ordem que me vieram à mente. Acabei de começar. Tenho que pensar bem no restante.

— Eu ia dizer... eu espero que essas não sejam as coisas mais importantes para você... porque a número um, *Esculpir um Homem Nu*, é bem bizarra.

— Isso pode ser bizarro para você, mas, para mim, seria um dos projetos mais desafiadores e estimulantes que eu poderia fazer como artista. A oportunidade seria um sonho.

Isso me lembrou do vaso que ela havia feito — o que eu a fiz quebrar. Pelo que me lembrava, parecia que ela realmente tinha talento.

O número dois era ainda mais... interessante.

— *Dançar na Chuva Com um Estranho*?

— Essa ideia surgiu de um livro de romance que li. Começou com dois estranhos, e o homem puxou a mulher para dançar. E, então, começou a chover sobre eles. Eu acho que seria legal começar a dançar do nada com um estranho, não precisa ser algo romântico. A música e a Mãe Natureza juntando duas pessoas. Elas se conectam diante do mero fato de que estão vivas. Não importa quais são suas crenças políticas ou religiosas. Elas não sabem nada uma sobre a outra. Tudo o que importa é que estão unidas por esse momento incrível, do qual nunca esquecerão enquanto viverem.

— Então, uma pessoa desavisada por aí vai dançar um tango com você esse ano...

— Talvez... se eu tiver coragem de ir em frente com isso.

— Não tenho dúvidas de que você tem coragem. Mas como vai saber quando será o momento certo de puxar o gatilho?

— Eu acredito que a gente apenas *sabe*. É assim que muitas coisas são na vida.

— Então, é isso? Só esses dois?

— Bom, ainda não pensei no restante. Você interrompeu o meu *brainstorming*. Tenho que pensar em nove.

— Por que nove?

— Bom, na verdade, são dez. Mas sinto que devo deixar um item em aberto porque deve ter algo que ainda não percebi que quero fazer. Então, nove por enquanto.

Essa mulher era realmente diferente de qualquer pessoa que já conheci antes. De várias maneiras, era como se ela fosse muito sábia para a pouca idade e, em outras maneiras, como se tivesse nascido ontem.

Em certo nível, eu concordava com sua atitude de *viver o hoje*, porque você nunca sabe quando a vida vai te surpreender com algum obstáculo. Eu imaginava que, a essa altura, estaria casado, morando em um bairro residencial e escolhendo nomes de cachorro. No momento atual, a minha situação estava bem diferente disso. Acho que o momento de agarrar a vida pelos chifres é quando as coisas estão indo bem, em vez de ficar esperando que desmoronem.

— De onde você veio, Charlotte?

Ela fez uma longa pausa antes de ficar com a expressão séria.

— Eu não sei.

— A minha pergunta foi meio que retórica — esclareci. — Mas o que quer dizer com "não sei"?

Ela expirou profundamente.

— Bem, então a sua pergunta foi irônica. Porque eu realmente *não sei* de onde eu vim.

— Adotada?

— Sim.

— Foi uma adoção fechada?

— O mais fechada possível. — Ela olhou pela janela, encarando as gotículas de chuva, antes de voltar a falar. — Eu fui abandonada. Alguém me deixou na igreja local. Apertou a campainha da reitoria e fugiu, me deixando na porta.

Eu mal podia acreditar. Meu corpo enrijeceu. Isso era pesado, e algo que eu não estava preparado para responder. Não havia palavras. Eu não conseguia imaginar como alguém podia abandonar um filho. Meus próprios sentimentos de abandono pareciam insignificantes comparados com isso.

— Eu sinto muito. Nossa.

— Não sinta. — Ela pausou, parecendo reflexiva. — Não foi uma tragédia. Fui adotada por pais incríveis. Mas, obviamente, saber como acabei sendo adotada por eles é algo que não consigo apenas esquecer. E sinto, sim, que uma grande parte de mim está faltando. Seja ela quem for, eu a perdoo. Ela devia estar muito desesperada, mas garantiu que eu ficasse segura. Só gostaria de encontrá-la para dizer que a perdoo, caso ela se sinta culpada.

Sua resposta me deixou impressionado. Que perspectiva interessante. Não posso dizer que me sentiria da mesma maneira se meus pais tivessem feito isso comigo.

— Você já pensou em contratar um investigador particular para te ajudar a encontrá-la?

— Claro... se eu puder pagá-lo com, sei lá, amendoins? Eu nunca poderia pagar por isso.

Foi uma pergunta idiota, com certeza, e me arrependi imediatamente. Por ter sido criado com muito dinheiro, era muito fácil esquecer que nem todo mundo tinha o mundo a seu dispor.

— É justo.

Ela colocou uma nota de vinte dólares sobre a mesa.

— Eu tenho que ir.

— Por quê?

— A piscina vai fechar daqui a meia hora.

— Pode guardar o seu dinheiro. Eu pago a conta.

— Bom, eu não queria ser presunçosa, mas obrigada. — Ela pegou os vinte dólares de volta.

Charlotte começou a seguir em direção à porta quando a chamei.

— Charlotte.

Ela virou-se.

— Sim?

— Por que você me deu aqueles Twizzlers?

— Como assim?

— Bom, eu tinha acabado de gritar com você. Você estava brava. Mas aí, você me deu doces como se nada tivesse acontecido.

Ela pareceu ponderar um pouco antes de responder.

— Dava para ver que você estava chateado. Eu sabia que não tinha nada a ver comigo, mas sim com o que a minha pergunta tinha te forçado a pensar. Eu não levei a sua raiva para o lado pessoal, exceto quando usou a palavra "infiltrar". A sua raiva foi direcionada a mim, mas não era realmente *de mim* que você estava com raiva. E a verdade é que, por mais que eu esteja curiosa sobre você... o que aconteceu não é da minha conta.

Arqueei uma sobrancelha.

— Por que você tem tanta curiosidade sobre mim?

Seus olhos queimaram nos meus.

— Porque, no instante em que te conheci, eu sabia que você não era a pessoa que demonstrava ser.

— Como você chegou a essa conclusão tão rápido?

Aparentemente, eu estava fazendo perguntas demais, porque ela simplesmente foi embora sem me dar uma resposta.

Eu disse a mim mesmo que não ia passar pela piscina no caminho de volta para o meu quarto. Mas eu tinha que passar por ela de qualquer jeito para chegar aos elevadores.

Talvez só uma espiadinha.

Se ela estivesse nadando, eu acenaria com a cabeça e diria apenas um oi.

Sentindo o vapor emanando por baixo da porta, fiquei do lado de fora da entrada da piscina interna e espiei pela janela de vidro. Charlote tinha a piscina toda para si. Seus cabelos loiros ondulavam na água. Ela me lembrava uma sereia, movimentando-se com uma precisão suave. Em certo ponto, ela parou para afastar seus cabelos molhados do rosto, oferecendo-me um vislumbre do seu decote encharcado. Era como ver água descendo pela montanha mais linda que existe. Meus olhos desviaram dos seus seios, não porque eu não queria vê-los, mas porque, de alguma maneira, isso me pareceu perturbador e meio *voyeur* da minha parte, já que ela não fazia ideia de que eu a estava olhando.

Ela voltou a nadar de um lado a outro da piscina.

Senti inveja da sua habilidade de se perder na água. Quanto mais eu a observava, mais tentado ficava a pular na piscina.

Ri alto do pensamento.

Dá para imaginar? Se eu pulasse na piscina e me juntasse a ela?

Charlote provavelmente teria um ataque do coração. Ela estava convencida de que eu era uma pessoa miserável e resguardada. Ela vem tentando me desvendar desde o momento em que me conheceu, evidentemente. A única coisa da qual eu tinha certeza era que: se eu pulasse naquela piscina, seria a última coisa que ela esperaria que eu fizesse.

Era exatamente por isso que eu queria ter coragem de fazer isso.

Talvez aquela sua listinha tivesse me influenciado; eu não tinha certeza. Mas me senti repentinamente motivado a sair da minha zona de conforto. E das minhas roupas.

CAPÍTULO 11
REED

Charlotte Darling, digitei na barra de pesquisa. Fazia pelo menos seis meses desde que entrara no Facebook pela última vez. Eu não gostava de redes sociais. Mas já passava da meia-noite, e eu ainda não tinha conseguido dormir. Surpreendentemente, a cama do quarto do hotel de padrão econômico que a minha assistente maluca reservou para mim era bem confortável. Eu só estava me sentindo inquieto e não conseguia dormir por alguma razão.

Já que Charlotte já havia invadido a minha privacidade e me espionado, pensei que poderia retribuir o favor. Comecei por suas fotos. A última que ela postou foi há algumas horas: uma foto bem artística da piscina do hotel com algum tipo de filtro nela. A legenda logo abaixo dizia: "*Continue a nadar*". As três palavrinhas resumiam bem o jeito Charlotte Darling de ver a vida. Sua capacidade de ver o lado positivo em situações negativas me enlouquecia, e ainda assim eu não podia deixar de admirar isso, de alguma forma.

Sofrer uma batida de carro e ficar preso fora da área urbana em um hotel três estrelas? Enquanto eu resmunguei e só associava tudo isso a "inconveniência" e "percevejos", Charlotte pegou seus pompons e comemorou *"piscina no hotel!"* e *"Ruby Tuesday!"*.

Cliquei na próxima foto. *Mas que porra é essa? Aquele... sou eu?*

De maneira sorrateira, ela deve ter tirado aquela foto durante o caminho até aqui. A foto mostrava apenas a minha mão, então ninguém além de mim saberia de quem se tratava. Mas é claro que eu reconhecia a droga da minha própria mão. Meus dedos envolviam o volante, apertando-o com tanta força que parecia que eu estava tentando esganá-lo. Os nós dos meus dedos estavam brancos, e as veias na minha mão e antebraço estavam saltando. Por que eu estava estrangulando o maldito volante? Meus olhos desceram até a legenda que ela deu à foto: *Liberte-se*.

Que droga é essa? Ela tinha mesmo coragem se tirou uma foto minha e postou nas redes sociais, mesmo que ninguém pudesse reconhecer que aquele era eu. *Liberte-se*. E eu tinha mesmo era uma vontade enorme de marchar por esse corredor e *libertar* certa parte minha, se ela queria saber.

O que mais a srta. Darling poderia ter postado sobre mim? Cliquei na foto seguinte. Era uma captura de um vaso pintado com flores roxas brilhantes. A legenda dizia *"Crie a sua própria felicidade. Crie flores de íris"*. Era provavelmente uma foto do vaso que eu derrubei de suas mãos e que ela havia feito para a minha avó. Dei zoom na foto. *Uau*. Charlote tinha talento, se havia mesmo feito aquilo. Era muito lindo.

A próxima foto era uma captura aproximada de Charlotte com uma mulher mais velha, que assumi ser sua mãe. Suas bochechas estavam pressionadas uma contra a outra, e seus sorriso eram bem largos. A legenda dizia *"Por causa de você, eu sou"*.

A seguinte mostrava ela e uma mulher, que provavelmente tinha a sua idade, na praia, de pé, usando biquínis e chapéus de palha enormes enquanto seguravam drinques com pequenos guarda-chuvas nas bordas. *Porra*. Charlote tinha um corpo e tanto; muitas curvas para pouca estatura. Ela não era magricela como Allison. E, diferente de Allison, que tinha peitos redondinhos, grandes e falsos, Charlotte tinha seios naturais, femininos e cheios. Posso ter dado zoom na foto por um tempinho, imaginando o quão macios eles seriam se os sentisse em minhas mãos.

Merda.

Isso foi uma péssima ideia.

Voltei para o meu perfil do Facebook para evitar ser sugado ainda mais para o olho daquele furacão loiro. Mas não havia muita coisa para ver ali. As últimas fotos postadas eram de Allison e mim em um barco no verão passado. Eu me lembrava do momento em que ela havia tirado aquela foto no meu celular, e fiquei admirando-a. Nós parecíamos felizes. Pelo menos, eu pensava que estávamos, naquele tempo. Que idiota eu era. Eu a olhava como se ela fosse o sol que aquecia meu rosto. Mal sabia eu que devia ter me encharcado de protetor solar, porque estava prestes a me queimar.

Expirei com força. Por que eu não havia postado mais nada desde então?

Mas, mais uma vez, o que diabos eu postaria? Eu, no escritório, às onze da noite? Uma foto de um pedido de comida chinesa para um? Talvez uma foto do meu cachorro e eu? *Ah, é mesmo.* Allison também o levou, quando arrumou suas merdas para ir embora.

Eu não aguentava mais olhar aquelas fotos. Comecei a fechar meu laptop e, em vez de ir em frente, cliquei novamente no perfil de Charlotte. Ela tinha um monte de fotos recentes. Sem saber o que estava procurando e, ainda assim, incapaz de parar de procurar, cliquei na foto seguinte, e na seguinte, e na seguinte.

Uma captura de Charlotte nos braços de um cara chamou a minha atenção. Eles estavam bem arrumados, e os braços dele envolviam a pequena cintura dela enquanto eles se beijavam. Uma das mãos dela o envolvia pelo pescoço, enquanto a outra estava esticada em direção à câmera, com os dedos bem separados. Meus olhos desceram até a legenda *"Eu disse sim"*, antes de voltar à foto e analisar o anel em seu dedo. Ela não usava mais aquele anel. Talvez a srta. Maluquinha e eu realmente tivéssemos algo em comum... além do fato de que nós dois gostamos dela usando um biquíni vermelho.

Na manhã seguinte, desci e fui em busca de café pelo hotel. Parei de repente, encontrando Charlotte dentro da pequena academia, e a observei pela porta de vidro. *O que diabos ela está fazendo?* Ela estava sozinha no pequeno lugar cheio de espelhos. Só que ela não estava se exercitando. Ela estava sentada em uma daquelas bolas enormes, quicando para cima e para baixo, enquanto assistia à televisão pendurada na parede e mastigava um Twizzler.

Balancei a cabeça e dei risada. *Ela é tão doida.*

Quando abri a porta, sua cabeça virou-se de repente para ver quem estava entrando, e isso deve tê-la desequilibrado. Ela quicou mais uma vez e acabou atingindo o canto da bola com o quadril, afastando-a e fazendo com que aterrissasse de bunda no chão.

Merda.

Fui até ela e estendi a mão.

— Você está bem?

Ela colocou uma mão no peito e falou com uma voz tensa:

— Eu acabei de engolir um pedaço de Twizzler de uma vez por sua causa.

— Por minha causa? Como isso pode ser minha culpa?

— Você me assustou.

Arqueei uma sobrancelha.

— É uma academia pública em um hotel, Charlotte. As pessoas vão ficar entrando e saindo. É assim que lugares abertos ao público funcionam. Não é necessário marcar hora.

Ela segurou a mão que estendi e deu um puxão mais forte do que o necessário para se levantar.

— Deus, você é tão condescendente. Você está se ouvindo?

Ao ficar de pé, ela limpou a sujeira imaginária de suas roupas e mãos. Foi aí que pude ver o que ela estava vestindo pela primeira vez. Fiquei tão ocupado em observá-la quicando naquela bola estúpida que não havia notado antes.

— O que diabos você está usando?

Ela olhou para baixo.

— Betsy me deu isso. Eles têm pilhas de roupas novas doadas por negócios locais para emergências. Tipo quando algum hóspede perde a bagagem em voos e coisas assim.

— Betsy?

— A mulher na recepção que fez o nosso check-in. Ela se apresentou para você e usa um crachá com o nome dela.

Tanto faz. A roupa de Charlotte era interessante, para dizer o mínimo. Ela usava uma camiseta preta com a logo da Applebee's gravada na parte da frente e shorts de academia masculinos que ela havia enrolado na cintura, mas o comprimento ainda ia até seus joelhos. Mas a parte mais intrigante do seu vestuário era o que ela estava calçando para fazer exercícios: chinelos estilo pantufa felpudos brancos, que eram quatro vezes maiores do que o tamanho do seu pé, com "Holiday Inn" escrito na frente.

— Você não pode usar os equipamentos calçando isso. Não é seguro.

Ela revirou os olhos.

— Eu sei. É por isso que eu estava me exercitando na bola.

Minhas sobrancelhas se ergueram.

— Se exercitando? É esse o nome que você dá a sentar em uma bola e ficar quicando nela enquanto come doce?

Suas mãos pousaram na cintura.

— Eu tinha *acabado* de me exercitar e estava fazendo uma pausa.

— Para comer Twizzlers...

— Aposto que, se você olhar para as informações de produto em uma embalagem de Twizzlers e comparar com as de uma garrafa de Gatorade, não tem muita diferença.

— Gatorade fornece hidratação, eletrólitos e potássio. Twizzlers são puro açúcar.

Ela fez uma carranca para mim.

— Nossa, você é tão irritante.

Aparentemente, nossa conversa havia acabado de novo, porque ela abriu a porta e saiu sem dizer mais uma palavra.

Meu carro estava horrível, mas funcionou. O mecânico havia conseguido consertar a traseira atingida, que ficou pendurada e fazia atrito contra o pneu após a batida, mas eu ainda teria que levá-lo na concessionária para arrumar a lataria quando voltássemos para a cidade.

Estava prestes a entrar na via expressa bem no lugar onde A Tragédia do Esquilo aconteceu na tarde anterior. Balancei a cabeça diante da memória antes de perguntar à minha passageira:

— A barra está limpa? Não queremos que um rato do campo corra para atravessar a estrada e eu acabe com mais um estrago que me custe dez mil dólares.

Ela me encarou, irritada.

— Começa com um rato do campo ou um esquilo. Depois, não vai demorar muito até eu ficar sabendo que você saiu arrastando uma velhinha que estava atravessando a rua.

Escondi meu sorriso sugestivo.

— Você tem uma imaginação bem fértil. Me diga, Charlotte, você falava com o seu antigo chefe dessa maneira? Não me espanta o fato de você estar desempregada antes.

Olhei-a de lado e vi seu rosto murchar. *Merda*. Eu estava só brincando, mas parecia que o meu comentário sarcástico havia tocado em um ponto sensível. Ela ficou olhando pela janela ao responder.

— O meu chefe nas Lojas de Departamento Roth era um escroto. Ele merecia coisa muito pior do que algumas provocaçõezinhas.

Senti um nó apertar meu peito. Meu olhar pousou sobre Charlotte antes de voltar à estrada.

— Ele te assediou?

— Não. Não realmente. Não da maneira que você pensa, pelo menos. Se bem que eu peguei sua secretária fazendo *hora extra* debaixo da mesa dele certa noite.

— Você o pegou recebendo um boquete?

Ela continuou a olhar pela janela.

— Sim.

— Merda. O que você fez?

Ela suspirou.

— Joguei o meu anel de noivado na cara dele.

Levei alguns segundos para entender o que ela havia dito.

— O seu chefe era o seu noivo?

— Bom, ele não era o meu chefe direto. Mas era o chefe do meu chefe.

— Merda. Sinto muito.

Ela deu de ombros.

— Melhor descobrir antes do casamento.

Isso eu sabia, em primeira mão, que era verdade.

— Que tipo de trabalho você fazia lá?

— Eu era uma assistente de compras do departamento feminino. Meu ex-noivo é Todd Roth. A família dele é dona da cadeia de lojas.

— Você pediu demissão, ou o babaca teve a coragem de te demitir?

Ela sorriu diante do apelido carinhoso que usei.

— Eu pedi demissão. Eu não podia mais trabalhar para ele e sua família depois que terminei o noivado. Além disso, eu nunca ao menos quis fazer aquele tipo de trabalho, para começo de conversa, então não é como se eu estivesse trabalhando no meu emprego dos sonhos. Mas, quando olho para trás, penso que eu deveria ter arranjado um outro emprego antes de pedir demissão. Eu acabei tendo que fazer trabalhos temporários de merda por meses, e isso me destruiu financeiramente.

— A perda foi dele — eu disse.

Ela abriu um sorriso triste.

— Valeu.

Eu não era o melhor em expressar empatia, mesmo que me identificasse com a situação de Charlotte. Você não apenas perde um parceiro; você percebe que nunca teve um. Fiquei aliviado quando o celular de Charlotte vibrou e desviou sua atenção. Ela passou alguns minutos digitando antes de falar novamente.

— Os Wooten receberam uma oferta para a propriedade deles na Flórida. Neil Capshaw disse que é um acordo pago à vista com fechamento rápido. Também marquei uma ligação para você com o sr. Wooten para sexta-feira pela manhã e adiei o seu compromisso com Iris, como pediu.

Olhei para a hora no painel. Não eram nem onze da manhã ainda, e ela já havia feito tudo, mesmo que eu tenha lhe dado uma lista de afazeres ontem à tarde logo antes do acidente.

— Ótimo. Obrigado.

Ela guardou o celular de volta em sua bolsa.

— Nós vamos direto para o escritório?

— Não estava pensando em fazer isso. Devemos chegar na cidade à uma. Não tenho nada na minha agenda até as três, então pensei em ir para casa e me trocar. Mas você pode tirar o restante da tarde de folga. Ontem foi um dia longo o suficiente.

— Não, prefiro não tirar folga. Mas obrigada por oferecer. Iris me deu algumas coisas para fazer quando eu voltar, e quero começar logo. Se bem que eu adoraria ir em casa e tomar um banho rápido também, antes de voltar para o escritório.

— Ok. Eu te deixo onde você preferir e te vejo no escritório mais tarde.

Ela ficou quieta por um momento.

— Você se importa de me deixar no meu apartamento? Eu não moro muito longe da empresa, mas estão fazendo uma obra na linha de trem que deixa tudo mais lento, e eu quero voltar para o escritório rápido.

— Claro. Sem problemas. — Lembrei-me da sua lógica para explicar por que ela não queria que eu a buscasse em seu apartamento ontem, e disse: — Então tudo bem eu te ver nua agora?

Seu rosto ficou vermelho.

— O quê?

— Relaxa. — Eu ri. — Eu não estava fazendo uma proposta indecente. Estava usando a analogia que você usou quando disse que tudo bem eu saber onde você mora, mas não ver o seu prédio.

No entanto, acho que ela, mesmo figurativamente, ficou nua para mim nas últimas vinte e quatro horas. Fiquei sabendo dos detalhes do seu término, que ela era adotada, e até algumas coisas da sua Lista do Foda-se. O fato de que saber tudo isso me fazia sentir mais próximo dela me perturbava.

— Ah. — Charlotte deu risada e recostou-se no banco do passageiro. — Sim, acho que tudo bem você me ver nua agora.

Depois disso, ela relaxou pelo resto do caminho até a cidade. Eu, por outro lado, definitivamente não relaxei, pensando sem parar sobre Charlotte me deixar vê-la nua.

CAPÍTULO 12
CHARLOTTE

O escritório estava assustadoramente quieto.

Era cedo, mas não tão cedo a ponto de eu esperar que teria que destrancar a porta da frente. Embora eu tenha ficado até depois das sete na noite passada, não havia cumprido tudo o que gostaria da lista de projetos de Iris. Então, cheguei às seis e meia esta manhã para começar logo o dia.

Depois de acender todas as luzes e ligar meu computador, segui para a copa para fazer café. Enquanto o esperava ficar pronto, decidi limpar algumas manchas dentro da geladeira que notei na segunda-feira. Parecia que haviam derramado suco de laranja na prateleira em algum momento e ninguém se deu ao trabalho de limpar. Peguei alguns papéis-toalha e um produto próprio para limpeza de superfícies que estava debaixo da pia e me curvei para limpar o vidro da prateleira do meio, enquanto o cheiro de café coando preenchia o ambiente. A parede do fundo da geladeira também estava manchada com a gosma endurecida do suco de laranja, e eu só consegui alcançar ali puxando um pouco a prateleira para fora e esticando o braço.

Era exatamente nessa posição que eu estava, com meu corpo curvado, enquanto eu esfregava o interior da geladeira e minha bunda para o ar, quando a voz de um homem veio por trás de mim e me deu um susto do caramba.

— O que diabos você está fazendo?

Sobressaltei-me e bati a cabeça na prateleira que ficava acima do local onde eu estava limpando.

— *Ai!* Merda.

Na tentativa de ficar de pé, percebi que eu não só havia batido a cabeça, como também conseguido a proeza de prender uma parte do meu cabelo em alguma coisa dentro da geladeira.

— Que porra é essa, Charlotte?

É claro que tinha que ser o Reed.

Pensando no que ele devia estar vendo, tomei uma respiração profunda e calmante antes de falar.

— Estou presa.

— Você está o quê?

Gesticulei com a mão, apontando para o lugar onde meu cabelo estava preso.

— Meu cabelo. Está preso em alguma coisa. Você pode dar uma olhada?

Ele murmurou algo que não consegui entender e veio por trás de mim. Inclinando-se para frente, ele teve que se curvar contra a minha bunda para ver no que o meu cabelo estava enganchado.

— Caralho! O seu cabelo está enrolado na alavanca que você tem que girar para mover a prateleira mais para cima ou para baixo.

— Você pode desenrolá-lo? Ou cortar um pedaço, se for preciso. Essa posição não é muito confortável.

— Fique quieta. Pare de se remexer. O jeito como está se movimentando está fazendo com que fique ainda mais preso.

Fiquei o mais imóvel que pude enquanto Reed tinha uma de suas mãos na minha cabeça e a outra tentando desenrolar o meu cabelo de onde estava preso. Não era uma tarefa fácil, considerando que o meu corpo estava gravemente ciente da proximidade do dele. Mas, assim que parei de me mover, levou apenas alguns segundos para que ele me libertasse.

Fiquei de pé, massageando minha cabeça no local onde a raiz foi puxada.

— Obrigada.

Reed cruzou os braços no peito.

— Será que eu quero saber como isso aconteceu?

— Eu estava limpando uma mancha e o meu cabelo deve ter ficado preso.

— Você chegou antes da sete da manhã para limpar a geladeira? Nós temos uma equipe de limpeza, sabia?

— Não. Eu vim aqui para fazer café. Mas, enquanto esperava, pensei que podia limpar a sujeira, já que eu tinha notado outro dia.

A cafeteira apitou, sinalizando que o café estava pronto, então peguei a caneca que eu havia trazido para me servir. Virei de volta para Reed e ergui a cafeteira.

— Você tem uma caneca?

— Não. Eu uso os copos de isopor que guardamos no armário.

Franzi as sobrancelhas.

— Essas coisas são ruins para o meio ambiente. Você precisa arranjar uma caneca.

Reed estreitou os olhos para mim.

— Iris te mandou dizer isso?

— Não. Por quê?

Ele ergueu e esticou o braço sobre a minha cabeça, abriu o armário, pegou um copo de isopor, e tirou a cafeteira da minha mão.

— Porque ela me enche o saco com isso há anos.

Abri um sorriso doce para ele antes de tomar um gole do meu café.

— Talvez você devesse ouvi-la, para variar.

Permiti que ele considerasse o pensamento e saí da copa, deixando-o sozinho.

Enquanto Reed e seu irmão focavam principalmente em vendas de propriedades, a parte dos negócios que pertencia a Iris gerenciava as propriedades que a família Eastwood possuía e fornecia gerenciamento para clientes que eram donos de prédios comerciais. No entanto, os negócios se entrelaçavam quando os irmãos ficavam responsáveis pelo gerenciamento de um prédio que venderam ou tinham um relacionamento com o proprietário.

Um dos projetos na lista de Iris era compilar um banco de dados com todos os fornecedores de empresas de limpeza que eles usavam, para que ela pudesse solicitar ofertas para gerenciar várias propriedades com uma economia de custos. Para poder fazer isso, eu tinha que entrar em cada uma de suas pastas individuais no sistema e colher informações de cada propriedade. Enquanto os arquivos de Max eram um desastre, com documentos de Word e planilhas de Excel espalhadas de qualquer jeito e sem um sistema de nomeação que ficasse claro o suficiente, os de Reed eram tão organizados quanto eu esperava que fossem. Cada propriedade tinha uma pasta separada, nomeada com o endereço do local, e dentro de cada pasta havia subpastas separadas e organizadas de forma lógica, como a nomeada MANUTENÇÃO, onde encontrei a maioria das informações que eu precisava.

Levei algumas horas para compilar quase tudo. Estava faltando informações de apenas uma propriedade de Reed: Buckley Street, 1377. Depois de conferir a pasta da propriedade pela segunda vez, fui clicando em outras pastas para checar as que não estavam nomeadas com endereços. Uma delas era intitulada apenas como PESSOAL. Dentro dela, havia dezenas de subpastas. Examinei os títulos para buscar por algo que pudesse ter sido arquivado no local errado e encontrei pastas com os nomes SAÚDE, CONTRATOS, JURÍDICO... Havia até mesmo uma chamada CASAMENTO. Curiosa, cliquei com o botão esquerdo do mouse para ver qual tinha sido a última vez que aquela pasta foi aberta. Fazia mais de seis meses que ela não era acessada. Eu estava prestes a fechar tudo e ir até o escritório de Reed para perguntar se ele sabia onde eu poderia encontrar as informações que faltavam da última propriedade quando vi que havia um documento de Word que estava solto, fora de qualquer pasta. O nome do arquivo era DESEJOS.

Sem pensar muito, cliquei para checar o conteúdo. O que encontrei me deixou extremamente chocada. Reed havia feito sua própria Lista do Foda-se.

Durante toda a manhã, não consegui tirar a lista de Reed da cabeça. No entanto, o que deixou minha mente confusa não foi necessariamente o conteúdo dela, mas o fato de que ele havia ao menos feito uma. O homem tinha dado risada quando eu disse a ele que estava trabalhando na minha lista.

E, mesmo assim, ele havia feito sua própria lista de desejos? E eu conferi a data do arquivo. Foi criado às oito horas da noite anterior, e atualizado pela última vez um pouco depois das dez. Ele ainda estava no escritório quando fui embora por volta das sete. Eu simplesmente não conseguia imaginar que ele havia ficado ali por horas, trabalhando em sua própria lista. Aquilo parecia tão fora do normal para ele. Existia, definitivamente, dois lados de Reed Eastwood: um que ele mostrava para mim e para o resto do mundo, e um lado que ele mantinha escondido. Eu conseguia enxergar o homem que havia escrito aquele lindo bilhete azul fazendo uma lista de desejos que queria realizar na vida, mas certamente não o Reed arrogante que ele era comigo na maior parte do tempo. Mas então, havia breves momentos em que eu sentia que estava tendo um vislumbre do outro Reed. Mas nunca duravam muito tempo.

Caminhei devagar pelos corredores da loja de um dólar durante o meu horário de almoço com uma cesta nas mãos, perdida em pensamentos. Eu tinha ido até lá para comprar assadeiras, papel-toalha e luvas de borracha — três coisas que eu usava em excesso quando trabalhava com cerâmica —, mas nunca saía de uma loja dessas sem um monte de coisas que eu não precisava de verdade. Minha cesta tinha lenços, algumas tigelas de plástico, elásticos para cabelo e um monte de temperos que estavam baratos demais para que eu deixasse passar, mesmo que eu não fizesse ideia de para que iria usá-los. Quando cheguei às prateleiras de canecas sazonais, decidi escolher uma para Reed, para que ele parasse de usar copos de isopor para tomar café.

Passando por canecas com estampas de abóboras de Halloween, corações de Dia dos Namorados e menorás, soltei uma risadinha ao pegar uma caneca vermelha em particular. O tema era Natal, e o desenho na frente era de um grupo de garotos usando suéteres e cachecóis enquanto cantavam músicas natalinas. Não pude resistir e comprei, considerando o que ele havia escrito no item número três da sua lista de desejos.

Cantar em um Coral.

Em algum momento no meio da tarde, acabei me tocando de que talvez Reed tenha colocado aquela lista no servidor da empresa para me zoar. Será que ele estava brincando com a minha cara? Ou teve uma epifania após me ouvir falar sobre a minha lista e havia realmente decidido fazer a sua própria? É claro que eu não podia apenas perguntar a ele, já que isso seria admitir que eu tinha bisbilhotado seus arquivos pessoais. Bem, *eu podia*, é claro, mas, na última vez que fiz isso, ele ficou muito bravo. Então, decidi que sondaria sua reação em relação à caneca que comprei. Se ele havia deixado aquela lista ali e inventado a parte sobre cantar em um coral masculino, talvez eu conseguisse ver isso em seu rosto.

Por volta das cinco da tarde, fiz café fresquinho e servi para o meu chefe em sua nova caneca.

Reed estava olhando para baixo, concentrado em uma pilha de papéis, quando bati na porta aberta do seu escritório. Era a primeira vez que eu o via usando óculos. Eles tinham uma armação retangular e estilo casco de tartaruga — muito estudioso —, que combinava muito com seu rosto esculpido. Deus, ele parece uma versão sexy do Clark Kent. Eles deviam ser apenas para leitura, porque Reed os retirou quando olhou para cima.

— Precisa de alguma coisa?

Nesse momento, uma boa quantidade de respostas nada profissionais surgiu na minha mente. Balancei a cabeça para me livrar dos pensamentos e me aproximei com a caneca cheia de café fumegante. A parte onde ficava o desenho ainda estava virada para mim.

— Achei que gostaria de um café.

Ele olhou para mim, depois para a caneca, depois de volta para mim e jogou os óculos sobre a mesa.

— Você me arranjou uma caneca, hein?

— Arranjei, sim. Fui até a loja de um dólar durante o almoço e comprei uma para você, assim não vai mais ter que usar copos de isopor.

— Foi muito gentil da sua parte.

Sorri.

— Sem problemas. Faz parte da coleção sazonal fora de época da loja. Espero que não se importe com um pouco de espírito natalino em julho.

Girei a caneca para que ele visse o desenho na frente e foquei em seu rosto para poder observar se ele esboçaria qualquer reação.

Reed ficou apenas olhando para os garotos cantando na caneca por muito tempo. Ele piscou, confuso, e ficou claro que o peguei desprevenido. Visto que não havia nenhum sinal de risada vindo dele, eu soube que ele não tinha mesmo plantado aquela lista ali para brincar comigo. Ele teria entendido a piada, se esse fosse o caso.

Ele semicerrou os olhos para mim.

— Por que você escolheu esta?

Hã...

Ai, não.

Eu podia sentir risadinhas nervosas chegando. Ocasionalmente, quando estou em uma situação sob pressão, começo a dar risada. E, depois que toma conta de mim, não consigo parar.

Isso não era nada bom.

Em vez de respondê-lo, caí numa risada leve que, gradualmente, foi ficando histérica. Lágrimas começaram a se formar nos meus olhos.

— Desculpe. Me desculpe — eu disse, enquanto tentava parar. Durou quase um minuto: eu, gargalhando, e Reed apenas me encarando, incrédulo.

— O que raios é tão engraçado nessa caneca, Charlotte? — ele perguntou finalmente.

Ai, meu Deus.

Ou eu admito que estava xeretando suas coisas e encontrei sua lista de desejos ou ele vai pensar que estou zombando do seu desejo de cantar em um coral.

Nunca! Eu nunca seria cruel a ponto de rir dos sonhos de alguém. Quer dizer, eu pensei que isso era uma brincadeira comigo, que ele tinha inventado aquela lista. Agora que sabia que era de verdade, nunca menosprezaria algo que ele realmente desejava. Minhas risadas tinham mais a ver com o fato de ter sido pega em uma situação complicada. Eu estava rindo de mim mesma... mas ele não tinha como saber disso.

Só havia um jeito de sair dessa. Eu tinha que dizer a verdade.

— Me desculpe. Foi um mal-entendido.

— Importa-se de me explicar?

— Eu... acabei encontrando a sua lista de desejos. A que você salvou no servidor da empresa.

A expressão de Reed ficou azeda. Meus batimentos aceleraram em expectativa por sua resposta.

Ele expirou antes de falar.

— Sim, estava no servidor, mas estava em uma pasta *pessoal*, Charlotte.

— Isso mesmo.

— Você estava bisbilhotando os meus arquivos pessoais e essa caneca foi o seu jeito de zombar do que encontrou?

— Não! Você entendeu tudo errado. Olha... eu não consegui acreditar que você estaria fazendo uma lista de desejos, para começar. Você meio que zombou de mim por causa da minha. Eu não queria ter que admitir que abri aquele arquivo, mesmo que eu tenha deduzido que nada que estivesse no servidor da empresa pudesse ser tão particular assim, mesmo que estivesse marcado como "Pessoal". Mas peço desculpas. Eu estava errada. De qualquer jeito, pensei que talvez você tivesse deixado aquela lista ali intencionalmente, como uma brincadeira, para que eu encontrasse. Estava tentando sondar a sua reação com essa caneca para ver se as minhas suspeitas estavam corretas. Mas ficou claro que eu estava muito errada. Não estava rindo porque você quer cantar, não mesmo. Por favor, saiba disso. Estava rindo da situação na qual me meti. Foram risadas de nervoso. E agora estou tagarelando. Me desculpe.

Ele apenas ficou ali, me encarando, enquanto tomava alguns goles de café da caneca. Consegui perceber um pequeno sinal de um leve sorriso pretensioso. Parece que ele estava se divertindo ao me ver suar.

— Você é bem irritante, sabia? — ele disse, por fim.

Liberando o sorriso que eu vinha segurando, perguntei:

— Então... é verdade? Você começou a fazer uma lista porque *quis*? Era de verdade?

Ele pousou a caneca sobre a mesa e esfregou as têmporas. Seus olhos castanhos profundos me queimaram quando ele olhou para cima para responder.

— Sim.

— Sério?

— Eu não acabei de dizer que sim?

Sentei-me de frente para ele, cruzei os braços e me inclinei em direção à sua mesa.

— O que te fez começar essa lista?

— Você argumentou bem, ok? Eu nunca disse que a sua lista era estúpida. E também nunca zombei de você por isso, como parece achar. Então, sim, você me motivou a pensar em fazer uma lista para mim.

Fiquei arrepiada. Mais uma vez, ele estava provando que o homem sensível que eu havia originalmente imaginado que ele seria quando encontrei o bilhete azul ainda estava em algum lugar dentro dele.

— Uau. Isso é tão incrível.

Reed revirou os olhos diante do meu entusiasmo.

— O conceito de uma lista de desejos não é tão incrível assim.

— O que eu quis dizer é que... eu achava que você nem *gostava* de mim. E enquanto isso... eu te inspirei? Isso é tão legal.

Ele levantou de repente, indo para o outro lado do escritório.

— Não vamos nos deixar levar demais.

Ele parecia estar fingindo mexer em alguns arquivos só para evitar a conversa.

— Então, percebi que você anotou poucos itens. Vai me dizer por que os escolheu? *Escalar Uma Montanha* faz total sentido para mim. Quer dizer, eu consigo imaginar que isso deve ser muito empolgante. Mas o negócio do coral masculino... você canta?

Ele expirou profundamente e, então, virou-se para mim.

— Eu não vou conseguir me safar dessa pergunta, não é?

— Sem chance.

Reed voltou à sua cadeira e tomou o restante do café.

— Sim, Charlotte. Eu canto. Ou melhor, *cantava*... quando eu era mais novo. Mas o meu ego de adolescente tomou conta e eu abandonei o hobby. Prefiro não entrar em grandes detalhes, mas posso dizer que a imagem nessa caneca retrata bem como é. Assustadoramente bem, até. Se alguma vez você quiser ouvir sobre os tempos em que eu cantava, Iris ficará feliz em te contar tudo. Ela tem algumas fitas VHS com apresentações gravadas e vive me ameaçando com elas.

— Sério? Eu vou perguntar a ela, com certeza.

— Que ótimo.

— Sabe... — Sorri. — Uma lista de desejos é inútil se você não tem a intenção de agir para realizá-los. Me deixe te ajudar a conseguir um ou dois desses itens.

— Estou bem assim.

— Todo mundo precisa de motivação. Eu posso te ajudar a ir em frente. Podemos ser tipo parceiros de lista... ou, no meu caso, parceiros de foda-se.

Aquilo soou meio mal — tipo "parceiros de foda". Minha testa começou a suar.

— Por que você ao menos se daria ao trabalho, Charlotte? Qual é o truque por trás disso?

— Nenhum. Bem, na verdade, acho que o truque é: você teria que me ajudar a me manter em dia com os meus objetivos também. Podemos animar um ao outro.

Ele jogou a cabeça para trás, rindo.

— Ok, vamos nos acalmar um pouco aí.

— Será que você pode ao menos *considerar* aceitar a minha ajuda? Quer dizer, eu sou sua funcionária. Por que não tirar proveito de mim?

Quando ele respondeu, sua voz estava baixa, fazendo a minha pele formigar.

— Você quer que eu tire proveito de você?

Iris entrou no escritório bem nesse momento inoportuno. Ela cruzou as mãos e sorriu alegremente.

— Oh! Fico feliz em ver vocês dois se dando bem, finalmente.

— Olá, Iris — cumprimentei após limpar a garganta.

Ela dirigiu-se para Reed.

— Acabei de ficar sabendo sobre o acidente de carro nos Hamptons. Você não me disse nada sobre isso. O que aconteceu exatamente?

— Charlotte tentou salvar um esquilo e causou uma batida.

— Bem, isso foi muito nobre da sua parte, Charlotte.

— O que eu posso dizer? Alguém precisa cuidar deles. Os esquilos me amam por isso. — Dei de ombros e então mudei para um assunto mais urgente. — Iris, é verdade que Reed cantava?

Minha pergunta pareceu surpreendê-la.

— Sim, é verdade, mas não acredito que ele admitiu isso para você. Reed é bastante reservado quanto a isso. — Ela fechou os olhos e suspirou. — Ele tinha uma voz muito linda, um tenor perfeito. Eu teria fundado qualquer tipo de escola de música, se ele quisesse. É uma pena ele não ter continuado.

Reed foi rápido ao mudar de assunto.

— A que devo o prazer da sua visita, vovó?

— Na verdade, eu queria falar com a Charlotte antes que ela fosse embora. Decidi transferir a festa anual de verão da empresa para a casa de Bedford, então precisarei da ajuda dela para alguns dos preparativos.

Mesmo que morasse em Manhattan, Iris tinha uma casa de família em um bairro residencial. Era onde os Eastwood e Locklear faziam grandes reuniões familiares, e onde comemoravam as festas de fim de ano. Os pais de Reed também moravam lá, durante a parte do ano em que não estavam viajando pelo mundo. Aparentemente, o sr. e a sra. Eastwood haviam decidido se aposentar mais cedo na Flórida e aproveitar mais um pouco a vida, enquanto Iris era muito viciada em trabalho para passar suas responsabilidades na empresa para outra pessoa.

— Pensei que iríamos alugar um local na cidade para a festa desse ano — Reed falou.

— Descartei essa ideia. A propriedade de Bedford deu muito certo nos últimos anos. Vamos precisar alugar algumas tendas brancas grandes e transportar os responsáveis pelo buffet. Jared também estará na cidade durante o fim de semana da festa, então o *timing* foi perfeito.

Olhei para ela.

— Jared?

— Meu sobrinho-neto de Londres, neto da minha irmã. Ele só esteve nos Estados Unidos algumas vezes, então vou precisar contar com você bastante durante a estadia dele, Charlotte, para garantir que ele esteja sendo bem tratado.

Reed não pareceu ter gostado muito da ideia.

— Por que Jared precisa de babá? — ele resmungou.

— Ele não precisa. Só achei que ele e Charlotte se dariam bem. Ela poderia mostrar a cidade a ele, levá-lo a lugares badalados... você sabe, seja lá o que os jovens estejam frequentando hoje em dia.

— Ficarei feliz em mostrar a Jared os meus lugares favoritos.

— Obrigada, querida. Tenho certeza de que Jared vai adorar. Você não acha, Reed?

Fiquei esperando por uma resposta dele, mas Reed não ofereceu nada além de um olhar mortal para Iris.

CAPÍTULO 13

REED

Minha avó estava forçando demais.

Jared Johansen era um dos solteiros mais notórios de Londres, e Iris sabia bem disso quando decidiu colocá-lo nas mãos da Loirinha. Isso tudo era para me deixar irritado e não poder fazer nada, porque eu não tinha nada a ver com a disponibilidade dele para Charlotte.

Jared era corretor de *commodities* de dia e playboy à noite. Com sua paixão por carros velozes e mulheres mais velozes ainda, é claro que ele não ia deixar passar a oportunidade de descolar algo com uma mulher linda como Charlotte. Um olhar em seus olhos impressionantes e curiosos e em seu corpo matador bastaria para que ele a visse como sua presa do verão. Minha única esperança é que ela conseguisse enxergar sua fachada.

Fazia alguns anos desde que ele visitara os Estados Unidos, mas Jared era mais do que capaz de dar seus jeitos por Nova York. Iris estava brincando comigo, tentando mais uma vez me fazer acordar e agir com mais rapidez em relação à Charlotte. Mas eu me recusava a entrar em seus joguinhos.

Durante a tarde em que Jared chegou, me mantive fora do radar por todo o tempo em que ele e Charlotte estavam perambulando cidade afora. E por "fora do radar" quero dizer que fiquei seguindo as redes sociais de Charlotte, usando-as como um mapa virtual para saber seus paradeiros, o que incluiu paradas na exibição de objetos em cerâmica no Museu de Arte Moderna e na *Magnolia Bakery* para comprar cupcakes.

Eu odiava me importar, odiava estar atraído por ela. Odiava o fato de que ela me fez sentir mais vivo do que me sentia há muito tempo. Mas, acima de tudo, eu odiava o fato de que provavelmente seria melhor para Charlotte ficar com aquele meu primo mulherengo do que comigo. Doía admitir isso. Mas era a verdade. Ele poderia ser capaz de lhe dar filhos loirinhos e a vida que ela merecia, algum dia.

Por mais que eu quisesse não ir à festa, o evento de verão dos Eastwood e Locklear não era algo que eu poderia simplesmente furar. Acredite em mim, eu já procurei por um meio de me livrar antes, mas não comparecer era meio difícil quando se era dono da empresa. Eu tinha que não apenas estar presente e sorrindo, mas também fazer um discurso e entregar prêmios de reconhecimento aos funcionários à noite. Minha avó havia delegado essa segunda tarefa para mim há alguns anos porque, em suas palavras, eu era o que falava melhor na família. Era a única noite do ano em que eu mantinha conversa fiada com meus funcionários, e isso fazia com que fosse uma noite mentalmente exaustiva. Adicione Charlotte e Jared na mistura, e eu estava definitivamente ansioso para que a noite terminasse, antes mesmo que tivesse começado.

Fiquei protelando na suíte master no segundo andar da casa da minha família o máximo possível, observando as festividades lá de cima. Cinco tendas gigantescas estavam espalhadas pelo jardim frontal enorme, enquanto uma banda de jazz tocava música ao vivo. Convidados se misturavam durante o pôr do sol, enquanto garçons serviam aperitivos. Brincando com meu relógio, chutei minha bunda mentalmente e desci as escadas para encarar a festa.

Charlotte e Jared estavam no bar. Ela estava brincando com o canudo fino vermelho do seu Cosmopolitan. Jared estava usando a música alta como desculpa para se aproximar da orelha dela enquanto falava. Eu conhecia aquele truque. Era apenas uma desculpa para ficar mais perto. Ele estava praticamente chupando sua orelha com cada palavra.

Fazendo vista grossa, passei por eles e dirigi-me a um grupo de funcionários para puxar assunto. Depois de terminar o meu discurso obrigatório, fiquei andando pelo jardim, cumprindo o que tinha que cumprir para chegar logo ao ponto em que eu poderia apenas beber sem ter que me preocupar em falar com mais ninguém. Cada vez que meus olhos viajavam até Charlotte, eu percebia que ela estava retribuindo meu olhar. Na verdade, ela não parecia muito interessada no que quer que Jared estivesse dizendo.

Max interrompeu meus pensamentos ao se esgueirar por trás de mim.

— Cachinhos Dourados parece estar entediada pra cacete. — Ele me entregou uma vodca com gelo.

— É, parece que ela não está engolindo as balelas com que Jared está tentando enchê-la, felizmente.

— No que a vovó estava pensando, afinal, ao mandá-la ficar com ele hoje?

Estreitei os olhos para o meu irmão.

— Estou surpreso por você ao menos saber o que está acontecendo por aqui. Não te vejo há dias.

— Eu a sigo no Instagram — ele revelou.

— Eu já deveria saber.

— De qualquer jeito, isso me irrita.

De repente, senti vontade de socá-lo.

— Eu não sabia que você estava tão interessado na Charlotte.

— Não seria ruim conhecê-la melhor. — Ele deve ter percebido a raiva nos meus olhos. — Por que você está me olhando como se estivesse pronto para me matar agora mesmo?

— Do que você está falando?

— Assim que eu disse que estou interessado nela, sua expressão mudou da água para o vinho. Tem algo que você queira me dizer?

— Eu não devia ter que te lembrar sobre a nossa política de não-confraternização — eu disse, virando a vodca.

— Nós não temos uma política de não-confraternização.

— Agora nós temos.

Com um sorriso presunçoso, entreguei meu copo para ele e imediatamente me afastei antes que ele pudesse me pressionar mais em uma conversa na qual eu o proibi de chegar perto de Charlotte sem uma explicação racional. Meus sentimentos eram complexos, e Max estava começando a perceber o meu interesse nela. Não era um assunto sobre o qual eu queria conversar com ele, especialmente quando Charlotte não era uma pessoa que eu poderia ter de verdade.

Ficou claro que eu estava indo na direção errada, porque Charlotte estava vindo na minha direção.

— Eastwood, estou imaginando coisas ou você cumprimentou todos os presentes esta noite, exceto a mim?

Eu não havia me tocado de que as minhas ações estavam tão óbvias.

— Me diga você, já que tem me observado a noite toda.

— A propósito, oi — ela disse.

— Oi. — Limpei a garganta. — Como foi o seu dia?

— Cheio.

— É mesmo? Se entupir de cupcakes pode ser bem cansativo.

— Como você sabe sobre isso? — Ela estalou os dedos. — Ah... você entrou no meu perfil do Instagram.

— Bom, é um perfil público, diferente de, sei lá, xeretar os arquivos pessoais de alguém.

Charlotte riu.

— Você é um *stalker*.

— Acho que um *stalker* reconhece outro.

Jared nos interrompeu.

— Primo! Que bom te ver.

Com seus cabelos loiros, olhos azuis e estatura alta, Jared até que tinha uma boa aparência. Eu queria que esse não fosse o caso.

— Jared — falei com os dentes cerrados. — Faz tempo que não nos vemos. Como está indo a viagem?

— Esplêndida. Charlotte cuidou muito bem de mim hoje.

Vai sonhando.

Jared virou-se para ela, praticamente despindo-a com os olhos.

— Vamos dançar?

Irritado, comecei a me afastar.

— Vou deixar vocês em paz.

Ela colocou a mão no meu braço para me impedir.

— Espere. Você disse que iríamos discutir aquele negócio de trabalho.

Ela está piscando para mim?

Charlote Darling estava, aparentemente, tentando me usar para se livrar de ter que ir dançar com Jared. Isso me agradou, mesmo sabendo que me sentir assim seria a minha ruína.

Decidi seguir sua onda.

— Ah, sim. Projeto Esquilo. É verdade. Nós íamos nos reunir para falar sobre isso.

Jared ficou perplexo.

— Uma reunião de negócios agora?

Charlote não perdeu tempo e elaborou:

— É só uma coisa que precisamos discutir antes de amanhã. Você se importa?

— De jeito nenhum. Iris está querendo dançar comigo novamente, de qualquer maneira. Falo com você depois, Charl.

Quando Jared estava longe, ela me olhou.

— Eu odeio quando ele me chama de Charl. Obrigada por entrar na minha onda. Eu só precisava ficar longe dele um pouco. Tenho a suspeita de que ele acha que vai rolar algo entre nós só porque eu tenho sido gentil, mas está completamente enganado. Eu não quero insultar a sua avó, mas não saio com caras que têm as unhas mais bem feitas do que as minhas. Sem contar que tudo o que ele faz é falar sobre os carros dele e sua garagem gigantesca na Inglaterra. E não estou nem aí para isso.

E assim, meu respeito por Charlotte cresceu um pouco mais.

BILHETES DE ÓDIO 115

Parei um pouco para observá-la realmente e inspirei fundo para conter a dor no meu peito. Charlote estava simplesmente de tirar o fôlego sob as luzes do jardim e o céu noturno estrelado. Ela estava usando um vestido rosa-claro que não era muito mais escuro do que sua pele. Com seus cabelos presos em um coque, ela me lembrava de uma bailarina, com corpo de dançarina de dança do ventre. Aquele vestido não fazia o menor esforço para esconder suas curvas matadoras.

Eu deveria ter simplesmente saído dali. Em vez disso, meus olhos caíram até seu decote antes que as palavras saíssem da minha boca.

— Posso pegar outra bebida para você?

— Eu adoraria.

— Volto já.

Abri um sorriso malicioso que ficou grudado no meu rosto durante todo o caminho até o bar.

No entanto, meu sorriso desapareceu rapidamente quando vi um rosto familiar vindo na minha direção, que pertencia à pessoa que havia despedaçado meu coração há dois anos. De repente, toda a minha energia fugiu de mim.

Allison.

CAPÍTULO 14
CHARLOTTE

Eu não conseguia acreditar no que estava vendo.

Era ela. Allison, a ex-noiva do Reed. No bar.

O que ela está fazendo aqui?

Minha curiosidade me venceu conforme me movi para ficar um pouco mais próxima de onde eles estavam.

Allison tinha cabelos loiros mais escuros do que os meus. Ela era alta, quase da mesma altura de Reed. Era linda, e não pude evitar a pontada de ciúme que senti ao vê-los juntos pela primeira vez.

No entanto, para duas pessoas que já estiveram tão apaixonadas uma pela outra, eles pareciam bastante desconfortáveis perto um do outro no momento.

Minha necessidade de saber o que havia realmente acontecido entre eles estava mais forte do que nunca. Mantive meus olhos grudados neles, como se eu fosse conseguir descobrir algo só por observá-los.

Reed parecia estar aflito, mexendo repetidamente em seu relógio enquanto eles conversavam. Ela inspirou profundamente, depois expirou.

— Você parece bem.

— Obrigado — ele disse, sem fazer contato visual.

— Acabei vendo todas as tendas montadas enquanto estava dirigindo para a casa dos meus pais, e pensei em dar uma parada para dizer oi, ver como você está.

Notei-o alinhando a gravata, mas ele não estava usando uma. Era como se ele não soubesse o que fazer com as mãos.

Não cabia a mim interrompê-los, mas meu instinto me disse que ele queria uma maneira de se livrar daquela conversa. Não, ele *precisava* de uma maneira de se livrar daquela conversa.

— Sinto muito por interrompê-lo, sr. Eastwood, mas nós realmente precisamos discutir sobre o Projeto Esquilo. Preciso ir embora em breve e não quero perder a oportunidade de aproveitar os seus conhecimentos.

Allison alternou olhares entre nós.

— Projeto o quê?

Reed parecia não saber se queria rir ou chorar.

— Ah, sim, muito importante. Eu preciso ir a essa reunião. Allison, foi ótimo te ver. Teremos que colocar o papo em dia uma outra hora.

— Foi ótimo te ver também.

Reed me seguiu, e simplesmente continuamos andando em silêncio até estarmos longe do local da festa. A sensação era de que andamos pelo menos uns oitocentos metros.

Eles tinham muito espaço de terras. E havia luzes externas por todo o terreno. Finalmente, paramos perto de um pequeno lago que corria ao longo da extensão da propriedade. Sentei-me na grama e Reed juntou-se a mim.

Ele olhou para o céu ao falar.

— Como você sabia que eu precisava escapar daquela conversa?

— O seu rosto. Você parecia muito desconfortável falando com ela. Deduzi que poderia ao menos tentar te tirar dali. Eu disse a mim mesma que, se eu estivesse errada, você não entraria na minha onda.

— Obrigado.

— Ela foi convidada? — Ele apenas negou com a cabeça. — Por que ela veio?

— A propriedade da família dela fica perto daqui. Ela deu uma parada para dizer oi. O pessoal da segurança a conhece e provavelmente a deixou entrar, pensando que ela havia sido convidada.

Eu queria tanto perguntar novamente o que havia acontecido entre eles, mas lembrei-me do que aconteceu no hotel em Long Island quando ele perdeu a cabeça comigo.

Reed estava encarando as estrelas. Para minha surpresa, ele respondeu parcialmente à pergunta em minha cabeça sem que eu precisasse proferi-la.

— Ela me magoou muito quando ficou ciente de que o futuro que ela pensou que teríamos seria um pouco diferente do que ela sempre imaginou. Não quero entrar em detalhes, mas ela me mostrou que o seu amor era, definitivamente, condicional.

— Amor condicional não existe.

— Você tem razão — ele disse. — Mas foi difícil eu perceber isso. Eu acreditei que a amava incondicionalmente. Quando o amor não é correspondido, você tem que aprender a deixar de amar a outra pessoa. A sua mente te diz que não é para você amá-la mais, mas o coração não ouve tão facilmente.

— Você ainda a ama?

— Não da mesma maneira, mas os meus sentimentos são complicados.

Fiquei de coração partido por ele, mas, ao mesmo tempo, sentia inveja de Allison, por ter sido uma pessoa que recebeu amor verdadeiro. Todd nunca me amou. Agora, eu sabia disso. Saber que o amor de Allison por Reed foi condicional destruiu definitivamente o que eu idealizava sobre eles quando encontrei o bilhete azul pela primeira vez. Estava percebendo que eu não sabia de nada, realmente, mas estava com medo de me intrometer demais. Ao mesmo tempo, ver que ele ainda estava lutando com seus sentimentos aqueceu meu coração e me deu a esperança de que existiam homens por aí que eram capazes de amar de verdade.

Encarei o perfil de Reed. Deus, será que existia mesmo algo mais sexy do que um homem lindo que só queria ser amado por uma mulher?

Ele cutucou a grama.

— Eu queria mesmo que ela não tivesse aparecido.

Meus olhos se mantiveram grudados em seus dedos longos e masculinos no chão.

— Acho que foi bom ela ter aparecido, porque você precisa aprender a ser capaz de ficar cara a cara com ela para seguir em frente. Foi bom para praticar. Além disso, você viu a expressão dela? Ela ficou muito confusa quando você saiu de lá. E isso fez tudo valer a pena.

— Projeto Esquilo. — Ele riu baixinho.

Dei risada também.

— Projeto Esquilo. Definição: empreendimento comercial inexistente e ultrassecreto que, por meio deste documento, serve como a maneira perfeita de se livrar de qualquer situação desconfortável.

Ele suspirou.

— Uma bebida seria ótimo agora, mas não quero voltar para lá ainda.

Comecei a ficar de pé.

— Quer que eu pegue bebidas para nós? Você pode ficar aqui.

— Não. — Ele pousou a mão na minha perna, induzindo-me a voltar a sentar.

Ficamos em silêncio por um tempo.

— Esse lago pertence a vocês?

— Sim. Faz parte da nossa propriedade.

— Uau.

Algo incrível me ocorreu naquele momento. Bom, eu não tinha certeza se Reed consideraria incrível. Mas as engrenagens na minha mente estavam girando. Aparentemente, a minha alegria era óbvia.

— O que está se passando nessa sua cabeça, Charlotte?

— Parece que vou explodir. Estou sentindo uma vontade enorme de fazer algo insano.

— Agora?

— Eu adicionei mais algumas coisas à minha Lista do Foda-se, recentemente. E uma delas envolve um lago. Estou sentindo que a oportunidade está diante de mim nesse momento.

— Como assim "envolve um lago"?

— *Nadar Pelada em um Lago à Noite*. Eu nunca vou a nenhum lago à noite. Só Deus sabe quando isso pode acontecer novamente. É como se fosse o destino. Mas eu não quero te assustar, se você preferir que eu não faça isso.

— Você não acabou de inventar essa loucura? Isso estava mesmo na sua lista?

— Eu juro!

Ele me chocou ao responder:

— Então, eu acho que você deveria fazer.

— Sério?

— Sim. Seria um final apropriado para essa noite bizarra.

— Você acha que alguém pode vir até aqui? Eu não quero ser flagrada.

— Eu duvido disso. Mas seja rápida. Vou ficar de guarda. E não vou olhar.

— Você está mesmo me encorajando a fazer isso?

— Pode me chamar de louco, mas eu preciso de todas as distrações que puder ter esta noite, mesmo que sejam na forma das suas maluquices. Não estou com vontade de voltar para a festa ainda, então nada mais justo do que fazermos algo para passar o tempo. Vou me virar agora.

Ele ficou de costas para mim. Dei um gritinho de alegria ao tirar rapidamente a roupa antes de pular na água, que estava surpreendentemente quentinha.

Assim que meu corpo estava submerso, gritei:

— Pode virar agora!

Reed ficou de pé, com as mãos nos bolsos, enquanto me olhava flutuar pela água. Ele não se mexeu do lugar e manteve os olhos em mim, olhando para trás vez ou outra para garantir que não tinha ninguém se aproximando.

— Viu... — gritei para ele. — Essa é uma das diferenças entre uma lista de desejos e uma lista do foda-se: a espontaneidade. A lista do foda-se é mais baseada no impulso do momento. Parte do mantra da lista do foda-se é que, se a oportunidade aparece, você precisa aproveitá-la. E é isso que estou fazendo.

Era muito estimulante estar nua à noite nessa propriedade. E também era muito excitante porque parecia algo tão sacana, já que Reed estava a apenas alguns metros de distância de mim. Meus mamilos endureceram com esse pensamento.

Estava orgulhosa de mim por aproveitar o momento. Eu provavelmente nunca consideraria fazer algo tão espontâneo durante o tempo em que fui noiva de Todd. Vendo por esse lado, sobreviver ao término não só havia me deixado mais forte, mas também mais aventureira.

Quando estava satisfeita, anunciei:

— Vou sair!

Reed ficou de costas para mim. Deslizei o vestido pelo meu corpo molhado enquanto começava a processar a realidade do que eu havia acabado de fazer.

— Como vamos explicar por que você está toda molhada? — ele perguntou.

— Eu não sei. Como você vai explicar isso, Reed? — Abri um sorriso travesso.

— Você vai colocar isso na minha mão, Darling? É um desafio?

— Se quiser aceitar.

Quando voltamos para a festa, felizmente, parecia que Allison já havia deixado o local.

As pessoas estavam olhando para nós, confusas, principalmente Max e Jared. Todos estavam perplexos, exceto Iris, que estava sorrindo de orelha a orelha.

— Mas o que aconteceu com você, Charlotte? — ela indagou.

Olhei para Reed e esperei por sua resposta, tentando ao máximo não perder a compostura. Ele finalmente respondeu à avó:

— Charlotte e eu fomos dar uma volta para discutir assuntos de trabalho. De repente, ela viu um esquilo correr e entrar direto no lago. Estava escuro, e o roedor estava agitando os bracinhos e as perninhas como se sua vida dependesse disso, tentando permanecer boiando. Ela decidiu, então, dar uma de Charlotte e, sem nem ao menos piscar, pulou no lago e o salvou... o libertou, salvou a vida dele.

Reed merecia um prêmio de atuação, porque ele contou a história ridícula com uma seriedade inabalável.

— Charlotte, você nunca deixa de me surpreender — Iris disse.

— Sim, ela é bem incrível. — Reed sorriu.

Fiquei esperando que ele acrescentasse algo para arruinar a frase carinhosa, algo como "bem incrível para uma pessoa maluca". Mas ele não fez isso.

Senti que devia muito a Reed. Ele me deu assistência na minha aventura no lago e continuou no espírito da brincadeira depois. Agora que eu sabia como era a sensação incrível de riscar aquele item na minha lista, estava ainda mais motivada a começar a ajudá-lo com sua própria lista de desejos.

Na quarta-feira seguinte, fiquei no escritório até tarde, pesquisando corais pelo estado de Nova York.

Senti como se tivesse ganhado na loteria quando me deparei com o Coral do Tabernáculo do Brooklyn. Imediatamente, enviei um e-mail para perguntar se eles estavam aceitando novos membros.

O diretor do coral respondeu ao meu e-mail no mesmo instante e me forneceu algumas das datas em que os testes estariam abertos.

Imprimi todos os materiais e me perguntei como Reed reagiria. Quando cheguei ao seu escritório, ele não estava lá, então deixei as informações em uma pasta sobre sua mesa com um bilhete que dizia: *Minha retribuição. Vamos fazer isso!*

Na manhã seguinte, cheguei cedo ao escritório e encontrei outro bilhete azul de Reed, no centro da minha mesa.

Toda vez em que eu via esse pequeno artigo de escritório, sentia arrepios e me lembrava do momento em que descobri aquele pequeno pedaço de papel azul dentro do vestido de noiva.

Ansiosa, peguei o bilhete e o li.

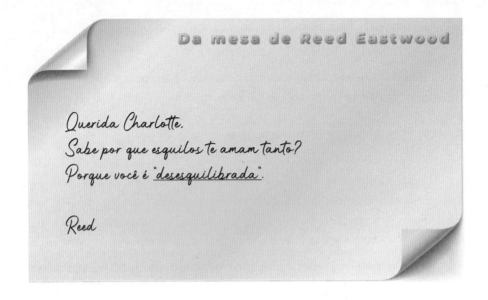

Balancei a cabeça e sussurrei para mim mesma:

— É esse tipo de bilhetes de amor que você escreve agora, Eastwood? — Ri. — Está mais para um bilhete de ódio.

CAPÍTULO 15
REED

Eu não tinha a intenção de comparecer.

Pelo menos, foi isso que eu disse a mim mesmo. O fato de que marquei um compromisso com um vendedor em potencial na parte de Cobble Hill, no Brooklyn, não tinha nada a ver com os testes que estavam acontecendo a doze quarteirões dali no mesmo dia.

Minha reunião terminou às seis e meia, e dirigir pela Smith Street me fez passar por uma certa igreja enorme. Quando percebi, já havia estacionado e estava seguindo uma horda de pessoas como uma ovelha desatenta.

— Bem-vindo ao Tabernáculo. — Um homem mais velho na entrada me entregou um folheto com um sorriso caloroso. — Talento é um presente de Deus. Compartilhá-lo é a sua maneira de retribuir. Boa sorte esta noite.

Por mais que o gesto convidativo devesse ter me feito sentir mais à vontade, aconteceu o completo oposto. Eu queria dar o fora dali. Mas já que eu já estava ali, abafei a vontade de fugir, sentei-me em um lugar na última fileira e observei todos os rostos animados nos bancos da frente da igreja.

— Posso sentar aqui? — O cara que havia me recebido estava no corredor, na extremidade do banco no qual eu me sentei. Olhei em volta da igreja. Devia haver umas trinta fileiras completamente vazias à minha frente. Ele leu a minha expressão. — Eu gosto de me sentar próximo à porta caso haja alguma interrupção ou pessoas atrasadas causem tumulto.

Assenti e deslizei no banco para dar-lhe espaço. Passava das sete da noite. As pessoas haviam parado de chegar, mas as audições ainda não haviam começado.

— Você é novo? Não lembro de tê-lo visto por aqui antes.

— Eu só parei aqui para... — *O que diabos eu estava fazendo aqui?* — Dar uma olhada.

— Então, você não canta?

— Não. Sim. Não. Sim. Quer dizer... eu cantava. Faz muito tempo.

Ele assentiu.

— O que te fez parar de vir à igreja?

Eu não disse que tinha parado de frequentar a igreja. Apenas deixei implícito que costumava cantar e não cantava mais.

— Como pode saber se não frequento outra igreja?

Ele sorriu.

— Você frequenta?

Não pude evitar uma risadinha.

— Não. Não frequento.

Ele gesticulou para os bancos dos fundos.

— Quando as pessoas vêm aqui depois de um longo tempo de ausência, tendem a sentar nas últimas fileiras.

Assenti.

— Facilita a fuga.

— Quanto tempo faz?

— Desde que cantei pela última vez?

Ele balançou a cabeça.

— Não. Desde a última vez que esteve na casa de Deus.

Eu sabia a resposta sem ter que pensar sobre ela. A última vez que coloquei os pés dentro de uma igreja foi com a Allison. Havíamos ido para a missa antes da nossa reunião marcada com o diácono. Faltavam duas semanas para o dia do nosso casamento, e nós entregamos a ele as leituras e as músicas que escolhemos para a cerimônia. Ironicamente, o dia em que fomos à casa de Deus também foi a noite em que ela escolheu mudar de ideia.

— Faz um tempinho.

— Meu nome é Terrence. — O homem estendeu a mão. — Seja bem-vindo de volta.

— Reed. — Apertei sua mão. — E não tenho certeza se estou mesmo de volta.

— Toda jornada começa com um primeiro passo. Você pretende fazer o teste para o coral?

— Ainda não decidi. Pensei em assistir esta noite e ver como são as coisas. Haverá uma segunda noite de testes na semana que vem, certo?

— Isso mesmo.

As portas da igreja se abriram e um cara com um uniforme de manutenção entrou. Ao ver Terrence, ele disse:

— Temos um problema com a caldeira no porão. Seria bom uma ajuda para mover os armários de arquivos que a srta. Margaret nos fez guardar lá. Eles estão bloqueando o acesso ao sistema.

Terrence assentiu e virou-se para mim.

— O trabalho de um voluntário nunca termina por aqui. — Ele ficou de pé e me deu tapinhas no ombro. — Espero que você encontre o que está procurando.

Alguns dias depois, eu ainda não tinha decidido se voltaria para a segunda e última noite de testes no Tabernáculo do Brooklyn. Mas, quando acessei meu calendário on-line, notei que havia um compromisso marcado para aquela noite. O programador mostrava que Charlotte havia registrado o compromisso, mas a única informação era um monte de letras que não formavam nada: *CPOCLDC*.

Peguei o telefone e liguei para seu ramal. Ela atendeu no segundo toque.

— *Bonjour, Monsieur Eastwood. Je peux vous aider?*

Mas que...

— Charlotte?

— *Oui.*

Então, a ficha caiu. Quando bisbilhotei sua Lista do Foda-se no servidor da empresa outro dia, ela havia acrescentado *Aprender Francês*. Eu a tinha visto na copa mais cedo, comendo seu almoço com fones de ouvido e murmurando coisas sozinha. Agora, tudo fazia sentido. Bom, sentido para Charlotte Darling. Ela estava ouvindo frases e praticando ao repeti-las.

Para minha sorte, eu também havia aprendido um pouco de francês.

— *Ne tenez-vous pas la langue anglaise assez?*

Tradução: Você não já destrói a língua inglesa o suficiente?

Cobri o telefone e dei risada, porque eu não fazia a menor ideia se a minha própria tradução estava ao menos correta.

— Hum... hã? — ela respondeu.

Ri.

— Foi o que pensei.

— Ainda estou aprendendo.

— Eu nunca imaginaria...

— Cale a boca. Você ligou por algum motivo, ou só teve mesmo uma vontade enorme de tirar sarro de alguém e automaticamente ligou para o meu ramal?

— Na verdade, eu liguei por um motivo. É você que faz ser fácil demais tirar sarro.

— O que você queria?

— Tem um compromisso no meu calendário para quarta-feira às sete da noite. Está nomeado como *CPOCLDC*. Você sabe o que é isso?

— Claro. CPOCLDC: "Cantar Para o Cara Lá de Cima". Eu escrevi em código para que ninguém entendesse, além de nós.

Balancei a cabeça.

— Você quer dizer além de *você*.

— Tanto faz. Você está animado? Está praticando?

— Eu não vou fazer o teste, Charlotte.

Mesmo que eu decidisse fazê-lo, de jeito nenhum ia deixá-la saber. Fazia anos que eu não cantava, e as pessoas naqueles testes eram muito boas. Eu duvidava muito que fosse conseguir passar. Além disso, se por alguma chance muito remota eu passasse nos testes, já podia vê-la sentada na primeira fila em cada apresentação. Ela provavelmente convidaria todos os funcionários da empresa e até mesmo alguns zeladores do prédio que eu nem ao menos conhecia.

Imaginei seu beicinho quando ela falou.

— Por que não?

— Só porque eu fiz a lista não significa que pretenda atacá-la como se isso fosse uma competição.

— Ah. — Ela ficou quieta por um momento. Depois, repetiu: — Por que não?

— Apenas tire o compromisso da minha agenda, Charlotte.

— Tá.

Depois que desliguei, senti-me um pouco mal por ter sido um babaca com ela. Então, abri seu calendário, acessei todos os seus compromissos e lembretes para a semana seguinte e comecei a traduzir todos de inglês para francês para que ela pudesse praticar.

Um compromisso dizia "O voo de Iris pousa às 17h da tarde. Ligar às 16h para confirmar". Então, eu traduzi para: *Le vol d'Iris atterrit à 17h. Appelez pour confirmer à 16h.* Depois, decidi acrescentar mais algumas tarefas para ela fazer para mim:

Prendre rendez-vous avec rétrécis. Tradução: Marcar horário com terapeuta. Pelo menos, foi o que tentei escrever.

Um outro lembrete dizia: "A promoção da Victoria's Secret vai acabar. Pedir não-mencionáveis depois de receber o pagamento!". Ri muito desse. Charlotte era definitivamente a única pessoa de vinte e poucos anos que eu conhecia que falaria "não-mencionáveis". Dei a ela uma boa tradução para isso.

Commandez des pantalons et des soutiens-gorge. Pedir calcinhas de velha e sutiãs de sustentação.

Eu estava me divertindo, gostando mesmo de tirar sarro dela, até que eu cheguei no próximo compromisso. "Encontro às Cegas às 21h".

Uma raiva inesperada começou a borbulhar dentro de mim. Mesmo que eu não tivesse o direito de me sentir assim, isso não aliviou a queimação na minha garganta. Algum panaca ia tirar proveito da Cachinhos Dourados. Eu não estava com ciúmes. Eu estava... querendo protegê-la. Lá no fundo, enterrada debaixo de toda a loucura, havia uma mulher que acreditava em contos de fadas. Seu noivo babaca havia bancado o chefão fodedor onde *ela trabalhava*, e Charlotte ainda postava merdas no Facebook do tipo *"Continue a nadar"* e *"Crie a sua própria felicidade"*. Algumas pessoas nunca aprendiam. Ela só perceberia que seu cavaleiro de armadura brilhante era um cuzão embrulhado em papel-alumínio depois que ele ferrasse com ela. E eu ficava muito irritado por ela ser tão cega.

O sentimento ficou imensuravelmente pior quando percebi que suas futuras compras na Victoria's Secret provavelmente estavam diretamente ligadas ao seu grande encontro às cegas.

— Deixe na minha mesa — vociferei sem olhar para cima. Eu senti seu cheiro quando ela entrou no meu escritório. Conhecer seu cheiro só serviu para me irritar ainda mais. E gostar da porra do cheiro dela.

Charlote colocou o relatório no qual esteve trabalhando na mesa e girou para ir embora. Mas então, parou na porta.

— Eu fiz algo de errado, Reed?

Já fazia alguns dias que eu vinha tratando-a com mais rigidez. Desde a tarde em que cometi o erro de abrir seu calendário.

— Não. Só estou ocupado.

— Gostaria que eu te trouxesse um café ou alguma outra coisa?

— Não. — Gesticulei para a porta sem tirar os olhos do folheto que eu estava editando. — Mas você pode fechar a porta quando sair.

Depois que a porta se fechou com um clique, joguei a caneta na mesa e me recostei na cadeira. Agora, a droga da sala inteira estava com o cheiro dela. Alguns minutos depois, eu ainda não tinha conseguido voltar a me concentrar, então abri o laptop e redigi um e-mail para a minha assistente irritante.

Para: Charlotte Darling

Assunto: Você

Eu apreciaria muito se você pudesse reduzir a quantidade de perfume com o qual se banha. Meus receptores olfativos ativaram meus sensores de alergia uns seis metros antes de você entrar aqui. Além disso, uma mulher se veste melhor com sutileza.

Depois de desabafar, consegui voltar o foco para o trabalho de verdade. Até alguns minutos depois, quando um barulho suave me notificou que havia chegado um novo e-mail. Eu sabia de quem era antes de tirar meu computador do modo de hibernação.

Para: Reed Eastwood

Assunto: Seus receptores olfativos

É uma pena que os seus receptores olfativos sejam tão sensíveis. Você já tentou se expor ao alérgeno para dessensibilizar o efeito? Talvez possa ajudar se, de vez em quando, você parar para sentir o cheiro das rosas ao invés de pisotear o jardim. O mundo está cheio de buquês de mulheres. Além disso, um homem se veste melhor com boas maneiras.

Na noite seguinte, antes de ir embora, parei no escritório de Charlotte para deixar alguns recibos para que ela pudesse preparar meu relatório mensal de gastos. Estava perto das oito, e presumi que ela já havia ido embora. Sua voz me fez parar logo antes de alcançar sua porta.

— E qual o preço das cabines de dormir?

Houve silêncio e, depois:

— Hum, ok. E qual o tamanho das camas na cabine?

Mais silêncio.

— Uau. Você não tem alguma onde caibam duas? Ou talvez uma queen size?

Ela deu risada.

— Tudo bem. Sim, acho que essa é sempre uma opção. Eu não estou pronta para fazer essa reserva ainda. Mas muito obrigada pela informação.

Eu não queria ser pego xeretando no corredor, mas também não conseguia resistir a ser um babaca. Entrei devagar em seu escritório, coloquei meu envelope de gastos em sua mesa e disse:

— Usando o telefone da empresa durante o horário de trabalho para planejar as férias? Isso não é muito profissional, Charlotte.

Ela me encarou, irritada. Achei sua expressão com nariz franzido, olhos semicerrados e um calor rosado surgindo em suas bochechas muito fofa. Sabiamente, mantive o pensamento em segredo.

Charlote pegou seu celular da mesa e o balançou na minha frente.

— Eu estava usando o meu celular, não o telefone da empresa. E o meu expediente terminou há três horas. Então, tecnicamente, a única coisa da empresa que eu estou usando é esta cadeira.

Escondi meu sorriso presunçoso.

— Vai viajar para algum lugar? Não sabia que você já podia entrar de férias.

— Não que seja da sua conta, mas eu só estava pegando informações sobre uma viagem de trem na Europa. Eu gosto de sonhar acordada com as coisas que quero fazer, e às vezes, ter uma noção de como aquilo é ajuda.

Então entendi. *Sob o Sol da Toscana*. No dia anterior, ela havia acrescentado *Fazer Amor Com um Homem Pela Primeira Vez em Uma Cabine de Dormir Durante Uma Viagem de Trem Pela Itália* à sua Lista do Foda-se. Se ela soubesse que eu andava bisbilhotando sua lista no servidor, entenderia que isso significava que eu estava interessado em ser seu parceiro de listas, então eu não mencionei que sabia do que ela estava falando. Em vez disso, escolhi um caminho diferente. Um que me levaria direto para o inferno, com certeza.

— Talvez, se você passasse mais tempo trabalhando e menos tempo sonhando acordada, conseguiria ser mais produtiva e não teria que ficar aqui até as oito da noite.

Seus olhos se arregalaram. Ela me encarou por um momento antes de abrir a gaveta e arrancar a sua bolsa de lá, batendo-a com tudo sobre a mesa antes de fechar a gaveta com força. Após desligar e fechar seu laptop, ela ficou de pé e colocou a bolsa no ombro. Depois, marchou até a porta, onde eu ainda estava. Como eu não esperava que ela fosse parar quando me alcançasse, dei um passo cauteloso para trás, antecipando a comida de rabo que levaria.

Ao invés disso, ela fechou os olhos, ergueu as mãos, e seus dedos começaram a digitar freneticamente no ar.

Maluca. Pra. Caralho.

E tão linda com as narinas infladas.

Ela apertou o que eu presumi ser o botão imaginário "Enter", respirou fundo, abriu os olhos e saiu do escritório sem mais uma palavra.

Talvez eu tenha ficado olhando o balançado da sua bunda durante todo o tempo em que ela caminhou até a saída. Porra, nós dois precisávamos de terapia.

CAPÍTULO 16
REED

Passei mais alguns dias evitando Charlotte a todo custo, mas isso deixou de ser possível quando Iris apareceu em um almoço de negócios com ela a tiracolo. Matthew Garamound, nosso contador, meu irmão e eu já estávamos à mesa. Mesmo que eu estivesse irritado com sua presença, fiquei de pé quando ela deu a volta na mesa. Cumprimentei-a com um aceno de cabeça e puxei a cadeira vazia ao meu lado, enquanto Garamound fazia o mesmo para Iris.

— Charlotte.

— Na verdade, eu vou sentar perto do Max, do outro lado da mesa, se ele não se importar. Eu não quero que o meu perfume incomode a sua alergia.

Iris estreitou os olhos.

— Você não tem alergia a perfume.

— É algo que desenvolvi recentemente.

Max abriu seu sorriso radiante e irritante pra cacete e ficou de pé para puxar uma cadeira.

— Meu irmão perde, eu ganho. — Ele se inclinou em direção a Charlotte, fechou os olhos e inalou dramaticamente. — Você tem um cheiro incrível.

Resmunguei baixinho algo sobre sua falta de profissionalismo conforme nós cinco nos sentávamos. Logo ficou claro que Charlotte ia evitar fazer contato visual comigo, algo que inicialmente eu pensei que seria perfeito, até perceber que, enquanto ela não estava olhando na minha direção, isso me permitia uma oportunidade ilimitada para observar seu rosto. Ela era uma distração e tanto. Tive que fazer esforço para prestar atenção a qualquer outra coisa, então passei a analisar o nosso contador.

Matthew Garamound devia ser uns dez anos mais velho do que a minha avó. Seus cabelos eram grisalhos, sua pele era bronzeada, e ele sempre usava uma gravata com um broche em formato da bandeira americana. Ele trabalhava como contador da empresa desde que Iris abriu as portas, e nós quatro nos reuníamos quatro vezes por ano sem falta — duas semanas após o fim de cada trimestre. Só que nós já havíamos feito a nossa reunião trimestral há um mês, e nunca trazíamos uma assistente para esse tipo de coisa.

Depois que a garçonete anotou as bebidas que pedimos, Matthew cruzou as mãos sobre a mesa e limpou a garganta.

— Então... vocês devem estar se perguntando por que estamos nos reunindo hoje.

Max inclinou-se em direção a Charlotte e sussurrou, mesmo que todos conseguíssemos ouvi-lo:

— Na verdade, estou me perguntando qual perfume você está usando.

— Que tal você tentar limitar o seu assédio às funcionárias para quando estiver deitado no sofá de seus escritórios? — falei, com os dentes cerrados.

Matthew olhou para nós dois. Enquanto eu estava com uma carranca, meu comentário pareceu divertir o meu irmão.

— Sim, bem... enfim — Garamound continuou. — Eu pedi à Iris e à Charlotte que marcassem essa reunião hoje porque, infelizmente, tenho más notícias para vocês.

Imediatamente, presumi que ele estava doente.

— Tudo bem com você, Matt?

— Oh. — Ele percebeu o que pensei. — Sim, sim. Eu estou bem. O problema envolve os negócios e uma de suas funcionárias. Nesse caso, a Dorothy.

— Dorothy? — Franzi as sobrancelhas. — Dorothy está doente?

Iris tomou a frente da conversa.

— Não, Reed. Todos estão bem de saúde. É melhor começarmos pelo começo. Como você sabe, pedi à Charlotte que compilasse uma lista dos nossos fornecedores de serviços de limpeza para que eu pudesse consolidar o número de parceiros que usamos e receber um valor maior de desconto nos serviços. Como parte do projeto, pedi que ela reunisse todas as notas fiscais dos pagamentos feitos a cada fornecedor durante os últimos sessenta dias.

— Sim, eu sabia que ela estava trabalhando nisso.

— Pois bem. Ela se deparou com algumas notas que foram pagas erroneamente; havia uma discrepância de números. Por exemplo, o valor de uma das notas era US$ 16.292, mas foram pagos US$ 16.992. Outra nota tinha o valor de US$ 2.300, e foram pagos US$ 3.200. Nenhuma delas divergia por valores muito altos, menos de mil dólares cada. Dorothy é quase tão idosa quanto eu, e ela está comigo desde que vocês, meninos, nasceram, então presumi que talvez ela estivesse precisando de óculos melhores, e fui falar com ela.

A expressão da minha avó murchou, e eu sabia o que viria a seguir.

— Ela agiu de uma maneira muito estranha. Então, eu pedi ao Matthew que investigasse algumas das transações.

Garamound continuou de onde a minha avó parou.

— Fiz uma auditoria das transações dela nos últimos doze meses e descobri que ela alterou números em cinquenta e três notas diferentes. Assim como as que Charlotte encontrou, não configuravam erros muito grandes e, à primeira vista, pareciam ser uma simples transposição de números. Mas os erros nunca estavam a nosso favor. Esses cinquenta e três pagamentos totalizaram um valor extra de mais de trinta e dois mil dólares. Quando investiguei mais a fundo, descobri que cada pagamento estava sendo feito para duas contas diferentes. A quantia certa estava indo para o fornecedor, mas havia um pagamento separado com o valor da diferença sendo depositado em outra conta, e todos eles estavam ligados a um titular.

Exalei profundamente.

— Dorothy está desviando dinheiro.

Garamound assentiu.

— Infelizmente. Eu não investiguei desde o tempo em que ela começou a trabalhar na empresa, mas isso vem acontecendo há pelo menos alguns anos.

— Jesus. Dorothy é como se fosse da família.

Iris tinha lágrimas nos olhos.

— Ela tem um neto doente.

Ao engolir a notícia, senti o gosto de sal na minha garganta.

Charlote se manifestou, com os olhos também prestes a transbordar:

— Metástase de coroide. É extremamente raro em crianças. Ela o tem levado para a Filadélfia para fazer um tratamento experimental que o plano de saúde não cobre.

— Eu não fazia ideia.

Os ânimos no almoço mudaram drasticamente depois disso. Pegar um funcionário roubando era uma coisa, mas descobrir um que estava conosco há tanto tempo e tinha um motivo muito plausível era completamente outra. Todos concordamos que precisávamos pensar melhor sobre a situação e nos reuniríamos novamente ao fim da semana para discutirmos como lidaríamos com as coisas.

Ao fim do almoço, Iris virou-se para mim.

— Eu tenho um compromisso no centro da cidade. Você poderia dar uma carona para a Charlotte de volta para o escritório?

Mesmo que a vovó não tenha se dirigido a ele, Max respondeu:

— Eu posso dar uma carona a ela.

— Hoje é terça-feira, você não costuma ir para o escritório. — Abotoei o paletó do meu terno. — Você não tem uma massagem ou alguma outra coisa muito importante assim para fazer?

Meu irmão enfiou as mãos nos bolsos e balançou-se para frente e para trás sobre os calcanhares.

— Não. Estou livre a tarde toda.

Já estávamos lidando com fraudes na empresa. A última coisa de que precisávamos era de um processo por assédio sexual. Coloquei minha mão na parte baixa das costas de Charlotte.

— Nós temos negócios de verdade para discutir. Então, veremos você no escritório.

Nenhum de nós disse uma palavra durante os primeiros cinco minutos do trajeto até o escritório.

Por fim, quebrei o gelo.

— Você fez bem ao perceber a inconsistência nas notas.

Ela ficou olhando pela janela e suspirou.

— Não me sinto bem por isso. Me sinto péssima, na verdade.

— Nunca é legal descobrir que uma pessoa em quem você confiava te traiu.

— Eu sei. Acredite em mim, eu sei. Mas me sinto mal mesmo é pelo Christian.

— Christian?

— O neto da Dorothy. Ele só tem seis anos. E o câncer não é somente no olho. Ele passou meses doente devido ao tratamento de um tumor nos pulmões que acabou formando metástases que chegaram até seu olho. Ele deveria estar jogando beisebol em vez de estar estudando em casa e morando em hotéis com a mãe, sendo cobaia de tratamentos, enquanto ela corre com ele para lá e para cá, desesperada.

Peguei-me esfregando um ponto no meu peito, mas era por dentro que doía. Olhei de lado para Charlotte.

— Como você sabe tanto sobre a doença dele?

Ela deu de ombros.

— Nós costumamos conversar.

— Vocês costumam conversar? Você só está na empresa há, sei lá, três ou quatro semanas.

— E daí? Isso não significa que não posso fazer amigos. Sabe aquela foto fofa dele usando uniforme de escoteiro que fica na mesa dela?

Eu não sabia, mas contornei.

— O que tem?

— Bom, no meu segundo dia, comentei o quanto ele era fofo, e ela simplesmente caiu no choro e me contou toda a história. Nós almoçamos juntas algumas vezes, depois disso. — Ela fez uma pausa. — Agora, sou a pessoa que a colocou em problemas.

— Não foi culpa sua, Charlotte. Ela mesma se colocou em problemas. Entendo que se sente mal por isso. Mas você fez a coisa certa.

Charlote encarou o caminho pela janela enquanto passou-se um momento de silêncio. Ela era muito sensível em relação aos sentimentos de todo mundo e isso era adorável, mas também prejudicial, às vezes, quando se tratava de trabalho. Se bem que, quando estamos falando de uma criança com câncer, tudo muda. Toda aquela situação era horrível.

— O que você vai fazer com a Dorothy? — ela perguntou finalmente.

Olhei-a de relance e depois retornei para o trânsito.

— O que você faria se estivesse no meu lugar?

Ela levou um tempinho para pensar em sua resposta.

— Eu não a demitiria. Ela precisa muito do emprego. O que ela fez foi completamente errado, mas eu não sei se não faria o mesmo, se não tivesse outra alternativa. As pessoas não são perfeitas e, às vezes, precisamos balancear a única coisa que fizeram de errado com todas as outras que fizeram certo. Dorothy trabalha para vocês há muito tempo e só estava ajudando a filha e o neto.

Assenti. Ficamos quietos por um bom tempo depois disso.

Foi Charlotte que finalmente nos puxou dos nossos pensamentos profundos. Ela virou-se para mim.

— A propósito, gostei das traduções em francês. Nunca te agradeci. Mas graças a Deus existe o Google, senão eu acabaria mesmo comprando calcinhas de vovó na minha próxima inexistente viagem para Paris. — Ela revirou os olhos.

— Então, você viu o meu trabalho, hein? — Dei risada. — E *de rien*. De nada.

— Mas por que você parou com as aulas de francês quando chegou ao item "Encontro às Cegas"?

— Como assim? — tentei desviar da pergunta.

— Você parou de traduzir o meu calendário bem nesse ponto. Era, tipo, o penúltimo item, e você decidiu parar ali. Foi bem aleatório. Não existe tradução em francês para "encontro às cegas"?

Merda. Como eu ia explicar isso?

Bem, Charlotte, eu parei de traduzir ali porque a ideia de você sair com um cara aleatório me deixa possesso.

— Eu não estava mais me divertindo, então parei. — Cerrando a mandíbula, olhei de relance para ela e perguntei: — De qualquer forma, por que você vai a um encontro às cegas? Nos dias de hoje, existem tantas maneiras de conhecer pessoas. Alguém como você não precisa recorrer a isso.

— Ok... e o que você quer dizer com "alguém como eu"?

É claro que ela quer que eu diga com todas as letras.

— Alguém... atraente e com uma personalidade extrovertida não precisa ir a um encontro às cegas. É muito arriscado, principalmente nessa cidade. Você deveria pesquisar melhor antes de concordar em se encontrar com alguém.

— Como você? É isso que você faz? Pesquisa os antecedentes das pessoas com quem sai? Tipo como fez comigo antes da visita à cobertura no Millennium?

— Não. No entanto, eu não teria problema em fazer isso. Mas, para começar, eu não iria a um encontro às cegas.

— A propósito — ela começou. — Eu acabei não perguntando. Se você sabia que eu estava mentindo na minha inscrição aquele dia, por que concordou em me mostrar a cobertura?

— Porque eu queria te ensinar uma lição, humilhá-la por ter me feito perder tempo.

— Você sente prazer em humilhar as pessoas?

— Se elas merecerem? Sim.

Eu podia sentir o peso do seu olhar em mim. Minha gravata, de repente, parecia estar me enforcando. Eu a afrouxei um pouco.

— O que foi? — vociferei.

— Você namorou alguém depois da Allison?

Ótimo. Eu estava preso em um carro e não conseguiria escapar dessa pergunta. Não tinha a menor vontade de discutir a minha vida amorosa com Charlotte.

— Isso não é da sua conta.

A verdade era que eu tivera alguns encontros insignificantes, mas nada além disso.

— Bom, você parece achar que o que diz respeito a mim é da sua conta, então talvez devesse pensar melhor antes de me dar conselhos amorosos. — Ela expirou longamente. — De qualquer forma, "Encontro às Cegas" era só um código.

— Código para quê?

— Eu não queria que as pessoas soubessem que eu ia sair com o Max. E antes que você diga alguma coisa... eu sei que a empresa não tem uma política de não-confraternização.

O quê?

Uma onda de adrenalina correu por minhas veias. O carro parou de repente, com um cantar de pneus estridente, quando pisei no freio no meio do trânsito de Manhattan, quase atingindo alguns pedestres que estavam por perto.

— O quê? — reagi, mesmo que a tenha escutado alto e claro.

Buzinas estavam retumbando atrás de mim, mas eu mal percebi.

— Max e eu vamos sair hoje à noite — ela repetiu. — E é melhor você tirar logo esse carro daqui antes que soframos *outra* batida.

Ela estava certa. Eu precisava encostar.

Estacionei ilegalmente em frente a um mercado *Dean & Deluca*, mas resolvi correr o risco.

Tudo ficou quieto por alguns instantes antes de eu me virar e olhá-la diretamente nos olhos.

— Você não vai sair com o Max, Charlotte.

— Por que não? Ele é...

— Charlotte... — Seu nome saiu da minha boca em um tom de alerta. Minhas orelhas pareciam estar queimando.

— Sim? — Ela sorriu. A minha raiva parecia diverti-la.

Era como se um monstro ciumento que não podia mais ser domado tivesse se infiltrado no meu corpo.

— Você. Não. Vai. Sair. Com. O. Max.

Sem nenhuma justificativa real para as minhas ações, esperei por sua reação. Eu não conseguia articular qual seria a razão pela qual ela estava proibida de sair com o meu irmão, porque nem eu mesmo entendia a minha ira. Eu só sabia que não suportava nem ao menos pensar em Charlotte com Max.

Esperei por uma discussão enorme, uma que incluiria sua insistência de que eu não tinha o direito de dizer com quem ela deveria ou não sair. Mas ela me surpreendeu ao dizer:

— Vamos fazer assim. Eu vou cancelar o meu encontro com o Max, mas com uma condição.

A velocidade do meu pulso começou a desacelerar.

— Qual?

Seja lá o que for, eu vou fazer, porra.

— Amanhã à noite também serão os últimos testes no Tabernáculo do Brooklyn. Eu cancelo com o Max se você for.

Jesus Cristo. Isso só pode ser brincadeira. Agora a Loirinha também é uma extorsionária?

— Você está tentando me subornar?

— Suborno faz mais sentido do que esse comportamento de macho alfa sem justificativa alguma que você está exibindo contra mim agora, não acha?

De jeito nenhum eu ia apenas ficar quieto e não fazer nada enquanto ela saía com o meu irmão, então dei a única resposta que podia.

— Tudo bem.

— Tudo bem, você concorda com o meu argumento sobre suborno, ou tudo bem, você concorda em ir aos testes?

— Tudo bem. Eu aceito ir ao Brooklyn. Mas eu vou sozinho. Entendeu?

Charlotte parecia satisfeita demais.

— Sim.

— Ótimo.

Liguei o carro novamente e peguei o trânsito para continuarmos nosso trajeto de volta ao escritório. Um sorriso lento e satisfeito espalhou-se em seu rosto conforme ela recostava a cabeça no encosto do assento antes de fechar os olhos.

Como diabos essa carona começou na conversa sobre o neto de Dorothy e terminou no fato de que concordei em participar dos testes para o coral? Não faço ideia. Mas isso era típico dela. Típico da Charlotte irritante, insistente, às vezes esperta, mas sempre... linda. Da Charlotte *linda* pra caralho. Da Charlotte linda pra caralho que não ia chegar perto do meu irmão de jeito nenhum.

Eu podia impedi-la de sair com o Max, talvez por enquanto, mas não tinha o direito de mandar em sua vida. A minha necessidade de fazer isso precisava ter um fim. Eu precisava de uma distração, e precisava arrumar uma o mais rápido possível.

Quando chegamos à empresa, Charlotte parecia estar com pressa ao retornar para seu escritório. Enquanto isso, fui direto falar com Iris sobre algo que esteve na minha mente desde que saímos da reunião.

Ela havia acabado de encerrar um telefonema quando ergueu o olhar para mim.

— Oi, vovó. Que bom que já está aqui. Pensei que ainda fosse estar no seu compromisso.

Ela ficou de pé e deu a volta em sua mesa.

— Eu não tinha um compromisso.

Ela esqueceu de que havia dado essa desculpa para justificar não poder trazer a Charlotte de volta do almoço? Foi aí que entendi que devia ter inventado que tinha um compromisso para me fazer dar uma carona para Charlotte. Não senti vontade de entrar nesse assunto. Então, deixei para lá.

— Você acabou de chegar? — ela perguntou. — Pensei que chegaria primeiro do que eu. Por que demorou tanto?

— Acabamos de chegar. Charlote e eu tivemos uma pequena confusão.

Ela abriu um sorriso sugestivo.

— Percebi. Isso parece acontecer muito com vocês dois.

É.

Sentei-me e fiquei feliz por poder mudar de assunto.

— Ouça, nós precisamos falar sobre a Dorothy.

— Sim. Não tenho pensado em outra coisa o dia todo.

— Precisamos repreendê-la por estar roubando. Ela não pode se safar disso.

— Eu sei, Reed, mas...

— Apenas me escute.

— Tudo bem.

Ela parecia preocupada com o que eu ia dizer em seguida.

— Por mais que eu ache que ela precisa saber que descobrimos... não acho que devemos demiti-la. Ela está passando por muitas coisas. E sempre foi uma funcionária leal, até isso acontecer. Consigo entender por que alguém na situação dela agiria de uma forma desesperada. As pessoas fazem coisas estranhas quando aqueles que elas amam estão em perigo. Ela nos roubou, mas eu não acho que quis nos prejudicar. Para ela, era um caso de vida ou morte.

Uma expressão de alívio tomou conta do seu rosto.

— Eu concordo, e fico feliz e orgulhosa por você ver por esse lado.

Desde o momento em que entendi o que estava acontecendo, eu soube

BILHETES DE ÓDIO 145

o que queria fazer. Iris era uma pessoa caridosa e sempre me deu um bom exemplo quanto a isso. Senti-me bem por não apenas poder ajudar esta família, mas também deixar a minha avó orgulhosa.

— Eu gostaria de pagar pelo tratamento do neto dela.

Ela pareceu muito surpresa.

— Você tem certeza? Pode ser muito dinheiro.

— Sim, tenho certeza. Não quero nem imaginar como seria ter um filho ou neto que está morrendo e não ter condições financeiras para ajudar a salvá-lo. Quer dizer, existe algo que uma pessoa não faria por um neto doente?

Minha avó fez uma pausa enquanto me olhava nos olhos.

— Não. Não existe.

CAPÍTULO 17
CHARLOTTE

Sem fôlego e agitada quando voltei para o meu escritório, busquei pelo número de celular de Max o mais rápido que pude. Ele atendeu no primeiro toque.

— Ora, olá. A que devo o prazer de...

— Max! — eu o interrompi. — Escute. Eu preciso de um favor. Você não falou com o Reed desde a reunião desta tarde, falou?

— Não. Acabei não voltando para a empresa. Vim direto para casa. O que houve?

Cobrindo meu peito, soltei um suspiro de alívio.

— Eu menti para o seu irmão. Disse a ele que tenho um encontro com você.

A risada de Max preencheu a ligação.

— Hã... ok. Deixe-me ver se entendi. Tenho tentado te convencer a sair comigo desde quando nos conhecemos. Você me dá um fora toda vez, mas anda dizendo por aí que estamos saindo?

— Bem... sim. Mas só para o Reed.

— Você é doida, Charlotte. Espere... você estava tentando provocá-lo? Vocês dois tem uma dinâmica estranha pra caralho.

— Eu meio que estava tentando ensinar uma lição a ele. É complicado. Enfim, ele me proibiu de sair com você.

— Que babaca. — Ele riu.

— Se ele mencionar alguma coisa para você, será que pode entrar na onda por um tempinho? Eu vou acabar dizendo a verdade a ele, em algum momento.

BILHETES DE ÓDIO 147

— Se for para irritar o meu irmão e deixá-lo maluco, fico feliz em ajudar. Posso dizer que foi você que me procurou, se ele me confrontar?

— Prefiro que não faça isso.

Ele estava gargalhando.

— Ok.

— Eu negociei uma coisinha com o Reed. Não é algo que tenho a liberdade de falar, mas minha parte do acordo era cancelar o encontro. Então, estou cancelando.

— Você está cancelando o encontro que nunca existiu. Saquei.

— Sim. E muito obrigada. Fico te devendo uma.

— Que tal sairmos para jantar na semana que vem?

— Você não cansa, não é?

— Não pode me culpar por tentar.

Depois que desligamos, sentei-me à mesa, pensando sobre os irmãos Eastwood. Max era um playboy despreocupado, mas era um cara do bem, e eu sabia que ele se importava muito com Reed. Max era, definitivamente, o irmão mais louco. E algumas pessoas podem até dizer que ele é o irmão mais bonito, dependendo do gosto de cada um. Ele era mais selvagem também, com certeza.

Mas, na minha opinião, o Reed intenso e taciturno era muito mais sexy. Na verdade, eu nunca o achei tão sexy quanto em seu carro mais cedo, quando ele virou para mim e exigiu que eu ficasse longe do Max. Todd nunca me deu aquele tipo de atenção; foi bom ser a pessoa que estava recebendo aquilo. Enquanto algumas mulheres me aconselhariam a estapear sua cara naquele momento, foi impossível evitar ficar excitada com o instinto protetor de Reed. Não foi nada mau ver o sol brilhando em seus lindos olhos castanhos quando ele fez sua exigência, ou o fato de que o carro estava preenchido por sua colônia Ralph Lauren intoxicante.

Meu corpo começou a implorar que ele descontasse aquela intensidade em mim de outras maneiras. Mas, claramente, Reed havia erguido uma barreira invisível entre nós.

Na manhã seguinte, entrei no meu escritório e encontrei um bilhete azul encarando-me de cima da minha mesa.

> **Da mesa de Reed Eastwood**
>
> Charlote,
>
> Parabéns por abrir um precedente. Dê uma olhada no manual dos funcionários no servidor para conferir a adição da política Eastwood/Locklear de não-confraternização. Além disso, no seu lugar, eu pensaria muito bem antes de subornar o seu chefe novamente. Isso também pode levar à demissão.
>
> P.S.: Você está atrasada. Peguei meu próprio café, o que significa que não estava carregado de creme, para variar. De agora em diante, tente ser mais pontual.
>
> Reed

Furiosa, decidi não dar a ele o gostinho de uma reação imediata, então fiquei quieta durante toda a manhã e trabalhei nos itens da minha lista de tarefas.

Depois que esfriei a cabeça, no começo da tarde, fui até seu escritório para sentir como estava seu humor e oferecer meu apoio moral, já que à noite seria seu teste no Tabernáculo.

Para minha surpresa, uma mulher linda com cabelos ruivos estava lá com ele. Não sentada de frente para ele, do outro lado da mesa, como a maioria dos visitantes, mas bem *ao lado* dele. Ela não trabalhava na empresa, então devia ser uma cliente. Ela estava se inclinando para ele e rindo de tudo o que ele dizia.

Usando sapatos de salto alto com o solado vermelho e um colar de pérolas envolvendo seu pescoço, era evidente que ela era muito rica. Seu corpo ficou pressionado contra o dele enquanto ele lhe mostrava propriedades na tela do computador.

A lembrança de quando entrei no escritório de Todd e o encontrei naquela posição comprometedora me veio à mente. Era uma sensação horrível ser pega de surpresa e descobrir que todo o seu relacionamento foi só uma ilusão. Aquela experiência sempre serviria como um lembrete de que as coisas podiam mudar em um instante. O fato de que eu ainda experimentava aquela sensação familiar de horror dizia muita coisa com relação aos meus sentimentos por Reed. Nós nem estávamos juntos e, mesmo assim, eu estava sentindo uma pontada de traição.

Meu estômago começou a revirar de repente quando bati na porta, anunciando minha presença pela primeira vez.

— Oi. Eu só queria checar se ainda está tudo certo para o seu compromisso desta noite e se você precisava de alguma coisa.

Reed olhou para cima.

— Está, sim. E não, não preciso de nada.

Então, ele retornou sua atenção para a mulher e me ignorou.

— Muito bem, então — eu disse, basicamente falando com a parede.

Dei alguns passos à frente e me apresentei à convidada de Reed.

— Eu sou a Charlotte, assistente do Reed. Você é...?

— Eve Lennon, uma cliente particular do sr. Eastwood. Ele vai me mostrar algumas propriedades hoje.

Reed finalmente dirigiu-se a mim.

— Charlotte, já que você está aqui, pode ligar para o *Le Coucou* e avisá-los de que estarei lá dentro de quinze minutos, mais ou menos? Peça que reservem uma mesa para dois. — Ele virou-se para ela. — Vamos almoçar primeiro.

Forcei um sorriso.

— Claro.

Fiquei ali, demorando-me na porta, e, após um tempinho, Reed retirou os óculos abruptamente e olhou para mim.

— Você pode ir — falou, no tom mais rude possível.

Ele estava brincando?

Ele estava me dando permissão para sair? Que gentil da parte dele!

Depois de voltar para o meu escritório a contragosto para fazer sua reserva, fui até a copa tomar uma caneca de café muito necessária para curar a minha forte dor de cabeça. Ainda trêmula devido à maneira como Reed tinha falado comigo, eu estava derrubando coisas a torto e a direito. Primeiro, o pacotinho aberto de açúcar, depois a colherzinha.

Iris estava lá e deve ter notado meus dedos escorregadios.

— Charlotte, está tudo bem? Você parece agitada.

Mexendo meu café, virei-me para ela.

— Quem é Eve Lennon? — indaguei.

— A família Lennon é nossa cliente há anos. Por que a pergunta?

— Eve estava com Reed no escritório dele, e eu tive a impressão de que havia algo a mais entre eles. Ela estava se jogando toda para cima dele. De qualquer forma, não é da minha conta.

Os olhos de Iris se encheram de compreensão.

— Mas é sim... da sua conta... porque você tem que trabalhar com ele todos os dias, e lida com todas as facetas das nossas vidas. Reed é, sim, da sua conta, Charlotte. — Ela fez uma pausa. — Você sente algo por ele, não é?

— Não desse jeito... — Hesitei e soltei o ar, percebendo que eu não tinha que fingir com Iris. — Eu não sei. As coisas são estranhas entre nós o tempo todo. Ele vive mudando de humor comigo. Eu não consigo compreendê-lo. Sabe o que ele me disse quando fui ao escritório dele enquanto ela estava lá?

— O quê?

Forcei a voz para que ficasse mais grossa e fiz a melhor imitação de Reed que pude.

— "Você pode ir". Bem assim. "Você pode ir". Ele consegue ser tão arrogante.

Iris parecia chateada por me ver tão incomodada. Ela acenou com a cabeça para pedir que eu me juntasse a ela em uma das mesas.

Ela se inclinou para a frente.

— Com o meu neto... é uma batalha entre quem ele realmente é e quem acha que deveria ser. Entre o que ele realmente quer e o que acha que merece. Ele tem os motivos dele para agir como age, às vezes. Mas se tem uma coisa que eu posso te dizer é que Eve Lennon nem se compara a você. E se Reed está te enxotando e deixando aquela mulher se aproximar, ele a está usando como um escudo humano para proteger-se de algo que, se não for assim, ele não conseguirá resistir.

CAPÍTULO 18
REED

Eu fui grosso pra caramba com Charlotte, e aquilo estava me consumindo por dentro.

Ela saiu do meu escritório como um cachorro com o rabo entre as pernas. Normalmente, ela retrucaria pelo menos uma vez. Mas não fez isso, dessa vez.

Já foi ruim o suficiente ter Eve se jogando em mim quando Charlotte entrou. Por mais que não houvesse nada acontecendo entre Charlotte e mim, pude perceber que me encontrar ali com Eve a deixou desconfortável. Mas eu havia me voluntariado para conduzir Eve por três propriedades exatamente por aquele motivo, não foi? Para mostrar à Charlotte que eu não tinha nenhum interesse nela e tentar desviar meu pau para outra direção. Depois do surto que tive devido ao seu encontro com o meu irmão, senti que precisava muito de uma grande distração. E essa distração estava, no momento, tentando esfregar seu pé na minha perna sob a mesa no *Le Coucou*.

Eu *queria* querer Eve. Porque ela era exatamente o tipo de mulher que eu precisava na minha vida: o tipo que eu sabia que não iria querer nada de mim além de sexo e coisas caras. O tipo que não queria entrar na minha cabeça e no meu coração, o tipo que não queria nada sério.

Eve já colecionava dois divórcios e não tinha vontade nenhuma de se casar novamente e ter filhos. *Perfeito*. Mas, enquanto estava com ela no almoço, continuei perdido em pensamentos.

— Então, qual propriedade iremos ver primeiro? — ela perguntou. Meus olhos encontraram os dela, mas eu não havia registrado suas palavras.

— Hum?

— Para onde iremos primeiro? — ela repetiu.

BILHETES DE ÓDIO 153

— Ah, certo. Estava pensando em irmos primeiro ao loft em Tribeca, já que fica mais perto daqui.

Ela abriu um sorriso branco e radiante.

— Ótimo.

Quando Eve levantou-se para ir ao banheiro, decidi dar uma olhada no meu celular. Por força do hábito, cliquei no Instagram e acessei o perfil de Charlotte. Não havia nada novo, de hoje, então rolei distraidamente por fotos da semana anterior, até me deparar com uma postada há uma semana, que mostrava uma captura de sua televisão enquanto seus pés estavam apoiados na mesinha de centro. Ela estava usando pantufas felpudas. A legenda da foto dizia *"São 9 da noite em uma quarta-feira. Sabe o que significa, não é? Encontro às Cegas. Melhor programa de TV!"*.

Tudo começou a se encaixar na minha mente. O item "Encontro às Cegas" em seu calendário. O fato de que Max não invadiu o meu escritório na primeira chance que teve para me dizer que havia descolado um encontro com Charlotte. Achei mesmo que não era muito do seu feitio, e estava zangado demais para ao menos confrontá-lo e testá-lo.

Charlote havia mentido.

Ela inventou completamente o encontro com Max para que eu concordasse em ir fazer o teste esta noite. Eu não sabia o que era pior: o fato de que ela havia me enganado para me fazer concordar em ir para o teste, ou o de que ela sabia qual tipo de reação arrancaria de mim se ameaçasse sair com o Max.

O restante da tarde passou em um borrão conforme eu conduzia Eve por três visitas, quando eu só conseguia me concentrar em querer confrontar Charlotte.

Depois de deixar Eve em seu condomínio, me forcei pelo trânsito do horário de pico, torcendo para que conseguisse encontrar Charlotte antes que ela fosse embora do escritório.

Sua sala estava escura, com a luz apenas de um abajur em sua mesa. Quase todo mundo já tinha ido embora, mas Charlotte estava sentada diante do seu computador, parecendo mais estar surfando na internet do que trabalhando.

Ao perceber que eu estava na porta, ela se sobressaltou um pouco.

— Você não deveria estar indo para o Brooklyn? Os testes começam às sete. Você precisa ir logo.

— Não — eu disse, fechando a porta atrás de mim. — Eu não vou ao Brooklyn.

Charlotte levantou-se e cruzou os braços.

— Pensei que tivéssemos um acordo.

— Que tipo de jogo você está fazendo comigo, Charlotte?

— Como assim?

— Você mentiu para mim. Por quê? Para me ver perder a cabeça? Você sabia como eu ia reagir. É assim que você se diverte?

A culpa em seu rosto estava nítida.

— Como você sabe que eu menti? Max te contou?

— Ele também está nessa? Que ótimo.

— Não... eu só pedi a ele que... hã... — Ela perdeu a linha de raciocínio.

Tirei o celular do bolso, abri seu perfil do Instagram e o coloquei diante do seu rosto.

— Eu juntei as peças. "Encontro às Cegas às nove". Além disso, Max nunca ficaria quieto quanto a isso. Ele me procuraria na primeira oportunidade para esfregar na minha cara. Tudo faz sentido agora.

— Não queria que você perdesse a oportunidade de fazer o teste. Foi só isso.

A expressão de Charlotte estava cheia de arrependimento. Não foi minha intenção deixá-la triste. Eu só queria pegá-la na mentira e repreendê-la. Mas, Deus, sua expressão estava me fazendo querer simplesmente esquecer tudo e... beijá-la.

Eu queria beijá-la.

Queria saborear seus lábios e chupá-los até que a expressão amarga desaparecesse... mas eu sabia que, se existia um par de lábios nesta Terra que eram proibidos para mim, eram os de Charlotte Darling. Ela não era apenas um rostinho bonito e um corpo sensual. Ela era alguém que queria conhecer a minha alma, e isso nunca iria acontecer.

Eu deveria ter apenas saído dali. Em vez disso, fiquei completamente perdido no momento. Por trás dela, eu conseguia ver uma paisagem espetacular da cidade, mas nada era mais espetacular do que o peito ofegante de Charlotte, o suor brotando em sua testa, a reação que ela estava tendo em relação a mim. Sua atração por mim era palpável.

Estávamos a menos de um metro de distância, e tudo o que eu conseguia sentir era seu maldito cheiro. Um longo momento de silêncio se passou.

— O que você está fazendo comigo? — murmurei, as palavras saindo como um soluço sobre o qual eu não tinha controle.

— O que você está fazendo *comigo*? — ela sussurrou.

Olhei para baixo por um momento, e foi quando percebi a sacola rosa listrada da Victoria's Secret no chão, ao lado da sua mesa.

— O que é isso? — Minha voz estava áspera.

— Iris me fez tirar um intervalo no meio do dia para espairecer. Era o último dia de promoção, então fui fazer compras.

— Por que você precisava espairecer?

— Porque você me irritou.

Deus, ela ficava tão sexy quando cerrava os dentes de raiva. Me perguntei o que mais aqueles dentes podiam fazer.

Porra. Pare.

No entanto, me aproximei.

— Me mostre o que você comprou no horário de trabalho.

Charlote engoliu em seco e foi até a sacola. Ela curvou-se e retirou o conteúdo de lá, removendo o adesivo da embalagem de papel. Ao voltar para diante de mim, ela abriu a embalagem para me mostrar vários conjuntos de lingeries de renda das mais variadas cores.

Uma calcinha fio-dental preta de renda com uma rosa de seda minúscula costurada no topo do cós chamou a minha atenção.

Peguei-a da pilha e a segurei, deleitando-me com a sensação da renda macia e imaginando a cor preta contra a pele cremosa de Charlotte. Corri os dedos pelo fio traseiro e também imaginei como ficaria enfiado em sua bunda perfeitamente redonda. Cobri a calcinha com meus dedos e a envolvi completamente, agarrando a peça da mesma maneira como eu queria engolir Charlotte inteira.

Ela estava me encarando, como se estivesse em transe.

E eu soube que havia ido longe demais. Eu era seu chefe, e acabara de mandá-la me mostrar sua roupa íntima. Eu a estava acariciando. E, se ela olhasse para baixo, veria que eu estava com uma ereção. Era oficial: eu perdia a porra da cabeça quando se tratava dela.

Uma voz racional dentro da minha cabeça me alertou: *Vá embora!*

Escolhi ouvi-la.

— Boa noite — eu disse ao entregar-lhe a calcinha e sair rapidamente do seu escritório.

Ao pegar o elevador para descer, considerei seriamente ir para um bar e encher a cara, mesmo que eu raramente bebesse.

Em vez disso, dirigi por aí durante um tempo e, de alguma maneira, acabei indo parar na Ponte do Brooklyn.

As audições já estavam na metade quando entrei. Como na última vez, sentei-me na última fileira sozinho e olhei em volta. No decorrer dos anos, eu fiz vários negócios nessa parte do Brooklyn, então conhecia bem a área. Eu era adolescente quando a igreja veio para essa localidade, onde antes ficava o Teatro Metropolitano de Loew. Eu devia ter por volta de treze ou catorze anos quando começaram a fazer uma grande reforma. Iris e eu passamos por aqui uma vez durante aquele tempo. Ela encostou o carro para me contar tudo sobre o lugar. Meus avós vieram aqui no seu primeiro encontro, quando ainda era um teatro. Diante da maneira como ela contava a história, como havia ficado impressionada por ele tê-la levado a um teatro que tinha trinta e seis assentos — o maior do país, naquela época —, você pensaria que o meu avô havia construído aquele troço. Sorri com a lembrança.

Olhei para cima e pude ver por que ela havia ficado tão impressionada. Desenhos ornamentados e intrincados foram restaurados com tetos multicamadas, e um mezanino pairava muitos metros acima da orquestra. Fiquei ali maravilhado com a arquitetura e toda a grandiosidade da igreja, algo que eu não parava para fazer há um bom tempo. Até que a minha atenção foi desviada para a frente do palco. Uma mulher com uma voz incrível e poderosa estava cantando. *Caramba*. Ela podia vencer uma competição até contra a Aretha Franklin. Isso me fez questionar a minha sanidade por ao menos pensar em fazer o teste. Eu não era, nem de longe, tão bom quanto essas pessoas. Mesmo assim, ali estava eu, satisfeito por ao menos assistir aos shows.

Durante um intervalo de quinze minutos, eu estava checando alguns e-mails de trabalho no celular quando uma voz familiar me interrompeu.

— Você vai precisar disso.

Olhando para cima, encontrei Terrence, o voluntário mais velho que eu havia conhecido na última vez que vim, entregando-me alguns papéis. Eu os peguei.

— O que é isso?

— Inscrição para o ministério da igreja. — Ele ergueu o queixo em direção ao banco no qual eu estava sentado. — Chega pra lá. Estou aqui o dia todo, e meus joelhos acabados precisam de um descanso.

Deslizei para dar-lhe espaço, mas devolvi-lhe os papéis.

— Obrigado. Mas não vou entrar para a igreja.

Ele não ergueu a mão para pegar os papéis de volta.

— Você tem que ser membro para fazer o teste para o coral. Vai precisar fazer aulas para ser membro e se batizar, mas eles te deixam fazer o teste se a inscrição estiver em andamento. Apenas preencha esses papéis que eu te dou um carimbo e você pode ir.

— Eu não vou fazer o teste.

Terrence estreitou os olhos.

— Você não vai fazer o teste, e não vai entrar para a igreja, mas está aqui pela segunda vez em uma semana. Para que veio, então?

Balancei a cabeça e ri de mim mesmo.

— Eu não faço ideia. Tá, isso não é verdade. Eu estou aqui porque a Cachinhos Dourados me virou do avesso.

— Ah. — Um olhar compreensivo atravessou o rosto de Terrence. — Uma mulher. E uma que está fazendo você se questionar.

Dei uma risada sarcástica.

— Ela faz eu me questionar mesmo, principalmente se perdi o juízo.

Ele sorriu.

— Ela te vê como você realmente é, e isso te faz querer ser um homem melhor. Não desista dela.

— Não é bem assim.

Terrence colocou a mão no meu ombro.

— Você estaria aqui, sentado nessa igreja, se não fosse por ela?

Pensei no assunto.

— Não, provavelmente não.

— Ela te fez se questionar sobre a maneira como você trata as outras pessoas?

Dorothy me veio à cabeça no mesmo instante. Se isso tivesse acontecido meses atrás, não posso afirmar com certeza que não a teria demitido.

— Ela tem um jeito único de ver as coisas, o que parece ter me causado um lapso de julgamento em mais de uma ocasião. Mas ela é minha funcionária, talvez até mesmo uma amiga. Nada mais.

Terrence coçou o queixo.

— E se eu dissesse que a sua Cachinhos Dourados está em um encontro esta noite com algum jovem robusto e solteiro?

Cerrei a mandíbula, e os olhos de Terrence se fixaram diretamente nela. Ele riu.

— Foi o que pensei. Você ainda está lutando contra. Mas aposto que irá mudar de ideia. E também acho que esta não será a última vez que verei você sentado nesse banco. — Ele ficou de pé e estendeu a mão para mim. — Mas, até lá, fique com os papéis da inscrição e aceite o conselho de um velho que já aprendeu com erros que você nem ao menos faz ideia que é capaz de cometer. A bênção esquecida de um homem logo será o ganho de outro.

CAPÍTULO 19
CHARLOTTE

— Escritório de Reed Eastwood. Como posso ajudar? — Atendi ao telefone através dos meus fones de ouvido e dei mais um passo gigante para frente, fazendo um agachamento afundo, enquanto esperava a pessoa do outro lado da linha responder.

Estava no meu horário de almoço, mas não tinha mais ninguém para atender ao telefone, então comi a salada que trouxe na minha mesa e depois comecei a fazer exercícios de agachamento no meu escritório. Se até o presidente dos Estados Unidos conseguia arrumar tempo para fazer exercícios, eu também conseguia.

— Ele está aí? — a pessoa vociferou.

Torci o nariz diante da rispidez da mulher do outro lado da linha e curvei ainda mais as costas para potencializar o agachamento.

— Não. O sr. Eastwood só estará de volta na parte da tarde. Posso anotar o recado ou marcar um horário?

O respirar amargo do outro lado da linha saiu alto.

— Onde ele está?

Que vaca. Fiquei de pé.

— Sinto muito. Não estou autorizada a fornecer esta informação. Mas ficaria feliz em ajudá-la a marcar um horário ou anotar um recado.

— Diga a ele para ligar para a Allison assim que chegar.

Eu sabia a resposta, mas perguntei mesmo assim.

— Você pode me informar o seu sobrenome e do que se trata, por favor?

Mais um suspiro alto. No entanto, de alguma maneira, eu duvidava que ela fazia isso porque estava praticando agachamentos enquanto atendia ao

BILHETES DE ÓDIO 161

telefone e tentava manter a paciência com a pessoa grosseira do outro lado da linha.

— Baker. E trata-se da nossa lua de mel.

Bem, essa última informação era confusa.

— Hum... ok.

Clique.

A vaca desligou na minha cara.

— Bem, um bom dia para você também — murmurei.

Depois disso, pluguei os fones de ouvido no meu iPhone, aumentei o volume da música, e tornei a fazer agachamentos afundo com um ímpeto renovado.

Queixo para cima.

Peito erguido.

Costas eretas.

Uma das pernas para frente em um longo passo.

Calcanhar apontado para o teto.

E...

Mantenha a posição.

Deus, aquela mulher tinha coragem mesmo. Que droga de motivo ela tinha para estar tão irritadinha? Ela teve tudo: o vestido de plumas, o noivo lindo e ricaço, um homem que escrevia bilhetes românticos para ela. *Eu* era quem deveria estar irritadinha. O que eu tinha? Seu vestido cheio de azar que nem fechava em mim, nenhum homem na minha vida, e seu romântico ex-noivo havia se tornado um homem que agora escrevia bilhetes de ódio nos mesmos artigos de escritório imponentes.

Vaca.

Que vaca.

Fazia pelo menos meia hora que eu estava fazendo agachamentos, e as minhas pernas estava começando a ceder. Decidindo parar, fiz um último agachamento, fechei os olhos e mantive a posição, até que gotas de suor começaram a se formar nas minhas sobrancelhas e minhas pernas tremeram.

Após um minuto ou dois de equilíbrio extenuante, tive a estranha sensação de estar sendo observada. Meus olhos abriram de uma vez para eu descobrir que não estava errada. A porta do meu escritório estava completamente aberta, e Reed me encarava. Surpresa com o visitante inesperado, perdi o equilíbrio e caí de bunda no chão.

Reed estava ao meu lado antes de eu atingir o chão.

— Jesus, Charlotte. Que droga é essa? Você está bem?

Dei um tapa em sua mão estendida para afastá-la e arranquei os fones dos ouvidos.

— Não. *Eu não estou bem.* Você entrou aqui de repente e quase me matou de susto. E essa não é a primeira vez que você me derruba.

Suas sobrancelhas se ergueram.

— Não entrei aqui de repente. Eu bati na porta. Você não respondeu. Então, tomei a liberdade de entrar para deixar uma coisa na sua mesa. Talvez, se estivesse um pouco mais conectada ao mundo ao seu redor, teria percebido a minha presença antes. O que diabos você estava fazendo, afinal?

— Agachamentos afundo.

— Por quê?

— Para que a minha bunda não fique parecendo queijo cottage.

Reed fechou os olhos, murmurou alguma coisa e balançou a cabeça.

— Não perguntei *por que* você estava fazendo agachamentos afundo, precisamente. Eu entendo a teoria de se exercitar. Eu quis saber por que estava fazendo isso no seu escritório no meio do dia.

Fiquei de pé e limpei minhas mãos e roupa.

— Porque, se o presidente tem tempo suficiente, eu também tenho.

— Porra, eu não faço a menor ideia do que isso significa.

Encarei-o irritada.

— Precisa de algo, Reed? Estou a seu dispor, senhor.

Por mais que eu estivesse irritada, não consegui me segurar. Rimas acidentais simplesmente eram engraçadas. Abri um pequeno sorriso, que achei ter escondido muito bem. Reed estreitou os olhos para mim.

— Você percebeu que rimou, não foi?

— Pode *apostar* que eu não deixaria *passar*. — Abri um sorriso de orelha a orelha, de tão divertida que eu era.

Ele revirou os olhos, mas eu conseguia ver os cantos dos seus lábios repuxarem.

— Vim deixar com você as faturas que preciso que sejam processadas.

Reed foi até a minha mesa e depois voltou para a porta. Eu quase me esqueci da ligação que havia dado combustível aos meus exercícios.

— Hum... ligaram enquanto você estava fora. Eu ainda não te enviei os detalhes por e-mail porque estava no meio dos meus agachamentos quando atendi.

— Tudo bem. Você pode me dizer agora. Quem era?

Prendi meu olhar ao dele para observar sua reação.

— Allison Baker.

A mandíbula de Reed flexionou e uma carranca maculou seu rosto lindo.

— Obrigado.

Ele girou e dirigiu-se à porta novamente. Mas eu não podia deixar para lá.

— Ela me pediu para te dizer que se tratava da *sua lua de mel.*

Horas mais tarde, eu me sentia mal pelo jeito como tratei Reed. Eu nem ao menos perguntei se ele fora para a audição na noite passada e já fui logo enchendo-o com uma notícia sobre um assunto que eu sei que doía nele, só para poder observar sua expressão. Basicamente, eu fui grosseira porque fiquei com ciúmes daquela ligação estúpida da Allison.

Assim que comecei a desligar o computador para encerrar o expediente, percebi que o pontinho verde estava aceso ao lado do seu nome na lista de e-mail interno da empresa, o que significava que ele ainda estava on-line. Sem pensar muito, abri o chat e comecei a digitar.

Charlote: Oi. Estou prestes a encerrar o expediente e ir embora. Gostaria de alguma coisa antes que eu vá? Café ou algo assim?

Um minuto depois, chegou uma resposta.

Reed: Não, obrigado. Estou bem.

Mordi minha unha por um minuto e, então, digitei:

Charlotte: Você está ocupado? Posso te perguntar uma coisa?

Reed: Nem um pouco ocupado. Só estou fazendo uns agachamentos afundo no meu escritório.

Arregalei os olhos.

Charlotte: Sério??

Reed: Claro que não, Charlotte. Que tipo de maluco você acha que eu sou?

Acabei gargalhando com a resposta.

Charlotte: Então... sobre aquela pergunta...

Reed: Desembucha, Darling.

Meu sobrenome era Darling, que significa "querida" em inglês, e as pessoas costumavam me chamar por ele com frequência enquanto eu crescia. Mas, quando eu li a última frase, interpretei como se Reed estivesse me chamando de *darling*, tipo amor, meu bem, *querida*. Sorri comigo mesma, gostando de como soava, e fechei os olhos para tentar imaginar a voz profunda de Reed me chamando de querida.

Reed: Espero que saiba que te chamei de Darling me referindo ao seu sobrenome... não tipo "darling" como apelido carinhoso.

Por mais que pensar nisso o matasse por dentro, havia muitas vezes que as nossas mentes pensavam a mesma coisa. Decidi usar suas palavras contra ele.

Charlotte: Claro que sei, Reed. Que tipo de maluca você acha que eu sou?

Reed: Touché.

Charlotte: Enfim, sobre aquelas perguntas...

Reed me interrompeu com outra mensagem enquanto eu digitava.

Reed: Então agora são "perguntas", não "pergunta"?

Ignorei-o.

Charlote: Como foi a sua audição ontem à noite?

Reed: Eu estava começando a ficar preocupado com você. Já se passaram quase vinte e quatro horas e você ainda não tinha perguntado.

Charlotte: Awn! Que fofo. Você se preocupa comigo. Então, como foi? Você passou para a próxima fase?

Reed: Eu fui. Mas não fiz o teste.

Charlotte: O quê? Por quê?

Reed: Para ser honesto, não sou bom o suficiente. Eu assisti às audições de alguns candidatos e percebi que seria preciso muito trabalho e esforço para chegar ao ponto em que eu poderia ter uma chance real de passar.

Fiquei decepcionada. Mas parecia que ele ao menos estava fazendo uma autoanálise profunda só por ter ido.

Charlotte: Fica para o ano que vem, então. Comece a fazer aulas!

Reed: Talvez eu faça isso. E obrigado, Charlotte. Por mais que você me irrite pra cacete às vezes, eu realmente gostei de ir assistir às audições.

Charlotte: Disponha. Fico feliz por ter usado bem as minhas habilidades de ser irritante pra cacete e servido para alguma coisa.

Reed: Está tarde. Por que não vai para casa?

Não achei que ele estivesse realmente esperando por uma resposta, e, ainda assim, respondi em voz alta para o meu computador:

— Porque não tenho motivo algum para correr para casa.

Charlotte: Posso te fazer só mais uma pergunta?

Reed: Claro. Eu adoro responder perguntas pessoais que me interrompem enquanto estou trabalhando às sete da noite.

Charlotte: Vou chutar que você foi sarcástico, mas vou perguntar mesmo assim. Para onde você planejava ir na sua lua de mel?

Reed não respondeu. Após alguns minutos, o pontinho verde ficou vermelho, indicando que ele havia feito logoff no e-mail da empresa. Eu havia claramente ultrapassado nossos limites invisíveis mais uma vez. Então, terminei de desligar o computador e arrumei minhas coisas. Fiquei surpresa quando Reed apareceu na minha porta, mas, pelo menos, dessa vez, eu não caí no chão.

Ele segurava seu casaco sobre o braço e sua bolsa de couro estava pendurada no ombro.

— Havaí — ele disse. — Nossa lua de mel ia ser no Havaí.

Devo ter esboçado uma expressão sem perceber. Ele arqueou uma sobrancelha.

— Você não aprova?

— Tenho certeza de que lá é lindo. Eu só... achei que você gostasse de algo mais único. O Havaí não parece combinar com você.

Reed coçou a barba por fazer em seu queixo.

— O que combina comigo?

— África. Talvez um safári — respondi sem pensar muito.

Ele sorriu.

— Era exatamente para onde eu queria ir.

— Suponho que a Allison não quis.

— Não. A ideia da Allison de ótimas férias consistia em um SPA cinco estrelas com massagens diárias e se bronzear na praia, enquanto bebia drinques frutados com pequenos guarda-chuvas em um coco.

— Então, você fez o que ela queria?

— Eu me conformei. A escolha inicial dela era bem pior. Pelo menos, no Havaí, eu poderia fazer escaladas enquanto ela tomava sol na praia.

— Você faz escaladas?

— *Fazia.*

— Por que parou?

Reed balançou a cabeça.

— Boa noite, Charlotte.

Eu adorava trabalhar com Iris. Eu não somente aprendia novas facetas do seu negócio toda vez que ela me envolvia em um projeto, como também sentia uma verdadeira conexão de mulher para mulher com ela. Quando ela me perguntava como estavam as coisas, eu acreditava que ela realmente queria saber a resposta, diferente da maioria das pessoas.

Havíamos acabado de terminar a compilação das finanças do trimestre para enviar para a contabilidade quando ela perguntou:

— Como vão as coisas no trabalho, Charlotte? Você está feliz aqui, até agora?

Aquela era provavelmente uma das únicas perguntas que eu não precisava ponderar antes de responder.

— Eu amo trabalhar aqui. Estou feliz de verdade, Iris. Faz um tempo que quero te dizer isso. Sei que você assumiu um grande risco ao me contratar e, para ser honesta, não aceitei o trabalho pelas razões certas, inicialmente, exceto pelo fato de que eu sabia que você era uma mulher da qual eu queria estar perto. Mas estou aprendendo bastante, e sinto que esse trabalho é tão certo para mim. Eu quero aprender mais. Quero aprender tudo!

Iris deu risada.

— Fico feliz por ouvir isso, querida. Todos sentimos o seu entusiasmo. Você realmente deu uma revigorada no escritório. E a sua arte? Ainda está trabalhando nisso?

— Estou. E acho que finalmente encontrei lugar para ela na minha vida. Sempre achei que meu emprego dos sonhos seria trabalhar com argila o dia inteiro. Mas estou descobrindo que gosto muito mais quando uso para relaxar e me refugiar.

— Isso é maravilhoso. E os meus netos? Como vão as coisas com eles?

— Bem, as coisas com Max estão ótimas. Ele é muito doce.

Ela abaixou seus óculos de leitura para a ponta do nariz e me olhou sobre eles.

— E o meu *outro* neto?

Dei de ombros.

— Bom, ontem, ele me derrubou no chão, e eu bati um papo com a ex-noiva dele sobre a lua de mel deles, então acho que devo responder que as coisas não estão tão boas assim.

Iris piscou duas vezes.

— Como é?

Dei risada.

— Bem, tecnicamente, ele não me derrubou fisicamente. Ele só me assustou enquanto eu estava fazendo agachamentos afundo. E meu papo com a ex dele consistiu nela bufando muito e sendo grosseira antes de desligar na minha cara.

Iris sorriu.

— Isso é bem a cara da Allison.

— Mas, por outro lado, eu o convenci a ir à igreja duas vezes, e hoje terei a minha primeira aula de escalada, então acho que posso afirmar que, mesmo que ele nunca vá admitir, nós meio que influenciamos um ao outro de uma maneira positiva.

— Igreja? Escalada? Acho que você precisa pisar um pouco no freio, querida. Me perdi depois da Allison agindo como uma vaca.

— Bom, tudo começou com a minha Lista do Foda-se. Perdão pela linguagem. Na verdade, foi você que me inspirou a começar essa lista. Depois da nossa longa conversa naquele banheiro e de você me dar esse novo emprego incrível, decidi fazer uma lista de coisas que eu queria fazer.

— Como uma lista de desejos.

— Sim. Mas como não pretendo morrer tão cedo, decidi chamá-la de Lista do *Foda-se.*

— Criativo. Continue.

— Para resumir, contei ao Reed sobre a minha lista e, certa noite, descobri que ele havia começado a própria lista também.

Algo mudou na expressão de Iris.

— Meu neto fez uma lista de desejos?

— Sim. Eu sei. Também não conseguia acreditar. Mas foi assim que descobri sobre seu desejo secreto de cantar em um coral. Então, pesquisei um pouco e descobri que haveria testes no Coral do Tabernáculo do Brooklyn e contei ao Reed.

Iris parecia estar muito chocada.

— E ele foi?

— Sim. Duas vezes. Ele acabou não fazendo o teste porque precisa praticar, mas achei um bom sinal ele ter ido. E eu adicionei "fazer escalada" à minha lista depois de ele me dizer que costumava escalar. Eu sempre quis tentar fazer isso. Parece ser um hobby bem radical.

— Reed vai te levar para escalar?

— Ah, não. Eu disse que estamos nos tolerando e nos influenciando à distância. Acho que ainda falta muito para chegarmos ao ponto de fazermos algo juntos. Ele apenas mencionou que isso costumava ser um hobby dele, e pensei em ir conferir. Encontrei aulas abertas em um lugar na Sixty-Second Street que começam hoje às sete da noite.

— Entendi. Bem, contanto que ele não seja muito duro com você.

— Ele não é. É engraçado, até, porque quanto mais ele tenta ser duro comigo, mais eu vejo que há uma barreira que ele ergueu para manter as pessoas longe. Eu sei que não é da minha conta, mas tenho uma vontade enorme de estapear a cara daquela Allison pelo que quer que ela tenha feito a ele.

Um sorriso caloroso espalhou-se pelo rosto de Iris.

— Você compreende bem o meu neto. Pode me fazer um favor? Não desista dele. Eu prometo que, se ele te deixar entrar, todo o esforço vai valer a pena. Mesmo que vocês se tornem apenas amigos.

Assenti.

Como já havíamos terminado o trabalho do dia, recolhi os papéis que estavam espalhados sobre a mesa em seu escritório e disse boa noite. Iris me parou quando eu estava saindo.

— Charlotte?

— Sim?

— Só mais uma coisa. Se algum dia você tiver a oportunidade de estapear a cara da Allison, vai ter que entrar na fila atrás de mim.

Abri um sorriso de orelha a orelha.

— Sem problemas. Tenha uma boa noite, Iris.

CAPÍTULO 20
REED

Aparentemente, eu havia decidido tomar um novo caminho para ir embora do escritório, nos últimos dias.

Mesmo que eu tenha pegado o mesmo caminho todas as noites durante os últimos oito anos — virando à esquerda ao sair do meu escritório, seguindo pelo longo corredor e indo direto para a entrada principal —, agora, eu automaticamente virava à direita, depois à esquerda, e perambulava por cubículos como um rato em um labirinto para chegar à porta da frente. Levava o dobro do tempo, e eu nunca admitiria que dava esses passos extras para poder passar pelo escritório de Charlotte, mas senti uma decepção nada bem-vinda dentro de mim quando vi que sua porta já estava fechada naquela noite.

O escritório da minha avó ficava localizado a apenas algumas portas do de Charlotte, e ela saiu de lá segurando seu casaco assim que passei por ele.

— Oh, Reed. Eu não sabia que você ainda estava aqui. Passei no seu escritório mais cedo, mas as luzes estavam apagadas.

— Eu tive um compromisso no centro da cidade, mas voltei para pegar alguns arquivos para a visita que farei amanhã de manhã. Precisava de alguma coisa?

— Hum. Na verdade, sim. Você se lembra da minha amiga Helen?

— Bradbury?

— Sim. Bem, o neto dela começou a fazer escalada e, aparentemente, ele comprou um equipamento de segunda mão. O aniversário de dezoito anos dele será na próxima semana, e você conhece a Helen, ela vai dar uma festa maior do que uma recepção de casamento. Pensei que seria legal se eu comprasse um equipamento novo para ele de presente. Tenho certeza de que isso deixaria a Helen mais tranquila, também. Só que... eu não faço ideia de onde comprar isso.

— Posso ajudá-la a escolher algumas coisas. Que tal eu te mostrar alguns sites na internet amanhã quando voltar à tarde e pedirmos algumas coisas para chegarem na próxima semana?

— Oh. Eu disse na próxima semana? Eu quis dizer amanhã. A festa será amanhã.

Estreitei os olhos para ela.

— A grande festa será em um dia no meio da semana?

— Hum... sim. Helen é defensora de que se deve fazer a festa no dia real do aniversário. De qualquer forma, eu procurei por alguns lugares aqui por perto, e há uma loja que vende equipamentos top de linha na Sixty-Second Street. Fica meio que no seu caminho para casa.

Assenti.

— *Extreme Climb*. Eu conheço o lugar. Eles dão aulas de escalada e organizam viagens em grupo.

Vovó sorriu e apontou um dedo para mim.

— Sim, é esse mesmo. — Ela olhou para seu relógio. — Já são quase sete da noite, e eu tenho um compromisso no centro às oito. As lojas fecham às nove. Acho que não vou conseguir chegar lá a tempo. Posso incomodar você e pedir que passe lá e compre, não sei, um capacete para mim no seu caminho para casa hoje?

— Claro. Sem problemas. Posso pegar um capacete ou algo assim e trazer para o escritório amanhã.

Ela me abraçou.

— Você é um amor. E se, por acaso, você vir algo que lhe interesse por lá, deveria pegar também.

— Hum. Ok.

— Tenha uma ótima noite, Reed.

— Você também.

A *Extreme Climb* não havia mudado muito durante os dois anos em que eu estive ausente. A mega-academia focava mais em aulas de escalada interna em paredes do que em venda de equipamentos, e apesar de terem mais de novecentos metros quadrados de área rochosa e íngreme e três paredes de treinamento, uma delas com doze metros de altura, o lugar sempre estava cheio.

O cara na recepção lembrou de mim. Eu havia ido a algumas das viagens para escalar que eles organizam quando comecei a praticar.

— Eastwood, certo?

Apertamos as mãos.

— Boa memória. Infelizmente, a minha não é tão boa assim.

Ele sorriu.

— Sem problemas. Sou o Joe. Não te vejo por aqui faz tempo. Lesão?

— Não. Só dei um tempo.

— Voltou para fazer uma aula e lembrar como se faz? Hoje é noite dos iniciantes. Você provavelmente não vai querer escalar a parede de sete metros com eles, mas o paredão dos fundos está aberto, se você quiser. Posso pedir para um dos caras te acompanhar.

— Talvez uma outra noite. Só vim aqui para escolher um capacete para dar de presente.

— Acabamos de receber o novo capacete *Petzl Trios* na cor preta. — Ele assobiou. — O treco é irado. Ainda não está disponível nos nossos expositores, mas posso pegar um para você dar uma olhada, se quiser.

— É, isso seria ótimo.

— Me dê alguns minutos. Se quiser se divertir um pouco enquanto isso, vá assistir à aula dos iniciantes. Alguns colocaram os capacetes ao contrário. Deve estar engraçado de ver.

Ri.

— Acho que vou fazer isso.

Quando Joe desapareceu, perambulei um pouco. Ver todo mundo

BILHETES DE ÓDIO 175

escalando paredes ou animado por tentar pela primeira vez me fez lembrar do quanto eu amava o esporte. *Talvez eu devesse dar mais uma chance.*

Alguns homens estavam reunidos diante da parede para iniciantes, olhando para cima enquanto uma mulher escalava. Ela estava quase no topo da pequena parede, quase a seis metros dos sete que a escalada tinha, e usava um short rosa-choque que exibia a polpa em forma de coração do seu traseiro. Imaginei que aquela fosse a causa dos sorrisos gigantes nos rostos deles. Até que ouvi *o gemido.*

A cada vez que a mulher alcançava a próxima estaca, ela deixava escapar um som que parecia uma mistura estranha de choramingo com gemido e suspiro. Parecia o som que Venus Williams fazia quando jogava tênis, só que, porra, muito mais sexy. Claramente não era intencional, porque a mulher estava se esticando e se esforçando muito para chegar ao topo. Mas isso não deixava o som menos sensual.

Ela alcançou mais um, e o som do gemido sedutor foi direto até o meu pau. *Caramba.* Fazia muito tempo desde que ouvi um som daqueles. *Muito tempo.* Por alguma razão, isso fez meu cérebro pensar em Charlotte. Aposto que ela fazia sons incríveis na hora do sexo e era muito desinibida, também. Toda aquela loucura dela devia se transformar em uma coisa explosiva na cama.

A mulher conseguiu escalar um pouco mais e agarrou a estaca do topo com um último gemido alto. Ela se esticou para cima e tocou o sino do topo. O grupo de homens babando por ela aplaudiu e gritou. O cara mais alto do grupo disse:

— Caramba. Eu vou chamá-la para sair. Aposto que ela deve fazer sons tão bons sob mim na cama quanto os que fez lá em cima.

Mesmo que eu não fosse nem um pouco melhor do que ele — por ter ficado ali encarando a bunda de uma mulher enquanto imaginava os sons que outra fazia na cama —, o comentário daquele cara me irritou.

Minha atenção desviou-se de volta para a alpinista quando ela gritou um "Uhuu!" agudo e sacudiu os braços no ar como se tivesse acabado de escalar o Monte Everest.

Aquela voz.

Ah, não.

Merda.

Não podia ser...

A mulher gritou mais uma vez. Mas era...

Eu reconheceria aquele grito em qualquer lugar.

Ela começou a descer. Fiquei olhando, maravilhado, ainda incapaz de acreditar que era ela.

— Charlotte? — Minha voz saiu mais alta do que pretendi, praticamente ecoando.

Ela virou para me olhar, pausou por um momento para recuperar o fôlego e então, perdeu completamente o foco, caindo e aterrissando em uma posição retorcida.

— Ai... ai!

Merda!

Corri até ela e me ajoelhei.

— Você está bem?

Ela olhou para mim, atordoada, seus olhos azuis brilhando. *Deus, ela é tão linda. Até mesmo quando está toda atrapalhada.*

— O que... o que você está fazendo aqui?

— Você consegue mexer a perna?

— Machuquei mais o pé e o tornozelo. Mas tudo dói.

Alguns funcionários nos cercaram.

— Vocês precisam de ajuda?

Ela ergueu a mão.

— Não, eu vou ficar bem.

— Podemos chamar uma ambulância. Tem certeza? — um deles perguntou.

— Sim. — Ela virou para mim. — Você não me respondeu. O que está fazendo aqui?

Por que ela estava tão preocupada com isso quando mal podia se mexer?

— Isso é mesmo relevante? Iris me mandou vir aqui para comprar algo para ela.

— Que estranho. Comentei com ela que viria aqui. Por que ela não me pediu?

Tenho minhas teorias.

Ao tentar mover o tornozelo novamente, ela se encolheu.

— Ai.

— É melhor você ver um médico. Vou te levar ao hospital. Consegue ficar de pé?

— Vamos descobrir — ela disse, soltando o ar pela boca.

Ofereci minha mão e a ajudei a levantar, devagar. Charlotte imediatamente estremeceu quando tentou andar.

— Isso não é nada bom. — Ela se apoiou em mim enquanto mancava.

Deixei-a esperando por mim na entrada enquanto fui buscar meu carro.

— Estou surpreso com a facilidade com que você perdeu o controle — falei, ao ajudá-la a entrar no veículo. — Estava te assistindo antes de tudo acontecer, antes de perceber que era você. O seu equilíbrio estava bem impressionante.

— Bem, se eu soubesse que você estava me assistindo, tenho certeza de que a minha concentração ficaria comprometida. E eu perdi o controle porque você me assustou quando chamou o meu nome. Você não deveria estar ali.

Dei a volta para tomar o assento do motorista.

— Talvez você queira pensar em usar alguma coisa menos reveladora. Tinha um grupinho bem animado de homens admirando o seu shortinho cor-de-rosa.

— Você era um deles? — Ela arqueou uma sobrancelha e reclinou a poltrona do carro antes de colocar os pés no painel.

Pode apostar que eu era...

Recusei-me a dar atenção à sua pergunta. Ela deu risada.

— A resposta está no seu silêncio, Eastwood.

— Sou o seu chefe, Charlotte — lembrei-a, pegando o trânsito. — Tudo o que eu preciso é dizer que estava te admirando dessa maneira e você pode me processar por assédio sexual.

— Eu nunca faria isso com você. Jamais.

Eu acreditava nela. Charlotte não estava tentando armar para cima de mim. Ela também não era uma oportunista.

Às vezes, eu queria que ela fosse, só para que eu pudesse saber que ela tinha um defeito de verdade.

Manter meus olhos no tráfego sempre era um desafio quando Charlotte estava comigo no carro. Olhei de relance para ela.

— Então, escalada, hein? Logo depois de eu te dizer que costumava escalar? Que original. Estou vendo que as suas tendências perseguidoras ainda estão a todo vapor. Ou vai querer me dizer que isso foi uma coincidência?

— De jeito nenhum. Você me deu a ideia. Não tenho problema algum em admitir isso. Pensei que, se você gostava, devia valer a pena, já que você parece não gostar de *quase nada*.

Dei risada.

— E essa sua opinião se baseia em quê?

— Você trabalha o dia todo e vai para casa. Não tem espaço para mais nada.

— Como você sabe o que eu faço depois que vou embora para casa à noite?

— Bom, estou quase sempre a par de todo o seu cronograma. Estou presumindo que não sobra muito tempo para atividades fora do trabalho, de acordo com os seus horários. Você também trabalha em muitas visitas aos fins de semana.

— Se eu quisesse esconder algo de você, eu conseguiria, Darling.

— Você quis dizer Darling meu sobrenome, com D maiúsculo, e não com d minúsculo, como o apelido carinhoso, não é? Tudo bem, eu gosto de coisas grandes.

Ah, ela não acabou de dizer isso!

Aposto que você gosta, Charlotte. E, em outra vida, talvez eu pudesse te dar.

CAPÍTULO 21
CHARLOTTE

Reed me levou ao pronto-socorro do Hospital Presbiteriano de Nova York. Ele estava no corredor atendendo a uma ligação quando o médico entrou no quarto.

— Os resultados do seu raio-X indicam que foi apenas uma torção. Você tem muita sorte, srta. Darling. — Ele entregou a papelada para a enfermeira.

— Então, o que eu preciso fazer?

— Evitar andar por alguns dias. Você vai ter que usar essa bota ortopédica e muletas. — Ele me ajudou a enfiar o pé na bota antes de sair do quarto.

Reed passou pelo médico em seu caminho de volta do corredor.

— Você poderia me ajudar a sair da cama? — perguntei.

Ele olhou para a minha bota e depois para mim.

— Claro.

— Obrigada.

Ele estendeu a mão. Eu a segurei, adorando o fato de que havia tocado Reed durante as últimas duas horas mais do que durante todo o tempo que o conheço. Ele estava particularmente gostoso no momento também. Seus cabelos estavam um pouco bagunçados, e o botão do seu colarinho estava aberto. Ele tinha ido para o *Extreme Climb* direto do trabalho, usando seu terno e gravata-borboleta, mas, no decorrer da noite, ele foi se desfazendo aos poucos. Eu adorava o Reed "desfeito".

— O que o médico disse?

— Ele disse que foi uma... — hesitei, decidindo distorcer um pouco a verdade. — Ele disse que tenho que evitar andar por pelo menos algumas... semanas. Talvez.

A enfermeira que estava preparando os papéis da minha alta lançou-me um olhar por trás dos ombros de Reed. Ela sabia que eu estava mentindo e não estragou tudo.

Distorcer um pouco a verdade foi uma decisão impulsiva. Me senti mal por mentir sobre o meu tempo de recuperação previsto, mas justifiquei na minha cabeça que tinha feito isso porque estava me ajudando a ficar mais perto de Reed. Eu estava adorando a atenção dele e não estava pronta para que acabasse.

— Merda. Ok — ele disse, massageando o queixo. — O que posso fazer para te ajudar?

— Você pode me dar uma carona até o meu apartamento.

— É. Tudo bem. Vamos te levar para casa.

Reed olhou em volta quando entramos no meu apartamento no Soho.

— Aqui é... bem aconchegante.

— A decoração é pobre chique. Que bom que gostou.

Eu não acreditei nele. Meu gosto era sutil e feminino, nada que se igualasse ao de Reed Eastwood. Embora eu nunca tenha visto onde ele mora, eu tinha minhas ideias de como seria: sombrio, elegante e moderno.

Apesar de o meu apartamento ser na cidade, tinha uma decoração mais do interior, com cores leves e areadas. Meus sofás tinham capas de linho com estampas floridas e, nas janelas, cortinas personalizadas combinando.

Reed pareceu hesitar quando estava prestes a entrar completamente na minha sala de estar. Ele parou a poucos passos de distância da porta.

— Você pode tirar licença do trabalho pelo tempo que precisar — ele disse.

— Obrigada. Mas ainda pretendo ir trabalhar. Basta eu não ficar em pé por muito tempo. Mas talvez eu vá precisar de carona para ir para o escritório.

— Posso dar um jeito nisso. — Ele enfiou as mãos nos bolsos enquanto continuava a ficar ali, parado, perto da entrada. — Você está com fome?

— Sim. Muito.

— Posso ir buscar algo para você jantar.

— Você vai ficar e comer comigo?

— Você precisa que eu fique?

— Eu acho que preciso, sim. Não estou a fim de ficar sozinha.

Ele pareceu pensativo e, então, suspirou.

— Então vou ficar por um tempinho.

— Obrigada — eu disse, expirando.

— O que você quer comer?

— Qualquer coisa.

— Isso não ajuda muito, Charlotte.

— Pode comprar o que você gosta.

Reed pareceu frustrado comigo e, de repente, seguiu para a cozinha, que dava para ver da sala.

— O que você está fazendo? — perguntei.

— Vou ver o que tem na sua cozinha.

Reed estava vasculhando os armários. Aquilo parecia surreal.

Reed está na minha cozinha!

Ele pegou macarrão cabelo de anjo, uma lata grande de tomates sem pele, temperos e um pote de azeitonas pretas. Ele olhou para mim por cima do ombro.

— Você tem alho fresco?

— Sim. Eu guardo debaixo da pia.

— Vinho tinto?

— Na prateleira de vinhos ali no canto.

— Ok, posso fazer algo com isso.

Meus olhos se arregalaram.

— Você vai mesmo cozinhar?

— Por que não?

— Eu não sabia que você era do tipo que cozinha.

— Eu não sabia que você era do tipo que escala.

— Aparentemente, não sou muito boa nisso.

— Você estava indo bem... até não estar mais. — Ele olhou para mim e abriu um raro sorriso genuíno antes de continuar. — Eu quase sempre cozinho para mim.

— Estou impressionada.

— Quando chego em casa à noite, geralmente não sinto vontade de sair de novo, então aprendi a cozinhar. Eu gosto de fazer isso, às vezes.

Deitei-me no sofá em minha glória absoluta, observando-o mover-se enquanto picava os ingredientes com as mangas da camisa dobradas até o cotovelo. Cada movimento do seu corpo era um deleite para os meus olhos conforme ele colocava fios de azeite em uma panela e mexia antes de colocar o macarrão. O aroma robusto era tão bom, melhor do que qualquer cheiro que já senti antes na minha cozinha. Ele entreabrira a janela, deixando uma brisa noturna delicada entrar. Uma pontada de tristeza me atingiu. Eu sentia mesmo falta de ter um homem por perto, mesmo que, certamente, nenhum tenha cozinhado para mim antes. Todd teria apenas pedido comida. Diferente do meu ex, Reed não tinha medo de arregaçar as mangas e colocar a mão na massa. Eu estava adorando isso nele.

Pude ver que ele estava servindo duas porções.

— Devo ir para a mesa?

— Não. Fique onde está. Eu levo para você.

A noite ia ficando cada vez melhor. Reed colocou uma taça de vinho na minha mesinha de centro e me entregou meu prato.

— Isso parece estar incrível. O que é?

— Minha tentativa de fazer espaguete à puttanesca picante. Espero que você aguente um sabor mais apimentado.

— É claro que eu aguento.

Reed esboçou mais um sorriso. Ele estava definitivamente relaxando mais.

— Eu deveria me machucar mais vezes, se isso significa que vou receber esse tipo de tratamento. — Pisquei para ele.

Ele sentou-se na poltrona de frente para mim.

— Eu me sinto mesmo parcialmente responsável pelo seu acidente, então fico feliz em fazer isso.

— Você só disse o meu nome. Fui eu que surtei por te ver ali.

Ele deu uma garfada no macarrão.

— Nós certamente incitamos reações muito estranhas um no outro, não é?

— Sim, mas eu gosto disso... até mesmo quando você me manda os seus bilhetinhos de ódio. Eu curto cada minuto de implicância com você.

Reed parou de mastigar por um momento. Era quase como se doesse nele me ouvir falar isso.

Ele limpou a garganta.

— Me deixe pegar um guardanapo para você.

Eu o impedi de levantar.

— Não, não precisa.

Ele sentou de volta.

— Você está com cara de que quer dizer alguma coisa, Charlotte.

Reed parecia ser capaz de adivinhar que havia algo me passando pela cabeça.

E havia mesmo. Uma pergunta que estava me consumindo. Não era da minha conta, é claro, mas eu ia perguntar mesmo assim.

— Por que a Allison estava te ligando para falar sobre uma lua de mel para a qual vocês nem foram?

Reed fez uma pausa e soltou seu garfo, fazendo-o tilintar contra o prato.

BILHETES DE ÓDIO 185

— Nós pagamos por todas as reservas, e o resort não queria devolver o nosso dinheiro. Queriam nos dar apenas um crédito para nos hospedarmos em qualquer um de seus hotéis. Allison tem insistido muito que eu o use.

— Porque foi ela que terminou tudo. Então, ela acha que você merece mais?

— Sim. O crédito expira em três meses. Eu não me importo nem um pouco, nem tenho tempo para isso. Falei para ela que use ou deixe expirar, então.

— Use, Reed. Arranje tempo.

— Eu não usaria esse crédito mesmo que eu *tivesse* tempo — ele estourou.

Pensando bem, eu provavelmente me sentiria da mesma maneira se Todd e eu tivéssemos uma viagem planejada antes de tudo desmoronar. Diante do quão fortes foram os sentimentos de Reed por Allison, fazia sentido ele não querer ir para o lugar onde eles deveriam ter ido passar a lua de mel. Senti-me repentinamente mal por ter sugerido que ele fosse.

— Entendo. Você tem razão. Sinto muito por me intrometer.

Ele ergueu uma sobrancelha.

— Sente mesmo?

— Não muito. — Sorri. — Apesar de eu ainda não saber o que aconteceu entre você e ela, porque você não quer me contar, acho que ela cometeu um erro enorme.

— Não cometeu, não. Ela se esquivou de uma enrascada. — Ele levantou-se de repente e levou meu prato vazio para a cozinha.

Ok. O que foi isso?

Passou um tempinho até ele voltar para a sala de estar. Reed foi até a janela e ficou olhando por ela por um tempinho antes de pegar um dos meus porta-retratos.

Alcancei as muletas e fui até ele.

— Esses são os seus pais? — ele perguntou, de costas para mim.

— O que te fez adivinhar? Os cabelos pretos deles? — brinquei. — São sim. Frank e Nancy Darling. Os melhores pais que eu poderia ter.

— Parecem ser boas pessoas pela foto, mas, sim, são claramente diferentes de você. — Ele virou-se para me olhar e me surpreendeu ao dizer: — Eu percebi que você acrescentou algo muito interessante à sua Lista do Foda-se outro dia.

— Espionando a minha lista, hein?

— O que estiver no meu servidor é meu, Darling com D maiúsculo. Isso não é espionar.

— Sim, eu acrescentei algo que tenho adiado.

— Você quer descobrir de onde veio.

Eu sabia que aquela adição à minha lista era muito diferente dos outros itens. Ultimamente, descobrir exatamente quem eu era havia se tornado um foco para mim. Acabei me perdendo um pouco de mim mesma quando estava com Todd, tentando me encaixar na carreira dele, em seu estilo de vida, seus hobbies, em vez de fazer o que me deixava feliz. E eu não poderia descobrir quem eu era sem saber de onde eu havia saído.

— Algum dia, eu gostaria, sim. Acrescentei isso à lista mesmo que pareça mais algo de uma lista de desejos do que de uma lista do foda-se. Não é algo que se pode exatamente riscar de um dia para o outro, nem necessariamente um dos itens mais agradáveis para mim.

— Bom, acho que isso é muito corajoso. Sejam eles quem forem... eles ficariam maravilhados ao ver quem você se tornou.

— Obrigada. E eu aqui pensando que você me achava uma doida.

— Você *é* doida... mas também tem várias qualidades cativantes.

— Obrigada.

Alguns momentos de silêncio se passaram antes que ele quebrasse o gelo.

— O que você sabe sobre o dia em que foi encontrada?

— Se pesquisar no Google "Bebê de Poughkeepsie, Igreja de Saint

Andrew", você vai encontrar todas as informações em notícias antigas. E é basicamente tudo o que sei. Foi muito digno de reportagens na época. Mas, até hoje, ninguém sabe quem me deixou lá.

— Isso é fascinante.

— Acho que sim.

Reed conseguiu sentir que eu não queria falar sobre isso e mudou de assunto. Era provavelmente a única coisa na minha vida que eu não ficava muito animada em discutir. Lá no fundo, eu sabia que tinha traumas de abandono. Mas viver em negação sempre foi mais fácil do que reconhecê-los.

— Então, onde você faz as suas esculturas?

Peguei as muletas e acenei com a cabeça para ele me seguir.

— Venha, vou te mostrar.

— Você não deveria estar andando — ele me repreendeu.

— Estou bem.

Eu o conduzi ao cômodo que tecnicamente costumava ser o meu quarto. Reed ficou aturdido ao descobrir que ali não era mais um quarto.

Um lençol estava aberto no chão. Uma roda de olaria, no centro do cômodo. Minha cama estava coberta de tralhas e empurrada contra a parede. Prateleiras ao redor continham peças pintadas e não pintadas.

— Onde você dorme?

— O sofá da sala vira uma cama muito boa. Recentemente, transformei o meu quarto em um espaço de arte. Um dia, vou poder ter um quarto *e* um espaço de arte, mas, por enquanto, tem que ser assim.

Ele andou um pouco pelo cômodo, olhando fixamente para as peças.

— Você fez tudo isso, obviamente?

— Aham.

— Você mencionou uma vez que fez faculdade de Artes, certo?

— Eu estudei na Escola de Design de Rhode Island, em Providence, durante um ano. Mas acabei largando.

— Por quê?

— Eu percebi que parte da beleza em ser uma artista é não ter que colocar pressão sobre o que você cria. E, quando aquela pressão foi colocada sobre mim, a minha criatividade basicamente teve fim. Meio que gosto de só jogar argila na roda e ver o que acontece. Geralmente, uma tigela se transforma inesperadamente em um vaso e vice-versa. Às vezes, o meu trabalho resulta em uma porcaria e, outras vezes, em algo lindo.

— Como aquele que você fez para a Iris e eu te fiz quebrar. Aquele foi um dos que deram certo, não é?

— Infelizmente, sim.

— Imaginei. — Ele sorriu. O sorriso de Reed era como uma dádiva. Era raro, mas, quando acontecia, me consumia totalmente nos segundos que durava. — Você tem uma peça favorita? — ele perguntou.

— Você ficaria surpreso. — Andei lentamente até o canto do quarto para pegar uma pequena tigela. — Essa aqui, na verdade. Não parece muita coisa, a princípio, mas, se olhar bem e se acostumar com ela, vai ver que é perfeitamente equilibrada. Pequena, não muito chamativa, mas colorida. Bem exótica.

— Sim — ele disse, olhando profundamente nos meus olhos. A temperatura no quarto parecia estar aumentando, de repente. — Eu realmente não fazia ideia de que você tinha tanto talento. É muito impressionante.

— Uau. Eu impressionei Reed Eastwood.

— Não é algo fácil de se fazer.

— Não mesmo.

A expressão normalmente rígida de Reed havia amolecido totalmente. Seus olhos buscavam os meus, e senti algo indescritível, mas muito forte, entre nós naquele momento. Seu corpo estava próximo, e eu tinha a sensação de que ele poderia facilmente se inclinar e me beijar. Talvez isso fosse somente porque eu *queria* tanto que ele me beijasse. Esta noite, nós alcançamos um nível de intimidade que não existia antes. Talvez isso estivesse deixando o desejo físico ainda mais intenso.

Pude sentir seu hálito quando ele disse:

BILHETES DE ÓDIO 189

— É melhor você ir sentar e repousar o pé.

CAPÍTULO 22

REED

Eu me sentia enjoado.

Acho que devia ser uma reação ao pó de fada de Charlotte, ou seja lá qual fosse o feitiço que ela estava jogando em mim.

Durante os últimos dias, ela pegou carona comigo até o escritório. Meu problema não era não querer fazer isso; era o contrário. Eu ficava ansioso pelo longo trajeto matinal enquanto inspirava seu cheiro. Ficava ansioso para ouvir sua risada e sua necessidade ridícula de ir a dois lugares para o café da manhã: um para o café e outro para pegar um tipo especial de muffin.

Esse sentimento vinha me seguindo desde a noite do seu pequeno acidente. Em seu apartamento, quando estávamos falando sobre o mistério do seu nascimento, pude ver uma vulnerabilidade em seus olhos que eu nunca havia notado antes. E, quando ela me levou até seu quarto de arte, fiquei abismado de verdade com seu talento.

Quando cheguei em casa naquela noite, não conseguia parar de pensar nela e passei uma hora pesquisando no Google "Bebê de Poughkeepsie, Igreja Saint Andrew".

Só existia uma coisa mais bonita do que a atual Charlotte Darling, e isso era sua versão querubim com rostinho vermelho, de vinte e sete anos atrás. Talvez eu tenha imprimido a foto e guardado. E levaria esse segredo comigo para o túmulo.

A história era exatamente como ela descrevera para mim: um mistério total. Um bebê foi encontrado em uma cesta em frente à reitoria da igreja. A pessoa tocou a campainha e fugiu, deixando a bebê Charlotte nas mãos da igreja e depois do Estado, antes de ela, por fim, ir parar nas mãos dos seus pais adotivos.

BILHETES DE ÓDIO 191

Talvez tenha sido devido à beleza da garotinha, mas as notícias estamparam as manchetes por um bom tempo, acompanhando a situação de Charlotte, desde o começo até ela ser adotada seis meses depois.

Enquanto eu estava sentado no meu escritório pensando sobre Charlotte, ela passou pela minha porta, carregando alguns pacotes. Notei que ela estava andando perfeitamente bem, sem mancar. Ela não estava assim pela manhã.

Hum.

Isso me fez me perguntar se ela estava fazendo algum jogo comigo. Decidi mandar-lhe uma mensagem.

Reed: Julgando pela maneira como você acabou de passar praticamente dançando pelo meu escritório, o seu tornozelo parece estar bem melhor. Suponho, então, que não vai precisar de uma carona amanhã.

Charlotte: Hahaha. Pensei que você estava em um almoço de negócios no Upper West Side.

Reed: Cancelado.

Charlotte: Ah. Bem, sim, estou bem melhor. As caronas até o escritório têm me ajudado bastante. Por mais que eu tenha curtido muito a sua personalidade matinal encantadora durante esses dias, você está certo. Acho que já posso me virar sozinha. O tempo de recuperação superou as minhas expectativas.

Reed: Superou as minhas também, tanto que parecia totalmente inacreditável. De qualquer modo, fico feliz por estar melhor. Acho que agora você pode ir buscar as minhas roupas na lavanderia. Tenho algumas camisas que estão na Union Street Cleaners.

Apesar de tarefas do tipo pegar café fazerem parte da descrição de cargo de Charlotte, nós raramente pedíamos essas coisas para ela. A maioria de suas responsabilidades a mantinham em seu escritório ou em visitas. Seu papel na empresa estava se expandindo. Então, eu estava brincando com ela ao pedir que fosse buscar a minha roupa na lavanderia.

Charlote: Seria um prazer ir buscar as suas camisas. Elas estão prontas?

Reed: Eu estava brincando. Posso ir buscar as minhas próprias roupas. Você não precisa fazer isso.

Charlote: Oh.

Poucos momentos depois, ela apareceu na minha porta. Seu rosto estava ruborizado e ela parecia ter algo muito importante em mente.

— Posso entrar?

— Você não precisa pedir. — Eu podia ver que Charlotte estava definitivamente nervosa. Tirei meus óculos e os coloquei sobre a mesa. — O que foi?

Ela fechou a porta e seus saltos clicaram no chão conforme ela se aproximava aos poucos da mesa.

— Está tudo bem, Charlotte?

— Sim. — Ela esfregou as palmas em sua saia. — Só estou nervosa pelo que quero te perguntar. Mas eu disse a mim mesma que iria fazer isso.

— Ok...

— Eu estava pensando... se você gostaria de... bem...

— Apenas diga.

Charlote olhou para baixo, encarando os pés.

— Ultimamente, tenho dito a mim mesma que vou fazer mais esforço para ir atrás do que quero na vida, agarrar o touro pelos chifres, como dizem. E, bem... eu gosto muito da sua companhia. Estava pensando se você gostaria de sair comigo algum dia desses, fora do trabalho. — Ela soltou uma lufada de ar. — Para um encontro.

Senti como se todo o fôlego escapasse do meu corpo.

Eu. Não. Estava. Esperando. Por. Isso.

Charlote estava me chamando para sair.

Ela era louca. E corajosa. E adorável pra caralho.

E eu queria dizer sim. Deus, como eu queria dizer sim mais do que qualquer coisa.

Mas sabia que não podia iludi-la, por mais que eu gostasse de passar tempo com ela. Por mais que sua companhia me fizesse feliz. Por mais que a achasse linda pra caramba.

Minha falta de resposta a fez querer voltar atrás.

— Ai, meu Deus, Reed. Esqueça o que eu disse. Foi apenas algo impulsivo. Eu curti muito o nosso tempo juntos essa semana, e te acho... muito atraente... e, às vezes, você me olha como se sentisse o mesmo, e teve aquilo com a minha calcinha no meu escritório naquela noite... foi estranho, mas bem sexy... e só achei que talvez...

— Eu não posso, Charlotte. Me desculpe. Não posso namorar ninguém agora. As razões são muito complicadas para explicar. Mas a minha recusa tem tudo a ver comigo, e absolutamente nada a ver com você. Eu te acho extraordinária. Você precisa saber disso.

— Ok. — Ela ficou apenas assentindo repetidamente. — Ok. Podemos esquecer que eu te perguntei isso, então?

— Já está totalmente esquecido.

Ela girou e praticamente fugiu.

Depois que ela saiu do meu escritório, senti como se meu coração tivesse sido arrancado do peito. O que ela tinha acabado de fazer exigiu uma coragem do caramba. Eu sabia que, independentemente do que eu dissesse, ela levaria para o lado pessoal, de alguma maneira, e isso acabou comigo. Eu me senti péssimo. Ela não fazia a menor ideia do quanto eu queria poder dizer sim.

E sua ousadia... foi sensual pra caralho. Saber que ela me queria fez com que fosse ainda mais difícil aceitar que eu não podia tê-la.

Conforme a tarde foi passando, eu não conseguia parar de me sentir atormentado por ter magoado Charlotte de alguma maneira. Imaginei se poderia dar um jeito nisso, e se havia alguma maneira que eu pudesse passar tempo com ela fora do trabalho, mas que não parecesse um encontro.

Lá no fundo, eu sabia que estava só me enganando. Mas, se eu nunca ficasse *realmente* sozinho com ela, que mal teria em passar um tempo com ela?

Mas então, lá no fundo, eu *sabia* que só estava me enganando, mas, mesmo assim, fui até seu escritório.

— Charlotte, posso falar com você um instante?

Ela parecia especialmente resguardada.

— Ok...

Puxei uma cadeira em frente à sua mesa e sentei.

— Eu estava ponderando sobre o que você me perguntou mais cedo, e pensei se... talvez, em vez de um encontro, você estivesse interessada em passar um tempo comigo de outra maneira. Como amigos.

— Como assim?

Fazer Charlotte se sentir melhor depois da rejeição era a minha prioridade número um. Eu sabia, em certo nível, que essa proposta iria complicar a situação ainda mais. Mas eu queria recompensar sua honestidade brutal com alguma coisa, mesmo que isso significasse provocar o destino.

— Eu adoraria que você me ajudasse a riscar alguns itens da minha lista de desejos, como fazer escalada, para começar, já que agora você é toda expert no esporte e tal. Estou falando sobre escalada ao ar livre. Tem um lugar nas Montanhas Adirondacks com guias que dão instruções. Posso te enviar as informações. Poderíamos ir neste sábado. Passaríamos a noite por lá. Em quartos separados, é claro. Você estaria interessada?

Meu celular vibrou quando fechei a porta do meu escritório na sexta-feira à noite. Já passava das sete, e o escritório estava quieto. Até Charlotte já tinha ido embora no horário certo, para variar. No entanto, isso não iria me impedir de tomar minha rota indireta só para poder passar por seu escritório.

Tranquei a porta e tirei meu celular do bolso. O nome Josh Decker apareceu na tela. Josh era um detetive aposentado do departamento de polícia de Nova York que se tornou um investigador particular e fazia a pesquisa de antecedentes de todos os nossos funcionários. Infelizmente, tivemos um problema enorme há alguns anos quando contratamos um corretor sem checar o suficiente, e ele basicamente usou a Eastwood Properties como um meio de ganhar acesso aos apartamentos dos nossos clientes mais ricos e roubá-los. Nossa checagem de antecedentes agora era tão extensiva que, às vezes, parecia que estávamos ultrapassando um limite e invadindo a privacidade de algum funcionário em potencial.

— Oi, Josh. Como vai?

— Mesma coisa de sempre. Trabalhando até tarde para ter uma desculpa para não comer o ensopado de atum da Beverly.

— E se ela guardar as sobras para você?

— Ah, ela sempre guarda. E eu jogo na lata de lixo de fora do meu prédio antes de entrar. Já tentei dar aos vira-latas da calçada do meu escritório uma vez, mas nem mesmo gatos famintos têm coragem de comer o ensopado de atum da Beverly.

Dei risada.

— Como foi a investigação do Erickson? — Eu havia pedido a Josh que investigasse um possível novo agente de locação.

— A ficha dele tá limpa. Foi preso uma vez por fumar um baseado na faculdade, mas o crime está prescrito.

— Prescrito, hein? Isso não significa que limparam do registro dele? E mesmo assim aqui está você, me contando tudo.

— Não tem essa de "limparam do registro". As digitais sempre ficam para trás, filho.

Virei à esquerda e caminhei pelo corredor em direção à saída, desacelerando ao me aproximar de uma certa porta fechada. **CHARLOTTE DARLING**. Parei e li a placa de identificação dourada em sua porta. O que me fez pensar sobre o que ela acrescentara à sua Lista do Foda-se recentemente.

— Josh... deixe-me te perguntar... você acha que consegue encontrar os pais biológicos de alguém?

— Encontrei o pai de uma mulher há alguns meses. Ele tinha vendido o esperma na faculdade, há vinte anos, e hoje em dia é um sem-teto que vive debaixo de uma ponte no Brooklyn.

Nossa. Encarei o nome de Charlotte enquanto pensava por um minuto.

— Eu tenho um trabalho para você. Preciso encontrar alguém. É um assunto pessoal, não tem a ver com a Eastwood Properties. Então, eu gostaria de manter completa discrição. Nada de mencionar isso para a minha avó, nem mais ninguém. Principalmente a nossa equipe administrativa. Algum problema nisso?

— Discrição é o meu nome do meio. Me mande um e-mail pela sua conta pessoal com os detalhes.

— Pode deixar. Valeu, Josh. — Desliguei e passei o dedo pela placa. — Parece que talvez possamos descobrir quem você realmente é, Charlotte Darling.

CAPÍTULO 23

CHARLOTTE

Todas as minhas roupas estavam em um amontoado enorme no sofá quando Reed tocou o interfone para me buscar no sábado, às cinco e meia da manhã. Atendi antes de apertar o botão para destrancar a porta lá embaixo.

— Estou um pouco atrasada. Suba para tomar um café.

Deixei a porta do apartamento entreaberta e voltei a procurar freneticamente pela roupa certa para vestir. Eu queria ficar bonita — talvez até mesmo um pouco sexy —, mas não queria que parecesse que eu estava *tentando* ficar sexy. E ainda havia a complicação de que a roupa tinha que ser apropriada para escalar uma maldita montanha.

Reed bateu levemente na porta antes de entrar. Passei direto por ele na cozinha, com uma expressão agitada, e fui para o banheiro pegar elásticos de cabelo. Ele deve ter interpretado meu humor, porque suas palavras saíram com cuidado.

— Bom dia, flor do dia.

— Eu não tenho nada para vestir!

Reed olhou para o chão e balançou a cabeça.

— Vista qualquer coisa, contanto que seja confortável.

Rosnei para ele e voltei a destroçar meu closet. Ele se serviu de uma xícara de café e ficou na porta do meu quarto, assistindo-me lutar para terminar de arrumar as coisas.

Ele apontou sua xícara em direção à minha mala quase cheia.

— Você sabe que só iremos ficar fora por uma noite, não é?

Encarei-o, irritada. Para os homens, isso era tão fácil. Ele estava usando uma calça de moletom e uma camiseta justa. Que, a propósito, ficava *beeem justa* nele.

BILHETES DE ÓDIO 199

— Eu não sei o que levar.

Ele abriu um sorriso irônico.

— O short que você usou para escalar a parede naquele dia fez sucesso.

Coloquei minhas mãos na cintura.

— Pensei que você tinha dito que ele era muito revelador.

Reed coçou a barba em seu queixo, o que, a propósito, eu adorei pra caramba.

— Me deixe te perguntar uma coisa. É sábado, então, tecnicamente, eu não sou o seu chefe, certo?

— Sim. Os fins de semana não fazem parte dos meus dias de trabalho. Onde você quer chegar com isso?

— E nós somos amigos, certo? Amigos protegem uns aos outros. Isso é normal, não é?

— Desembucha, Eastwood.

— Bom, o seu shortinho cor-de-rosa era revelador por causa do jeito como a sua bunda ficava nele, e não necessariamente porque você não deveria usar short para fazer escalada. Na verdade, se você perguntasse a um alpinista profissional, ele te diria para usar roupas justas, e até mesmo shorts curtos como o que você usou. Mas como *seu amigo*, não um homem, tenho que te dizer que você tem uma bunda incrível, então, se não quiser que os homens fiquem lá embaixo te secando, talvez você queira usar algo mais largo.

Arqueei as sobrancelhas.

— Então, você não notou a minha bunda como homem. Só como amigo?

Ele cruzou os braços contra o peito.

— Isso mesmo.

— Você vai escalar por trás de mim hoje?

— Sim, é assim que funciona. A pessoa mais experiente geralmente fica na parte de trás. Dessa forma, eu posso te guiar e instruir onde se segurar. E, se eu cair, não vou te atingir.

Ficou difícil conter meu sorriso malicioso. Ele tinha acabado de me ajudar a decidir o que vestir.

— Isso me ajudou muito. Volto já. Vou me trocar.

Na última gaveta da minha cômoda, estava guardada uma roupa de ioga roxa-brilhante que eu comprara no ano passado, mas nunca usara. Eu adorei quando a vi em uma loja mal iluminada, mas, quando cheguei em casa, percebi que não apenas era justa a ponto de parecer uma segunda pele, como também tinha um brilho cintilante no tecido. Sem contar que deixava a minha barriga exposta e era bastante decotada para uma roupa *fitness*. Decidi que era sexy demais para usar para malhar e a guardei. Mas já que Reed seria apenas um amigo, não um homem, durante o fim de semana, eu tinha certeza de que ele não iria notar. Abafei uma risadinha depois de me vestir e me olhei no espelho. O short rosa-choque da minha escalada na parede parecia recatado comparado a essa roupa.

Voltei para a sala de estar e fiz o melhor que pude para agir indiferente. Reed estava tomando seu café e olhando as fotos emolduradas na minha parede. Ele olhou para mim de relance uma vez, desviou e depois tornou a olhar com mais afinco ao perceber meu vestuário.

— Você vai usar isso?

— Sim. Gostou? — Dei uma voltinha para mostrar que a calça era tão apertada atrás como era na frente. — É um pouco apertado, mas você disse que é isso que os *experts* recomendam. E como é você que vai ficar atrás de mim o dia todo, pensei que não teria problema, já que é o *meu amigo* que vai ficar olhando para a minha bunda em uma calça apertada o tempo todo... não um homem.

Eu não havia parado para pensar muito sobre como seria o dia de Reed, escalando com uma iniciante. Acho que apenas imaginei nós dois escalando o Monte Everest, em vez de como realmente era aprender a escalar ao ar livre. Como o grupo no qual ele nos inscreveu era composto apenas por iniciantes, passamos a manhã inteira aprendendo técnicas básicas de escalada, como rapel e amarração. Chegamos à hora do almoço sem que ninguém tivesse escalado mais do que dois metros durante a prática.

— Estou me sentindo péssima. Você está aqui preso ouvindo todo esse treinamento quando poderia estar escalando de verdade.

A companhia de turismo com a qual estávamos havia trazido almoço para todo mundo, e Reed e eu nos sentamos em uma rocha enorme e achatada que ficava um pouco longe do grupo.

— Tudo bem. Faz um tempo que não escalo. É um tipo de esporte no qual você vai preferir errar pelo excesso de cautela, então não faz mal tomar algumas aulas para refrescar a memória.

Desembalei um sanduíche de presunto e queijo. Reed havia escolhido de peru, e parecia muito bom também.

— Você gosta de presunto? Quer que eu te dê metade do meu e você me dá metade do seu?

— Claro.

Dei uma mordida enorme.

— Ai, meu Deus. Isso é mesmo a coisa mais deliciosa que você já comeu ou eu só estou faminta?

Reed sorriu.

— Escaladas ao ar livre deixam mesmo com muita fome. Posso escalar uma parede em um ambiente interno por horas e nem ao menos me lembrar de comer. No entanto, se eu escalar por aqui, fico faminto. Deve ser o ar fresco e o estímulo a mais de não ter só rochas sintéticas para agarrar.

Ele estava certo. Eu mal havia escalado durante a sessão de treinamento pela manhã e aquela experiência já estava sendo completamente estimulante.

— Faz quanto tempo que você não escala?

— Por volta de dois anos, talvez.

— O que te fez dar um tempo?

Algo mudou na expressão de Reed. Ele foi de despreocupado e aberto para tenso e fechado após uma simples pergunta.

— Estava na hora — ele disse.

Já que ele não teria para onde fugir, eu insisti.

— Isso é muito vago. Que tal uma resposta mais específica?

Ele enfiou um pedaço enorme de sanduíche na boca. Ganhando tempo para pensar na resposta, com certeza. Mantive meus olhos nele, deixando claro que estava esperando por sua resposta. Além disso, o jeito como seu pomo de Adão moveu-se para cima e para baixo quando ele engoliu era muito sexy de assistir.

— Aconteceram muitas mudanças na minha vida durante o último ano, então acho que a escalada ficou em segundo plano.

— Você quer dizer por causa da Allison?

— Sim, entre outras coisas.

— Que outras coisas?

— Charlotte... — Reed me lançou seu tom de alerta.

— Não me venha com "Charlotte". Nós deveríamos ser amigos, lembra? É isso que amigos fazem. Conversam, compartilham.

— Um cara e uma garota não sentam simplesmente para falarem sobre suas vidas e contarem segredos um ao outro, a menos que sejam um casal.

Endireitei minha postura.

— Então, faz de conta que eu sou um amigo homem.

Os olhos de Reed desceram até o meu decote antes de voltarem para os meus.

— Isso não é possível.

Suspirei audivelmente.

— Você sabe o que acontece quando as pessoas se abrem umas com as outras?

Reed não respondeu, então eu continuei, usando uma demonstração. Curvei minhas mãos em conchas e as juntei com força, como se estivesse segurando uma bola dentro delas.

— Isso é uma pessoa fechada. Ninguém pode entrar. Mas nada pode sair daqui, também. — Abri as mãos e as segurei em concha uma ao lado da outra, como se esperasse que alguém fosse colocar algo em minhas palmas. — Viu? Isso é uma pessoa aberta... talvez tenha que deixar alguém que você não estava esperando entrar, mas... isso também permite que as pessoas que estão presas dentro de você vão embora.

Reed me encarou por um longo tempo e, então, levantou-se abruptamente.

— Vou dar uma volta. Voltarei antes da sessão da uma da tarde.

Reed retornou no momento em que estávamos nos juntando novamente em grupo. O que presumi que era seu objetivo. Eu não poderia metralhá-lo com perguntas diante de uma dúzia de pessoas. Bem, eu *poderia*... mas ele estava razoavelmente seguro de que eu não faria.

Ele ficou bem atrás de mim enquanto o instrutor falava sobre a primeira escalada que faríamos. Senti minha pele pinicar, e isso não tinha nada a ver com a temperatura do ambiente. Aquele homem tinha um efeito enorme sobre mim. E eu tinha certeza de que não estava sozinha nessa. Eu sabia que, às vezes, seu corpo também reagia a mim. A única diferença era que eu não queria lutar contra. Fui magoada por uma pessoa com a qual me importava, da mesma maneira que ele, e, ainda assim, eu queria explorar mais o que estava acontecendo entre nós.

Senti seu hálito quente fazer cócegas na minha nuca, e então percebi algo. Eu estava abordando as coisas com Reed da maneira errada. Tentava me aproximar dele ao insistir que falasse comigo, se abrisse comigo. Mas ele era tão fechado que me ignorava em toda tentativa. Talvez a maneira de conseguir chegar até ele não fosse através de conversa, afinal. O ponto fraco de Reed não estava na comunicação verbal, mas em sua atração física por mim. E eu estava pronta para usar as ferramentas limitadas que eu tinha.

Dei um passo para trás, para que a minha bunda se esfregasse contra a parte dianteira do seu corpo, e virei a cabeça um pouco para trás para falar com ele em um sussurro — um gesto aparentemente inocente.

— Me desculpe por ter sido intrometida antes.

Reed limpou a garganta.

— Tudo bem — ele sussurrou de volta.

Eu não me afastei depois disso. E Reed definitivamente também não. Alguma coisa me dizia que, quando eu tentasse penetrar no ponto fraco desse homem, eu é que seria penetrada por algo *nada fraco*.

— Meu Deus! Eu consegui!

Depois de chegar ao topo da parede rochosa que tivemos que escalar, fiquei de pé e comecei a pular. Reed estava bem atrás de mim e abriu um sorriso genuíno.

— Você foi muito bem.

Embora a parede tivesse provavelmente apenas uns dez metros até o patamar onde paramos, eu sentia como se tivesse escalado uma montanha inteira. Joguei as duas mãos para o ar e gritei.

— Eu sou uma lagartixa!

Reed riu.

— Uma lagartixa?

— Sim, uma lagartixa. Ou um lagarto, tanto faz. Eles escalam paredes, não é?

Reed balançou a cabeça.

— Bom, você pareceu mais a Mulher-Aranha do que uma lagartixa, mas consigo entender o sentimento. Faz um tempo pra mim, também. Eu tinha esquecido como isso te faz sentir vivo.

— A empresa organiza festas de Halloween? Eu vou me fantasiar de Mulher-Aranha, com certeza. E você tem que se fantasiar de Homem-Aranha! — Eu não conseguia controlar a minha tagarelice. — Meu Deus. Foi tão divertido!

— Ainda bem que poderemos tirar um intervalo de meia hora antes de escalar até o próximo patamar. Você parece pronta para subir a parede correndo e pisando nas costas das pessoas que estão à sua frente de tão cheia de energia.

— Eu consigo entender totalmente por que isso pode se tornar viciante. Acontece um lance físico. Eu estava morrendo de medo no minuto em que meus pés deixaram o chão, por mais que eu soubesse que estava a menos de um metro de altura e não me machucaria se caísse ou pulasse. O sangue começou a pulsar nas minhas veias e o meu peito ficou acelerado, mas daí eu me forcei a escalar um pouco mais, e um sentimento incrível tomou conta de mim. Foi como se eu estivesse sendo naturalmente atraída para o topo da montanha, então eu *tinha* que subir. Quanto mais alto eu chegava, mais perigoso ficava, e mesmo assim, menos eu me importava com as consequências de uma possível queda. Eu estava sedenta para chegar ao topo e não conseguiria me impedir mesmo que quisesse. Você se sentiu assim também?

Reed me encarou, com a expressão menos divertida e mais séria dessa vez.

— Sim.

Eu estava usando um suéter leve sobre o top de ioga, mas a escalada fez com que o calor se acumulasse nos meus músculos e a temperatura do meu corpo subisse. Agora que parei, o suor começou a brotar de mim. Isso também acontecia quando eu me exercitava. Eu começava a suar pra caramba quando parava de me mover. Abri o zíper do suéter, retirei-o e o amarrei em volta da minha cintura.

— Já consigo até imaginar que não vou ser capaz de pensar em qualquer outra coisa além dessa sensação por vários dias. Deve ser difícil não ficar obcecado, não é?

— Porra, você não faz ideia.

A voz de Reed soou um pouco estranha e, quando olhei para cima, percebi por quê. Seus olhos estavam grudados no meu decote suado. Ver isso fez a minha respiração ficar quase tão ofegante quanto estava há alguns minutos, enquanto eu escalava pelas rochas. Também me fez lembrar da fraqueza de Reed. Dei um passo à frente e fiquei nas pontas dos pés para dar um beijo na sua bochecha.

— Obrigada por compartilhar isso comigo, Reed.

Ele limpou a garganta e piscou algumas vezes.

— Por nada.

Após mais uma escalada revigorante, nosso instrutor encerrou o dia. Reed e eu nos inscrevemos para apenas um dia, mas, quando o instrutor disse que haveria uma escalada para o nível intermediário na manhã seguinte, bem cedo, incentivei Reed a ir.

— Você deveria ir. Eu vou dormir até mais tarde, ou até mesmo me dar ao luxo de fazer uma massagem pela manhã. Usei músculos hoje que eu nem fazia ideia que tinha. Tenho certeza de que vou estar dolorida, de qualquer jeito. Mas você passou o dia todo cuidando de mim. Vá fazer a escalada da turma intermediária amanhã de manhã. Você merece.

Antes que ele pudesse recusar, fui até o instrutor, que estava guardando seus equipamentos, e disse a ele que queria inscrever o meu amigo na escalada matinal.

— O seu amigo já escalou antes?

Reed terminou de arrumar sua mochila e nos alcançou no meio da conversa.

— Sim. Ele costumava escalar o tempo todo, mas deu um tempinho.

— Ok. Diga a ele para nos encontrar na entrada oeste da trilha.

Abri um sorriso enorme e virei-me para Reed.

— Encontre ele na entrada oeste da trilha.

O instrutor olhou alternadamente entre nós dois.

— Ah. Você estava falando do Reed?

— Sim.

— Você disse que era o seu amigo. Pensei que vocês fossem um casal. — Ele olhou para Reed. — Começa às sete da manhã. Eu não vou ser o guia da escalada matinal, será o Heath. Você o conheceu hoje mais cedo quando ele veio deixar o equipamento que usamos.

Reed assentiu e virou para mim.

— Tem certeza de que não se importa?

— De jeito nenhum. Vou arrumar algo para me ocupar. Não se preocupe comigo.

O instrutor hesitou por um instante antes de falar novamente.

— Eu costumo fazer trilhas aos domingos pela manhã. Não pelo turismo ou algo assim. Só a natureza e eu, por diversão. Não quer se juntar a mim enquanto o seu amigo estiver escalando?

— Hum... — Olhei de relance para Reed e notei uma veia pulsando em seu pescoço. — Obrigada pelo convite. Mas acho que vou estar muito cansada para fazer trilha.

Alheio à carranca mortal de Reed, o instrutor enfiou a mão em seu bolso traseiro e tirou sua carteira de lá. Ele pegou um cartão de visitas e o estendeu para mim, com um sorriso cheio de flerte.

— Meu celular está nesse cartão. Podemos fazer uma trilha curta e tomar café da manhã depois, talvez. Pense no assunto.

— Hum. Ok. Valeu.

Reed ficou quieto enquanto fomos para o carro. Como sempre, ele veio até o lado do passageiro para abrir a porta para mim. Só que, dessa vez, ele não a fechou como fazia normalmente. Ele *bateu* aquela porcaria com força. O clima estranho e desconfortável continuou a crescer conforme ele dirigia para o hotel em silêncio. Eu sabia por que ele estava irritado. Reed não conseguia esconder seus ciúmes tão óbvios. Deixei o desconforto continuar a ferver.

Ele estacionou no hotel e, finalmente, falou:

— Tenha cuidado na sua *trilha* amanhã. — Bom, *rosnou* seria uma descrição mais apropriada.

Ele achou mesmo que eu faria isso?

— Você me ouviu dizer que ia?

— Você ficou com o cartão dele.

— Eu estava *sendo educada.*

— Eu não sabia que ser educada implicava flertar e iludir homens.

Arregalei os olhos.

— Flertar? Iludir homens? Você diz que sou doida, mas acho que você também tem alguns parafusos soltos, Eastwood. Eu perguntei a ele sobre a escalada *para você*. Eu não estava flertando, de jeito nenhum. E eu com certeza não tinha a menor intenção de ligar para ele.

— Não acho que ele tenha entendido o recado.

Frustrada, joguei os braços para o ar e depois bati as palmas nas minhas pernas.

— Quer saber? Vá se ferrar. — Abri a porta do carro e, depois, virei de volta para ele. — Talvez eu ligue mesmo para ele. Faz muito tempo que não *transo*. E Deus sabe que você me rejeitou quando te chamei para sair. Então, talvez seja melhor eu seguir em frente e encontrar alguém que possa satisfazer os meus desejos.

Saí do carro e bati a porta para fechá-la, com a mesma ferocidade com que ele fez antes.

Ele veio atrás de mim enquanto eu pisava duro até o elevador.

— Charlotte!

Eu respondi sem me virar, erguendo o dedo do meio sobre o ombro enquanto continuava a andar.

Vá se ferrar, Reed Eastwood. Estou cansada.

CAPÍTULO 24
REED

Mais uma vez, eu fodi com tudo.

Isso parecia ser uma ocorrência frequente quando se tratava de Charlotte Darling. Eu dizia ou fazia algo que a deixaria chateada porque estava irritado e então, horas depois, eu me arrependia e me odiava pela maneira como havia agido. Normalmente, ela ficava de boa com isso. Nós meio que estabelecemos uma rotina: eu ficava com ciúmes, por ela fazer contato com algum outro homem, ou frustrado, por não poder empurrá-la contra uma parede e mostrá-la o que ela me fazia sentir. Depois, eu a tratava com rispidez e ela ficava com raiva. Sua raiva borbulhava e se transformava em chateação, e a minha culpa começava a me consumir. Eu pedia desculpas e voltávamos a ser amigos. *Lavar. Enxaguar. Repetir.*

Só que, dessa vez, ela não estava me deixando pedir desculpas. Mesmo que seu quarto de hotel fosse ao lado do meu e eu pudesse ouvi-la se mover pelo cômodo, ela fez de conta que não estava lá quando bati na porta. Também mandei uma mensagem, que havia sido lida, mas não recebi nenhuma maldita resposta. Agora, eu estava tentando pela segunda vez ligar para o seu quarto, e o telefone ficou tocando até a chamada cair.

Tomei um banho, respondi alguns e-mails de trabalho e, depois disso, decidi que precisava de uma bebida. No caminho até o bar do saguão, bati na porta de Charlotte uma última vez. Não foi surpresa quando ela não me respondeu. Após passar um minuto diante de sua porta em silêncio, ouvi o som de movimento lá dentro, então aproveitei a chance e falei, com a testa pressionada contra a porta.

— Eu vou descer para comer alguma coisa. Sei que sou um babaca. Se você quiser se juntar a mim e gritar comigo enquanto comemos bife e tomamos vinho, sabe onde me encontrar. — Dei alguns passos para me afastar da porta e, depois, aproximei-me novamente. — Espero que se junte a mim, Charlotte.

O primeiro uísque desceu suave, então decidi pedir mais um e comer algumas porções de amendoins do bar, em vez de pedir um bife. Sentei-me em um canto, que ficava de frente para a entrada, para que eu pudesse ver quem chegava. A cada vez que alguém se aproximava, meu coração patético acelerava. E, quando eu percebia que não era ela, descontava a tristeza em mais um gole do líquido âmbar. Depois do terceiro copo em uma hora e meia, decidi pular o jantar e ir dormir um pouco.

Eu praticamente cambaleei para fora do elevador quando cheguei ao nosso andar. Do lado de fora da porta de Charlotte, havia um carrinho do serviço de quarto. Peguei o abafador de metal que cobria seu jantar para ver o que ela havia comido e encontrei um cheeseburguer totalmente intacto. Havia uma fatia de cheesecake, da qual havia sido retirada uma colherada e... uma rolha. *Acho que fizemos a mesma refeição.*

Respirei fundo e bati mais uma vez, na remota esperança de que ela escutaria as minhas desculpas. E não que ela atendesse à porta.

Mas ela atendeu.

E, quando a porta se abriu, oferecer minhas desculpas tornou-se a última coisa na minha mente.

Charlote estava ali, usando nada além de um sutiã e calcinha de renda pretos.

— Você gostou tanto deles quando tirei da sacola. Pensei que gostaria de me ver usando.

Meus olhos já estavam mirando diretamente na pequena rosa vermelha costurada no topo do cós de sua calcinha fio-dental. Depois daquele dia no escritório, em que exigi que ela me mostrasse a lingerie que havia comprado, passei semanas imaginando-a usando aquela peça para mim à noite. Imaginava-me agarrando aquela rosa com os dentes e puxando o tecido de renda por suas lindas pernas. Mas nada do que imaginei se comparava à visão diante de mim nesse momento.

Charlote estava simplesmente estonteante. Absorvendo sua imagem, senti o ar fugir dos meus pulmões. Toda aquela pele cremosa e tonificada, as curvas lindas e matadoras cobertas por apenas alguns pedaços de renda fraquinha. *Puta que pariu.* Seus seios cheios estavam implorando por libertação daquele pequeno sutiã meia-taça e... eu podia ver seus mamilos protuberantes através do tecido delicado. Mamilos luxuriantes, durinhos, rosados que suplicavam para serem chupados.

Eu sabia que ela estava me observando, mas não conseguia tirar meus olhos do seu corpo para poder fitar seu rosto.

— O que você acha? — Ela suspirou.

Charlote deu uma voltinha lenta e sedutora, parando para que eu pudesse dar uma boa olhada em sua bunda totalmente à mostra, exceto pelo fio que estava entre as nádegas. Imaginei como aqueles dois globos cremosos ficariam com a marca da minha mão neles.

Quando ela girou para ficar novamente de frente para mim, nossos olhares prenderam um no outro. Eu não tinha mais nenhum pingo de força de vontade. Eu queria chupar sua pele mais do que já quis qualquer coisa na minha vida. Queria chupar com força e deixar marcas, ouvi-la choramingar meu nome quando eu afundasse os dentes nela. Isso não seria gentil, nem um pouco perto disso.

— Charlotte... você é linda pra caralho. Tudo em você... seu corpo, seu rosto. Você. Por dentro e por fora. — Minha voz grave lutava para sair. Não era fácil fazer isso, com todo o meu sangue viajando para a minha cabeça de baixo.

— É a sua vez de tirar a roupa — ela disse. — Eu te mostrei o meu; é a sua vez de me mostrar o meu.

Sorri, achando fofo, a princípio, o jeito como ela se atrapalhou com o que estava tentando dizer. Mas então... ela soluçou. E depois deu uma risadinha.

Tentei ignorar a minha consciência, mesmo com todos os alertas ao meu redor. Porra, eu a queria tanto. Mas... *uma rolha no carrinho de serviço de quarto. Fala atrapalhada. Soluços e risadinhas.*

Olhei por cima do ombro dela e encontrei a garrafa de vinho vazia sobre a cômoda.

— Você tomou uma garrafa de vinho inteira sozinha?

— Eu não guardei nem um — *soluço* — pouco pra você, chefão.

Merda. Merda.

Eu quase cedi. Quase puxei-a para mim e peguei o que queria desde o momento em que ela entrou na minha vida. Até o momento em que percebi como ela estava bêbada. Isso me trouxe de volta à realidade. Eu parecia ter esquecido de que não podia tê-la, de um jeito ou de outro.

Charlote ficou apenas me olhando, com os olhos vidrados. Eu também estava meio alto, com pouquíssima vontade de me mover de onde estava para voltar ao meu quarto. Apenas fiquei encarando seu lindo corpo.

— Às vezes, você me olha, Reed, e posso jurar que você quer dar um tapa na minha bunda.

— Isso não é nada perto de tudo o que realmente quero fazer com a sua bunda.

Porra. O que eu estava dizendo? Estava perdendo a cabeça.

Charlote olhava para baixo. Meu pau tinha me traído completamente, esticando-se na calça, exibindo uma ereção mais do que óbvia. Estava duro pra cacete, e não havia nada que eu pudesse fazer a respeito.

— Parece que tem alguém feliz em me ver, mesmo que você tente se convencer do contrário. Talvez eu possa te ajudar a resolver essa confusão...

Charlote levou as mãos às costas.

O que ela estava fazendo?

Ela abriu o sutiã e o deixou cair no chão.

Não. Não. Não.

Seus lindos peitos estavam agora totalmente à mostra. Engoli em seco, praticamente incapaz de conter o meu desejo de lambê-los. Seus mamilos estavam eretos, e a pele em volta deles, arrepiada. Meus olhos pousaram em uma pequena aglomeração de sardas no meio do seu decote. Os seios de Charlotte eram lindos, arredondados e naturais, diferentes do silicone rígido de Allison.

Dê uns pulinhos para mim, Charlotte. Eu quero vê-los balançar.

— Me toque — ela ofegou.

Eu literalmente coloquei minhas mãos nas costas.

— Já não posso te tocar de qualquer jeito, Charlotte. Mas com certeza não posso te tocar enquanto você está bêbada.

— Qual é o problema comigo que sempre te faz parar? Você claramente me quer. Entregou o seu coração por inteiro para alguém como a Allison, mas se recusa a explorar ao menos um pouco as coisas comigo, para ver no que isso pode dar. Me diga logo o que tem de errado comigo. Eu aguento.

Deus, eu odiei tê-la feito pensar que a minha hesitação tinha algo a ver com a Allison. Bom, tinha, mas não do jeito que ela pensava.

Ela deu dois passos à frente e pareceu perder um pouco o equilíbrio. Então, Charlotte jogou os braços ao redor do meu pescoço. Antes que eu pudesse processar, seus lábios estavam nos meus.

Um barulho que não consegui identificar saiu de mim. Era como se todo o oxigênio no meu corpo tivesse sumido na boca de Charlotte conforme eu me rendia à necessidade de beijá-la. Minhas mãos agarravam seus cabelos como se minha vida dependesse disso. Envolvi seus lábios com os meus. O sabor de Charlotte era doce e intoxicante, com um toque de vinho branco. Deixei minha língua deslizar para dentro da sua boca por alguns segundos, e o prazer foi demais para aguentar.

Desvencilhei-me dela em um último esforço para me impedir de cometer um erro enorme, do qual eu nunca me recuperaria.

Com o dorso da mão, limpei sua saliva dos meus lábios, e não porque eu não queria que estivesse ali. Era exatamente o contrário.

Minha mão estava tremendo.

Cobrindo os seios e com a expressão humilhada, Charlotte abaixou-se para pegar seu sutiã e o vestiu novamente. Ela estava mais chateada do que qualquer outra vez. Não podia culpá-la. Eu tinha certeza de que nada disso fazia o menor sentido para ela.

— Saia daqui! — Seus olhos brilhavam com lágrimas quando ela gritou.

— Não posso.

— O quê?

— Não posso sair daqui com você chateada assim.

— Vai se foder, Eastwood. — Ela bufou antes de ir até a cama.

Charlote enterrou o rosto no travesseiro. Não dava para ver se ela estava chorando ou simplesmente prestes a cair no sono. Era provável que ela nem se lembrasse dessa situação no dia seguinte. Pelo menos, eu torcia por isso.

Ali, de pé, como um imbecil com as mãos nos bolsos, fiquei olhando-a deitada de bruços.

Após alguns minutos, me movi e sentei na beirada da cama, eventualmente me aconchegando melhor e apoiando os pés. O quarto estava girando um pouco. Continuei olhando-a deitada, com o rosto escondido no travesseiro, sua respiração ainda pesada.

— Charlotte. O que eu vou fazer com você? — falei suavemente.

Meus olhos foram até sua bunda, meu pau perpetuamente duro. Minhas bolas doíam.

— Sei que nada disso faz sentido. — Comecei a me abrir, sabendo que era provável que ela não registrasse nada. — Sinto muito por ter te magoado. Não sei mais como ficar perto de você. Não interprete a minha resistência como falta de interesse. Na verdade, é o exato contrário, é uma batalha constante. A verdade é que tenho lutado contra os meus sentimentos por você há muito tempo. E é a coisa mais difícil que já tive que fazer. Mas sei com cem por cento de certeza que não sou o homem certo para você. Você é uma sonhadora, Charlotte. A maior sonhadora que já conheci. E você merece estar com alguém que não vai atrapalhar a sua vida.

Fechei os olhos e expirei profundamente.

— Estou me esforçando tanto para fazer a coisa certa aqui. Se eu ceder e me permitir ter você, eu nunca vou querer te deixar ir. E isso não seria justo. Vivo sonhando com como seria me perder completamente em você, não me preocupar com mais nada nesse mundo. Deus, você provavelmente ia querer me mandar para a cadeia se soubesse todas as coisas que já fiz com você na minha cabeça. Porra, eu quero tanto fazer coisas insanas com você. Parece estar tão ao meu alcance que posso sentir o gosto, mas, na realidade, está muito, muito longe. Enfim, eu sinto muito. Me desculpe por ter te magoado hoje. Você merece mais do que isso. Você merece o mundo. E, algum dia, vai fazer algum filho da puta sortudo o homem mais feliz do planeta.

Meu peito se comprimiu diante do pensamento. Pensar em Charlotte com outro homem me deixava doente. Mas eu não podia tê-la, e precisava aprender a deixá-la ir.

Sua respiração ficou mais lenta. Eu tinha certeza de que ela havia apagado. Queria tanto acomodar meu rosto em seus cabelos e inspirá-la até perder a consciência. Em vez disso, me conformei com menos. Afofei o travesseiro e deitei perto dela, podendo assim sentir seu cheiro sem tocá-la.

Fechei os olhos e me permiti cair no sono. Isso era o mais próximo que eu poderia chegar da felicidade plena.

CAPÍTULO 25

CHARLOTTE

Pisquei ao abrir os olhos e olhei para o outro lado da cama. Não conseguia me lembrar em que momento Reed fora embora na noite passada. Não conseguia me lembrar de quase nada.

A hora que vi no relógio me fez arfar. Eu havia dormido até o meio-dia? Que droga é essa? Por que Reed não me ligou para me acordar?

Uma vaga lembrança da sua voz falando baixinho no meu ouvido e me pedindo desculpas na noite passada me veio à mente, mas eu não tinha certeza se havia sido um sonho. E também... nós nos beijamos? Achei que sim, mas não podia ter certeza se havia imaginado isso também.

Um sentimento vazio me atingiu enquanto minha cabeça latejava. Meu celular tocou. Era um número que eu não reconheci.

— Alô?

— Oi, Charlotte. Aqui é o John.

John era o instrutor do dia anterior, que tentara me chamar para sair.

— Como você conseguiu meu número?

— Estava nos papéis do seu cadastro.

— Ah. Em que posso ajudar?

— O seu amigo Reed acabou de ser levado para o hospital. O instrutor dele o levou de carro. Mas ele está bem.

Meu coração acelerou.

— O quê?

Então, lembrei-me de que Reed havia marcado uma escalada matinal.

— É. Ele estava escalando esta manhã e caiu. As pernas dele cederam.

BILHETES DE ÓDIO 219

Faz parte da política da empresa levar o cliente ao hospital para observação, caso algo aconteça sob a nossa supervisão.

— Mas você disse que ele está bem?

— Sim. Ele estava coerente... andando direito e tudo. Só mancando de leve. Como eu te disse, foi apenas por protocolo.

— Qual hospital?

— Newton Memorial.

— Você pode me levar até lá?

Ele hesitou.

— Hum... claro. Sim.

John me encontrou do lado de fora do hotel e me levou de carro por alguns quilômetros até o hospital. Eu insisti que ele me deixasse ali, imaginando que Reed e eu chamaríamos um Uber para voltar ao hotel quando ele fosse liberado.

Depois de procurar bastante, avistei Reed em uma das salas de exame. Ele estava conversando com um médico. Sem ter certeza se seria bom anunciar minha presença, optei por ficar do lado de fora, perto da porta, e acabei ouvindo a conversa deles.

— O negócio é que... eu venho me sentindo ótimo, ultimamente. Eu não teria planejado essa viagem se achasse que os espasmos musculares iam voltar.

— Então, você já teve sintomas...

— Sim, mas são muito passageiros. Eu ainda estou no estágio muito inicial.

— Bem, a esclerose múltipla pode ser sorrateira assim. E a verdade é que você pode passar semanas ou meses assintomático, mas os sintomas se manifestarão novamente, em algum ponto. Você sentiu mais alguma coisa nas últimas semanas?

— Além de uma vertigem leve, não.

— Você foi para as Adirondacks sozinho?

— Não, estou aqui com uma amiga. Ela não sabe que estou no hospital e não sabe sobre a esclerose múltipla.

Esclerose múltipla?

Reed... tem esclerose múltipla?

Reed tem esclerose múltipla.

O quê?

Senti como se o saguão do hospital estivesse girando. Meu coração parecia estar prestes a explodir conforme eu corria pelo corredor em direção ao elevador. Eu precisava de ar.

Assim que cheguei ao lado de fora, ajoelhei-me na grama do terreno do hospital e baixei a cabeça.

Respire.

Tudo começou a fazer sentido, de repente. O casamento cancelado. Todos dizendo que Reed tinha motivos para ser como era. Por que ele não se permitia ficar comigo. A lista de desejos. *Ah, meu Deus! A lista de desejos.*

Meus ombros sacudiram enquanto eu chorava em minhas mãos. Nunca, na minha vida, havia sentido tanta dor por outro ser humano. Ao mesmo tempo, eu sentia algo a mais irrompendo por mim, conforme cada momento que já tive com Reed parecia passar diante dos meus olhos.

Fiquei hesitante quanto a chamar meus sentimentos por Reed de amor. Tudo o que eu sabia era que nunca senti isso antes. Eu já sabia há um bom tempo que os meus sentimentos por Reed transcendiam um afeto normal. Agora que entendia realmente por que ele estava nos impedindo de dar o próximo passo, pude me permitir viver de verdade os sentimentos por ele pela primeira vez. Num segundo, eu não entendia nada e, no seguinte, entendi tudo. *Tudo.*

Reed achava que estava me protegendo.

"Você merece estar com alguém que não vai atrapalhar a sua vida."

De onde isso havia saído? Ele havia dito para mim? Estava enterrado em algum lugar dentro da minha cabeça.

Ele havia dito isso na noite passada?

Então, pensei sobre o vestido e o bilhete azul. Ele não sabia o que o aguardava quando escreveu aquele bilhete para a Allison. As esperanças e os sonhos de Reed devem ter sido destroçados depois disso. Mas por que teve que ser assim? Ele não podia simplesmente desistir porque a Allison o largou. Ela era uma covarde que nunca o amou de verdade.

A ficha estava começando a cair sobre o que a Allison havia feito a ele. *Ela o deixou por causa de sua esclerose múltipla.* Será que ela nunca tinha ouvido falar em *na saúde e na doença?* E pensar que o bilhete azul costurado dentro do seu vestido representava amor incondicional... o conto de fadas era uma ilusão. A verdade era que a Allison não compreenderia o significado de amor incondicional mesmo se fosse esfregado na cara dela.

Uma necessidade esmagadora por informações tomou conta de mim. Comprometi-me a ler tudo o que conseguisse encontrar sobre esclerose múltipla na internet até meu cérebro sangrar, naquela noite mesmo. Eu precisava encontrar toda e qualquer informação que pudesse lhe dar esperança.

Lembrei-me de quando assisti ao apresentador Montel Williams na TV. Ele tinha esclerose múltipla e fazia levantamento de peso e parecia mais saudável do que a maioria das pessoas. Tinha de haver um jeito de contornar isso. Eu *precisava* que houvesse esperança. Reed não podia deixar essa doença ditar sua vida.

As lágrimas vieram novamente. Como diabos eu ia me segurar pelo resto do dia e não dizer que eu sabia? Ele claramente nunca teve a intenção de me contar sobre o seu diagnóstico. Ele *nunca* ia me contar. Eu sabia disso.

Eu tinha que pensar muito bem sobre isso, porque não queira chateá-lo. Ele merecia o direito de poder me contar dentro dos seus próprios termos. A maneira como descobri foi uma violação não-intencional da sua privacidade.

Ai, meu coração. Senti-o pesar tanto.

Liguei novamente para John para que ele fosse me buscar, pedindo que não comentasse com Reed que eu tinha ido ao hospital.

De volta ao resort, retornei ao meu quarto e imediatamente abri o navegador no meu celular. Rolando artigo atrás de artigo, eu estava fazendo o melhor possível para aprender o máximo sobre esclerose múltipla no curto período de tempo que eu tinha antes que Reed voltasse.

Como precisava pensar em como abordaria isso com ele, decidi que não ia contar que eu sabia. Pelo menos, não por enquanto.

Quando meu celular tocou, eu atendi:

— Reed. Onde você está?

— Como está se sentindo hoje?

— Com um pouco de ressaca, mas estou bem. Por que não me acordou esta manhã?

— Confie em mim, você estava precisando dormir. — Ele pausou. — Escute, preciso te contar... eu escorreguei durante a escalada esta manhã. Eles me fizeram ir ao hospital só por precaução. Tive alguns arranhões e hematomas, mas estou bem. Já estou de volta ao meu quarto.

— Tem certeza de que está bem? — perguntei, tentando parecer surpresa.

— Sim. Estarei bem para dirigir de volta para a cidade.

— Quando vamos voltar?

— Quando você estiver pronta.

— Eu gostaria de ir logo — eu disse.

— Ok. Que tal eu passar no seu quarto daqui a vinte minutos? Podemos almoçar e depois pegamos a estrada.

— Por mim, tudo bem.

O trajeto de volta para Manhattan foi tranquilo. Eu estava com medo de abrir a boca e não ser capaz de esconder meus sentimentos. Então, escolhi não dizer absolutamente nada.

Reed virou-se para mim conforme o sol começava a se pôr na interestadual.

— Você está bem?

Olhei para ele, finalmente.

— Sim, estou bem.

Ele parecia preocupado. Mais silêncio se passou antes de ele me fazer mais uma pergunta.

— Você se lembra de alguma coisa sobre ontem à noite?

Ontem à noite.

Mesmo que eu me lembrasse dos detalhes do nosso encontro bêbado no meu quarto, qualquer coisa além da bomba que recebi esta tarde era apenas um borrão na minha mente.

— Algumas partes.

— Você se lembra... do beijo? — A voz dele era baixa.

Então, foi real.

— Vagamente.

Ele cerrou a mandíbula.

— Não aconteceu nada além disso. Caso você esteja se perguntando.

— Eu não estava. — Essa era a menor das minhas preocupações.

— Você apagou. Eu fiquei com você por um tempinho. E fui embora de manhã cedo.

— Por que você ficou?

— Eu não queria te deixar sozinha. Você estava chateada.

— Bem, obrigada... por ter ficado.

— Eu assumo total responsabilidade por ter ido ao seu quarto, mas nós não podemos mais nos deixar levar daquela maneira.

Apenas continuei assentindo. E podia sentir lágrimas se formando nos meus olhos. *Merda.* Era por isso que eu não podia conversar com ele. Virando a cabeça para olhar pela janela, torci para que ele não notasse o meu total descontrole.

Reed aumentou o volume do rádio quando a música *I Can't Make You Love Me*, de Bonnie Raitt, começou a tocar. *Eu não posso fazer você me amar.* As palavras me lembravam tanto da minha situação com Reed, porque não dá para controlar os sentimentos de outra pessoa. Eu não conseguiria fazer o Reed ver seu futuro como eu via. Ele tinha que perceber sozinho. A música não estava ajudando o meu dilema.

— Charlotte, olhe para mim. — Quando virei, ele pôde ver minhas lágrimas. — Que porra é essa? Não chore. Por que você está chorando?

Porque você tem esclerose múltipla.

E porque você acredita que isso importaria para mim.

— Não é por nada que você disse — falei, erguendo a mão. — Eu só estou me sentindo emocional. Essa música da Bonnie Raitt que está tocando... *I Can't Make You Love Me*. É deprimente — menti. — Além disso, estou na TPM.

Reed simplesmente assentiu em compreensão. Ele pareceu aceitar a explicação sem fazer mais nenhuma pergunta.

Manter tudo para mim estava cobrando seu preço, e não fazia pouco mais do que algumas horas desde que descobri. Nem mesmo um dia inteiro, e eu já estava desmoronando.

O restante do trajeto para casa foi quieto.

Depois que Reed me deixou no meu apartamento, eu imediatamente chamei um Uber para me levar até a casa de Iris.

Seu porteiro me conhecia e me deixou subir direto.

No momento em que ela abriu a porta, as palavras saíram da minha boca.

— Você sabia? — Passei por ela e entrei.

Seus olhos estavam cheios de preocupação.

— A que você se refere, Charlotte?

— A esclerose múltipla — respondi, sem fôlego.

Iris fechou os olhos e caminhou até o sofá.

— Sente-se.

Sentei-me e apoiei a cabeça nas mãos.

— Iris, meu coração está se partindo. Me diga o que fazer.

Ela apoiou uma mão no meu joelho.

— Ele te contou?

— Não. Não era para eu saber. Descobri sem querer.

Ela pareceu chocada.

— Como?

— Para resumir, nós fomos escalar nas Montanhas Adirondacks. Reed está bem, mas ele caiu e precisou ir ao hospital. Nós não estávamos juntos quando aconteceu. Eu fui atrás dele no hospital. Acabei ouvindo uma conversa entre ele e o médico. Ele não sabe que eu estava lá, nem que sei disso. — Com a cabeça apoiada nas mãos, eu estava prestes a cair no choro novamente. — Não sei como lidar com isso. Não posso apenas fingir que não sei. Mas tenho medo de que ele fique com raiva se descobrir.

Iris assentiu, compreendendo.

— Dê um tempinho. A resposta certa virá até você.

Ergui o rosto e olhei para ela.

— Você estava certa. Você sempre disse que ele tinha motivos para ser tão fechado, mas eu nunca imaginei isso.

Ela expirou longamente.

— Charlotte... sabe, a esclerose múltipla não é uma sentença de morte. Reed até ficou cautelosamente otimista quando foi diagnosticado. Ele foi a todos os melhores especialistas de Manhattan, e eles o asseguraram que muitas pessoas podem ter uma vida perfeitamente normal com a doença. Outras só não tinham tanta sorte assim. Não temos como saber em qual categoria Reed estará. Somente o tempo irá dizer. Mas, quando a Allison decidiu que não podia aguentar a ideia da pior das hipóteses, Reed foi pego de surpresa. Isso deu a ele uma perspectiva diferente, uma que nenhum de nós foi capaz de tirar dele. Ele começou a focar apenas no negativo... nos "e se". Ele perdeu muita fé e não conseguiu recuperar.

— Ele realmente a amava... — Era a única coisa que eu sabia desde o começo.

— Sim. Mas, claramente, ela não era a pessoa certa para ele. Reed está determinado a não deixar o amor entrar, Charlotte. Eu não posso afirmar com certeza absoluta que, um dia, ele vai mudar de ideia. Mas pensar no meu neto levando sua vida sem vivenciar as alegrias do amor verdadeiro e de construir uma família faz o meu coração doer imensamente.

Lágrimas arderam nos meus olhos. Imaginar que havia uma chance de que Reed podia nunca mais vivenciar o amor novamente fazia o meu coração doer imensamente, também.

CAPÍTULO 26
REED

Não havia dúvidas de que algo estava seriamente estranho com Charlotte desde que voltamos das Adirondacks.

Nos últimos dias, ela vinha me evitando, e mesmo que eu soubesse que era melhor assim, minha curiosidade me venceu. Então agendei para ela me ajudar em uma visita a uma das propriedades mais espetaculares de toda a minha carreira. Ela havia insistido em chamar um carro e não ir até os Hamptons comigo, inventando uma desculpa esfarrapada sobre seu cronograma. Mas eu sabia que era porque ela estava evitando ficar sozinha comigo. Isso deveria ter me deixado feliz. Mas eu estava perplexo. Será que tinha a ver com minhas rejeições às suas tentativas? Não dava para ter certeza.

A casa em Easthampton ficava tão perto da água que era praticamente dentro do mar. A propriedade de estilo europeu de vinte milhões de dólares foi construída com os melhores materiais importados, desde o piso até o teto, e não ficaria no mercado por muito tempo. Tivemos três clientes seguidos, e eu esperava fechar um contrato até o dia seguinte, assim que os três tivessem tempo de discutir suas ofertas competitivas.

Quando as visitas terminaram, Charlotte e eu tivemos a chance de conversar de verdade pela primeira vez o dia inteiro. Ela tirou os sapatos e caminhamos pela areia molhada.

— Deixe-me te perguntar uma coisa, Reed.

— Ok...

— Eu senti que, pelo seu entusiasmo ao mostrar essa propriedade, pelo brilho nos seus olhos quando falou sobre a elegância majestosa dela... que você gosta muito dela. Mas você moraria nessa casa?

Eu nem precisei pensar para responder.

— Moraria sim, com certeza.

— E se eu te dissesse que eu não moraria aqui porque fica tão perto da água que tenho medo do que poderia acontecer se algum dia tivesse um furacão gigantesco?

— Eu diria que você está seriamente louca.

Ela inclinou a cabeça.

— Sério? Por quê?

Aonde ela queria chegar com isso?

— Porque essa casa é a propriedade mais incrível que já tive o privilégio de representar. Não querer morar nela, não vivenciar todo o seu esplendor diariamente só porque você se preocupa com a possibilidade de uma tempestade, é ridículo.

— Você acha, então, que eu não deveria deixar o meu medo me impedir de aproveitar essa linda casa ao máximo...

— Acho sim.

— Porque a tempestade pode nunca acontecer — ela adicionou.

— Isso mesmo.

— Então, se essa casa representasse a vida... você acredita que não deveríamos deixar a nossa vida basear-se no medo.

Sua expressão séria me fez pausar. Parei de andar. A brisa do oceano estava soprando seus cabelos para todos os lados. A maneira como ela estava olhando nos meus olhos... algo não estava certo. Charlote estava me perguntando isso por alguma razão.

Não estávamos falando sobre a casa.

De repente, uma onda de adrenalina me percorreu. Ela havia descoberto? Havia, de alguma maneira, conseguido acesso aos meus registros médicos? Será que ela sabia sobre o meu diagnóstico? Não. Era impossível. Eu fiz tudo o que podia para manter todas as informações privadas.

Mas era de Charlotte Darling que estávamos falando. Qualquer coisa era possível.

Eu tinha que saber.

— Do que você está realmente falando, Charlotte?

Ela não me respondeu imediatamente. Depois, apenas disse:

— Eu sei, Reed.

— Você sabe... o quê?

— Eu sei que você tem esclerose múltipla.

Senti como se meu coração tivesse caído até o estômago. Suas palavras foram como um soco no peito. Eu me senti simplesmente... nu.

— Me diga como descobriu — exigi.

Seu rosto estava ficando vermelho.

— Foi um acidente. Por favor, não fique bravo. Eu fui ao hospital para ver como você estava. Eu estava do lado de fora da sala de exame quando você falou com o médico. Acabei ouvindo sem querer.

Por mais que meu primeiro instinto fosse explodir com ela, isso não seria justo. Ela não havia se intrometido. Não havia feito nada de errado. E a preocupação em seus olhos era genuína.

Coloquei minha mão em sua bochecha.

— Venha sentar comigo.

Charlote me seguiu até uma rocha grande de frente para o mar.

— Você não está bravo? — Expirei uma grande quantidade de ar e balancei a cabeça negativamente. — Graças a Deus. Pensei que você fosse ficar.

— Uma parte de mim está aliviada por você saber. Mas eu preciso que entenda que isso não muda nada, Charlotte.

— Escute, eu tenho feito várias pesquisas e...

— Me deixe terminar — interrompi.

— Tudo bem.

— Sei que você deve ter vasculhado a internet procurando informações para te fazer sentir melhor em relação a isso. E você deve ter um milhão de coisas positivas para dizer. Mas a verdade é que... eu não posso ignorar o que *existe*. Os momentos em que tenho dificuldade com a minha mobilidade, os momentos em que a minha visão fica embaçada ou minhas pernas ficam dormentes. Os momentos em que sinto como se estivesse ficando louco. São passageiros, mas *existem*.

Inspirei um pouco de maresia para me recompor.

— É tudo muito leve por enquanto, mas a verdade é que... isso *vai* chegar e cobrar seu preço algum dia. Já é ruim o suficiente sem ter que me preocupar em ser um fardo para alguém. Eu não posso viver sabendo que isso pode acontecer, Charlotte. O único favor que a Allison fez para mim foi me deixar antes que chegasse a esse ponto.

— Allison cometeu um erro enorme ao pensar que a vida com você não valia a pena. Eu nunca vou conseguir ver as coisas como você vê, Reed. Nunca vou entender como alguém não aceitaria passar ao menos uma quantidade limitada de tempo com a pessoa que ama, em vez de não passar tempo nenhum. E se você consegue deixar essa pessoa, não era amor de verdade. A vida não é perfeita. Eu poderia ser atropelada por um ônibus amanhã. Na verdade, eu quase fui hoje de manhã! — ela ergueu a voz.

Eu não deveria rir disso. Não tinha a menor graça, mas o jeito como ela falou me fez dar risada.

— Dito isso, eu entendo os seus medos — Charlotte continuou. — A única coisa que não posso fazer é forçá-lo a ver as coisas como eu vejo. Se é assim que realmente se sente, então quero que saiba que, pelo menos, sempre poderá contar com a minha amizade.

Charlote, então, olhou para seu celular e ficou de pé, de repente.

— Eu tenho que ir embora.

— Para onde você vai?

— Minha carona chegou.

Fiquei de pé.

— Pensei que você ia voltar para a cidade comigo.

— Não. Eu chamei um carro.

Fiquei confuso, olhando de um lado para outro.

— Ok.

Mesmo que ela tenha insistido em ir embora, Charlotte não estava bem. Ela parecia prestes a chorar quando disse:

— Bonnie Raitt tinha razão.

E então, ela foi embora, deixando-me ali, diante do mar.

Bonnie Raitt tinha razão.

Bonnie Raitt tinha razão.

O que isso significava?

E então, a ficha caiu. A música. *I Can't Make You Love Me. Eu não posso fazer você me amar.*

Fiquei na praia por um tempo, ponderando as palavras de Charlotte. Sem contar que agora eu estava com a maldita música na cabeça.

Estava determinado a não deixá-la me fazer vacilar. As coisas estavam como deveriam ser. Charlotte não conseguia considerar as implicações a longo prazo de estar comigo porque ela só via o mundo com otimismo. Eu precisava ser o sensato nessa equação. Tinha certeza de que ela estava imaginando o melhor cenário possível, sem me ver potencialmente confinado a uma cama ou restrito a uma cadeira de rodas, incapaz de me comunicar ou até mesmo de comer sozinho. Mas o fato era que o pior cenário não estava fora das possibilidades.

Allison havia tomado a decisão que achou ser melhor para ela e preferiu não arriscar. Ela não queria ter um marido com uma doença debilitante interferindo em sua liberdade. Era isso que eu queria para Charlotte, que ela pudesse viver todos os sonhos da sua Lista do Foda-se sem ninguém para atrapalhá-la.

Meu celular tocou, interrompendo meus pensamentos. Ao checar a tela, vi que era Josh, o investigador particular.

— Reed falando — atendi.

— Eastwood... estou em Poughkeepsie, trabalhando na investigação sobre Charlotte Darling que você me pediu. Acho que encontrei uma coisa.

CAPÍTULO 27
REED

Eu sempre fui bom em guardar segredos.

No entanto, por alguma razão, eu mal consegui olhar na direção de Charlotte durante a última semana, desde que Josh me ligou com informações sobre a mãe biológica dela. É claro que eu sabia que ficar calado era a coisa certa a fazer até que Josh pudesse verificar o que descobriu. Principalmente porque tudo ainda era baseado apenas em boca a boca. De jeito nenhum eu ia entregar algum tipo de informação não verificada para Charlotte.

Também havia o fato de que eu não fazia ideia de como Charlotte iria reagir ao que eu tinha feito. Não era a primeira vez que invadíamos a privacidade um do outro. Era estranho, mas parecia ser uma coisa nossa. Eu a espionei nas redes sociais e abri sua Lista do Foda-se. E, em troca, ela me comprou uma caneca de Natal com uma imagem estampada que representava um sonho de infância que eu nunca havia compartilhado com ela. Mas investigar sobre sua mãe, descobrir sua verdadeira identidade e história, levava as coisas a um nível bem mais fodido. E o fato de que o que descobrimos não era nada bom não ajudava em nada.

Mais cedo, naquela tarde, eu havia mandado uma mensagem para Charlotte para descobrir a que horas ela pretendia sair do escritório à noite. Ela respondeu que sairia às seis, então esperei até as seis e meia para deixar em sua mesa os arquivos nos quais eu precisava que ela trabalhasse no dia seguinte. Usei a minha chave-mestra para destrancar sua porta, esperando que o ambiente estivesse vazio.

Só que Charlotte estava lá ainda.

— *Merda*. Você não sabe bater? — Ela puxou para cima o vestido que estava em sua cintura, cobrindo seu sutiã.

Fiquei congelado, encarando-a, em vez de fazer o que era educado e me virar.

— Desculpe. Você disse que sairia às seis, e a sua porta estava trancada.

— Eu tranquei para poder me trocar.

Pisquei algumas vezes, finalmente conseguindo despertar.

— Desculpe.

Dei alguns passos para trás e comecei a puxar a porta para fechá-la, mas Charlotte me chamou.

— Espere!

Mantive a porta parcialmente fechada para não vê-la.

— O que foi?

— Você pode... me ajudar com o zíper? Sempre fica preso.

Olhei para cima e contei até dez mentalmente.

— Você já está coberta?

— Sim.

Abri a porta e dei uma olhada pela primeira vez no que Charlotte estava usando. Fiquei tão distraído pelo contraste do seu sutiã preto de renda contra sua pele cremosa que ela podia estar vestindo uma roupa de palhaço e eu não notaria.

Tentei manter meus olhos em seu rosto, mas falhei. O vestido preto, com um decote bastante revelador, era simplesmente irresistível demais para passar despercebido. A bainha terminava alguns centímetros acima dos seus joelhos, fazendo suas pernas tonificadas parecerem mais longas com aquele par de sapatos de salto alto com *spikes*. Eu daria o meu braço direito para senti-los cravados nas minhas costas.

Engoli em seco.

— Vai a algum lugar?

Ela girou, ficando de costas para mim, e puxou os cabelos para o lado. O zíper do vestido estava fechado até a metade, parando na renda preta do seu sutiã.

— Você pode fechar o zíper? Eu já estou atrasada.

Entrei no escritório e andei até ficar atrás dela, inspirando profundamente seu cheiro.

— Você está linda. Mas aonde você vai?

— Vou encontrar um amigo para tomar uns drinques.

Minha mão congelou no zíper. Ela estava usando um vestidinho preto e estava cheirosa pra caralho, e mesmo assim, ainda fiquei chocado com sua resposta.

— *Um amigo?* — Parecia que um caminhão havia acabado de me atingir.

— Sim. E eu estou atrasada. Então, se não se importar...

Milagrosamente, consegui fechar o zíper, mesmo que tudo o que eu quisesse fazer naquele momento fosse rasgar a porra do seu vestido e dizer que ela não ia sair com *um amigo* porra nenhuma.

Ela girou e alisou o vestido.

— O que acha?

O que eu acho? Acho que você é minha.

Fiz um esforço consciente para desfazer minhas mãos fechadas em punhos.

— Eu te disse. Você está linda.

Pude senti-la me fitando, mas não conseguia olhá-la nos olhos. Após um minuto, virei-me para sair dali.

— Tenha uma boa noite, Charlotte.

Eu deveria ter ido para casa. Mas não fui. Como um idiota, fui para o bar que meus amigos e eu costumávamos frequentar antes de eu conhecer Allison. Não fazia ideia do que estava pensando, mas, seja lá o que fosse, foi uma ideia estúpida pra caralho.

Virei a terceira bebida. Estava aguada e com um gosto horrível, mas dava para o gasto. Enfiei a mão no bolso e joguei uma nota de cem dólares no balcão do bar, falando para o barman:

— Vou querer mais uma.

— Tem certeza? Você está virando rápido demais, amigão.

— A mulher pela qual eu sou louco pra caralho me pediu para ajudá-la a fechar o zíper do seu vestidinho sexy para ir a um encontro com outro cara esta noite.

O barman assentiu.

— Vou te trazer mais bebidas.

Enquanto eu estava afogando minhas tristezas, uma mulher sentou-se no banco ao meu lado.

— Reed? Achei mesmo que era você.

Semicerrei os olhos, tentando descobrir de onde eu a conhecia. Seu rosto não me era estranho, mas eu não conseguia me lembrar.

— Você não se lembra de mim? — Ela fez beicinho. — Maya. Amiga da Allison. Bem... ex-amiga, tecnicamente.

Meus olhos caíram até seu decote. Eu deveria ter começado por ali. Ela era bem bonita, mas seus peitos enormes é que eram difíceis de esquecer. Eu lembrava de Allison falando merdas sobre ela o tempo todo: que eles tinham que ser falsos, que ela deveria ser uma stripper... no entanto, era gentil com ela pessoalmente. Aquele deveria ter sido o primeiro sinal de que a mulher que eu estava namorando não tinha integridade. Porra, fui tão cego.

Eu estava meio bêbado e a caminho de um colapso emocional deprimente, então mal pude disfarçar o que havia chamado a minha atenção. Maya não pareceu se importar. Ela impulsionou ainda mais os seios para a frente e flertou.

— Vejo que agora você se lembra de mim.

Ignorei seu comentário e bebi todo o conteúdo do meu copo.

— Ex-amiga?

— Sim. Nós tivemos uma briga há alguns meses. Não nos falamos desde então.

Assenti. A última coisa que eu queria era falar sobre Allison.

O barman voltou e falou com Maya.

— O que vai querer?

— Um coquetel Long Island. E o que ele estiver bebendo. — Ela apontou para o meu copo. — O próximo é por minha conta.

— Não precisa.

— Talvez não. Mas estamos comemorando.

Olhei para ela.

— O que estamos comemorando?

— O fato de nós dois termos nos livrado daquela vaca da Allison.

Maya cambaleou ao descer do banco. Nós definitivamente tínhamos bebido além da conta.

— Tenho que ir ao banheiro. — Ela deu uma risadinha. — Guarde o meu lugar.

— Claro. — A saideira havia sido há meia hora. O bar estava quase vazio. Não seria difícil guardar o lugar dela.

Terminei minha bebida. Estávamos sentados no mesmo lugar há muito tempo. Maya até que era bem legal. Por mais que eu não quisesse falar sobre a Allison, ela me contou sobre a briga que as duas tiveram. Aparentemente, a minha ex-noiva saiu com um cara com quem ela sabia que Maya havia saído algumas vezes.

O álcool geralmente deixava os pensamentos confusos. Mas, por alguma razão, ele deixou os meus mais claros naquela noite. Quanto mais eu refletia sobre a mulher que eu havia pedido em casamento, mais percebia que ela tinha me feito um favor ao me dar um pé na bunda. A mulher que eu pensei que conhecia era leal e doce. Dizem que o amor é cego, mas, aparentemente, no meu caso, era surdo, burro *e* cego.

Acenei para chamar a atenção do barman. *Foda-se a saideira*. Eu precisava de mais uma bebida.

Todo mundo estava saindo com outras pessoas: Maya, minha ex-noiva, *Charlotte*... eu era o único celibatário idiota. Talvez fosse disso que eu precisava — transar. Esquecer daquela otimista de olhos azuis usando um vestidinho preto sexy em um encontro com algum babaca por aí.

Maya voltou do banheiro. Ela era mesmo muito bonita, mesmo que você não olhasse seu corpo, apenas seu rosto. Ela sorriu sedutoramente, piscando seus cílios grossos; olhos castanhos enormes diziam o que não estava sendo pronunciado. Em vez de sentar-se novamente no banco, ela ficou ao meu lado, empurrando aqueles peitos enormes contra o meu braço.

— Eu sempre achei que você era bom demais para a Allison.

Olhei para os seus lábios.

— É mesmo?

— Sabe o que mais eu acho?

— O quê?

Sua mão pousou na minha coxa.

— Que não há vingança melhor do que você ir embora comigo esta noite.

Ela estava completamente certa. Allison surtaria se descobrisse que dormi com Maya. O problema era que eu não estava me importando nem um pouco com Allison ou em me vingar. E por mais que o meu pau quisesse ir embora com ela, eu não ia conseguir.

Cobri sua mão com a minha.

— Você é linda, e não faz ideia do quanto essa oferta é tentadora. Mas existe outra pessoa.

— Você está saindo com alguém?

Balancei a cabeça.

— Não. Mas eu ainda sentiria que seria traição.

Maya me encarou por um momento antes de ficar nas pontas dos pés e beijar minha bochecha.

— Espero que ela saiba a sorte que tem. Porque a Allison, com certeza, não sabia.

Eu me senti completamente na merda no dia seguinte. Depois de cancelar a reunião das oito da manhã em cima da hora e voltar a dormir um pouco mais, arrastei-me, arrependido, até o escritório.

Um entregador estava na recepção assim que entrei. O ácido no meu estômago queimou minha garganta quando o ouvi falar.

— Entrega para a srta. Charlotte Darling.

A recepcionista assinou e pegou uma gorjeta da caixinha de dinheiro enquanto eu encarava uma dúzia de rosas amarelas.

Porra, eu sou um idiota. Tão idiota.

Um idiota celibatário do caralho.

Eu havia recusado uma noite de sexo vingativo, enquanto Charlotte estava por aí, fazendo algo que a fez merecer algumas centenas de dólares em rosas no dia seguinte. Saiu com um amigo *o cacete*. Eu sabia que ela tinha mentido. Senti-me esquentar tanto, de repente, que devia ter fumaça saindo do meu nariz e dos meus ouvidos.

A recepcionista pegou o telefone. Presumi que seria para ligar para Charlotte.

— Não ligue. Eu entrego para a srta. Darling no escritório dela.

Pensei em jogar o vaso no lixo e passar direto, mas queria muito ver a expressão de Charlotte quando eu o entregasse. Ela estava ao telefone quando invadi seu escritório.

— Entrega para você. — Peguei o cartão que estava preso na embalagem de celofane. Meu tom escorria sarcasmo. — Aqui, deixe-me ler o cartão, já que você está trabalhando tanto. — Rasguei o pequeno envelope enquanto ela se apressava em encerrar a ligação. Limpei a garganta e li: — "Adorei o papo. Espero vê-la novamente em breve. Blake".

Blake? Parece ser um completo imbecil.

Charlote desligou o telefone e inclinou-se sobre sua mesa para arrancar o cartão da minha mão.

— Me dá isso!

Ergui a mão acima da minha cabeça para que ela não alcançasse.

— Não achei que você fosse uma foda fácil, Charlotte. Acho que eu estava errado.

Seu rosto ficou um tom muito escuro de vermelho.

— O que eu faço durante o meu horário pessoal não é da sua conta.

— É aí que você se engana. Se a sua vida pessoal interfere no seu trabalho, é da minha conta, sim.

Ela colocou as mãos na cintura.

— A minha vida pessoal nunca interferiu no meu trabalho.

— Receber essa entrega de flores foi uma interferência. Você está distraída e isso afeta o seu trabalho.

— Acho que quem está distraído aqui é você.

Charlotte veio marchando de trás de sua mesa e subiu na cadeira de visitas diante de onde eu estava. Ela arrancou o cartão da minha mão e inclinou o rosto para me olhar. Nossos narizes estavam quase se tocando.

— Ciúmes não ficam bem em você, Eastwood.

— Eu não estou com ciúmes — respondi com os dentes cerrados.

Um sorriso lento e maquiavélico espalhou-se em seu rosto.

— É mesmo? Então não se importaria se eu dissesse como o Blake é bonito?

Eu queria tirar aquele sorrisinho do seu rosto. Enfiando minha língua em sua boca, de preferência.

— Charlotte, não me provoque...

— Provocar? — Ela se aproximou um pouco mais, fazendo com que nossos narizes realmente se tocassem. — Então você *quer* falar sobre o Blake?

— Pelo amor de Deus! — a voz da minha avó interrompeu nossa guerra de gritos. Ela bateu a porta atrás dela, deixando nós três dentro do escritório de Charlotte. — Qual é o problema de vocês dois? O andar inteiro está ouvindo vocês gritando um com o outro.

Merda. Passei as mãos pelos meus cabelos. Essa mulher me enlouquecia. Geralmente, eu era o cara que pedia às pessoas que falassem mais baixo quando começavam a fazer barulho demais no escritório, não o que precisava ser repreendido. E por ninguém mais, ninguém menos, do que a minha *avó.* A última vez que ela havia me repreendido assim foi quando briguei com Max por um brinquedo quando éramos crianças.

Charlote falou primeiro:

— Iris, me desculpe. Eu não percebi que estávamos gritando tão alto.

— Desça dessa cadeira — vovó vociferou. *Ela estava zangada.*

Charlote desceu e ficou de pé ao meu lado. Nós dois esperamos de cabeça baixa pela ira que estávamos prestes a enfrentar.

— Vocês dois precisam crescer. — Ela virou sua atenção para mim primeiro. — Reed, você é meu neto e eu te amo muito. Mesmo que, às vezes, você seja insuportável. A vida não te entregou uma situação fácil, eu sei. Mas isso não significa que você tem que desistir. Isso significa que tem que respirar fundo, lidar com isso, buscar ver o lado positivo e seguir em frente. Tenha coragem, filho. Não desista como um fracote. — Ela virou sua atenção para Charlotte e sua voz suavizou. — E, querida, nós moramos na cidade de Nova York. Há duas coisas das quais não precisamos correr atrás: trens e homens. Porque sempre haverá o próximo pronto para nos pegar depois daquele que perdermos.

Vovó girou em seu calcanhar e esticou a mão para a maçaneta da porta. Ela olhou para trás, sobre o ombro, e continuou:

— Eu vou sair agora, fechar a porta e dar alguns minutos para vocês. Depois disso, espero que voltem ao trabalho normalmente.

Depois que Iris saiu, nós nos olhamos. Respirei fundo.

— Desculpe pela forma como agi.

— Desculpas aceitas. E desculpe por te chamar de cretino narcisista.

Juntei as sobrancelhas.

— Você não me chamou disso.

Ela sorriu.

— Ah. Eu devo ter só pensado, então.

Não pude evitar uma risada.

— Você é louca, Darling. — Estendi a mão. — Amigos?

Ela colocou a sua na minha.

— Amigos.

Fui até a porta e a abri, mas Charlotte me interrompeu.

— Reed?

Virei-me de volta.

— Eu não sou fácil. Não aconteceu nada entre o Blake e mim.

Ela estava tentando me fazer sentir melhor, mas só me fez sentir pior. Porque eu ouvi a palavra não pronunciada que faltava em sua frase.

Não aconteceu nada entre o Blake e mim. Ainda.

CAPÍTULO 28

CHARLOTTE

— Aqui estão os resumos dos relatórios das despesas da propriedade de Hudson que você pediu.

Coloquei o arquivo no canto da mesa de Iris. Ela tinha papéis espalhados por todo canto. Embora já fosse quase sete da noite, não parecia que ela ia embora tão cedo.

— Obrigada, querida.

Assenti e virei-me para sair, mas eu precisava dizer uma coisa.

— Iris?

Ela olhou para cima.

— Hum?

— Eu sinto muito mesmo por hoje de manhã. Aquilo não foi nada profissional, e não vai acontecer novamente. Eu prometo.

Inesperadamente, lágrimas encheram meus olhos.

Iris retirou os óculos.

— Feche a porta, Charlotte. Vamos conversar. — Ela saiu de trás de sua mesa e sentou-se em uma das quatro poltronas estofadas enormes que ficavam de frente umas para as outras no fundo do seu escritório. — Sente-se.

Eu nunca fiquei nervosa assim perto de Iris antes. Essa era a mulher para a qual despejei tudo sobre a minha vida três minutos depois de conhecê-la em um banheiro feminino. No entanto, as minhas palmas estavam suando, e eu tinha que lutar contra a vontade de retorcer as mãos.

— Você quer falar sobre isso? Sabe que qualquer coisa que me disser ficará entre nós, não é?

— Eu sei.

— Conte-me sobre o homem que te mandou aquelas lindas flores. O seu coração está dividido? Você quer seguir em frente, mas está sendo muito difícil? Eu sei que você gosta muito do Reed.

— Sim. Não. Sim.

Iris sorriu.

— Claro como lama.

Respirei fundo e expirei audivelmente.

— Eu não estou dividida, nem lutando para seguir em frente. Blake é um cara que conheci na faculdade. Eu saí com uma amiga ontem à noite e esbarrei com ele. Nós conversamos por um tempinho. Ele me convidou para sair, mas eu recusei. As flores foram apenas seu jeito de tentar me fazer mudar de ideia. Mas não expliquei isso ao Reed, exatamente, quando ele viu as flores. Ele entendeu errado, ficou com ciúmes, e eu gostei daquilo.

— Entendo.

— Toda vez que começamos a ficar mais próximos, ele ergue a barreira. — Comecei a repuxar fiapos imaginários do braço da poltrona onde eu estava sentada. — Eu tentei fazê-lo cruzar essa linha... bem, ele é seu neto, então não quero te espantar. Mas digamos que ele rejeitou todos os meus avanços, até mesmo os que fiz seminua. Até cheguei ao ponto de dizer a ele que ia sair com o Max.

— Porque você pensou que deixá-lo com ciúmes o faria reagir?

Balancei a cabeça afirmativamente, olhando para o chão.

— Bem, normalmente, eu diria que um homem que não demonstra seu interesse sem joguinhos não vale o seu tempo. Mas nós sabemos que a luta do meu neto não é por ser um solteirão que não quer sossegar. Ele tem medo de ser um fardo para alguém que ama, devido à sua condição.

— Aí é que está. Reed pensa que *ele* é um fardo. Mas a verdade é que ele *tem* um fardo, e é mais fácil de carregar quando se compartilha com alguém.

Iris me encarou.

— Você está mesmo apaixonada por ele, não é?

Uma lágrima quente deslizou pelo meu rosto quando assenti.

— Eu sei que ele também gosta de mim. Dá para ver.

— Você tem razão. Ele gosta. Vocês dois brigam como dois velhinhos casados há muito tempo, flertam como se estivessem no colegial, e são confidentes um do outro como se fossem melhores amigos desde sempre. O meu neto não está tentando te afastar por ter medo de se apaixonar por você. Ele está tentando te afastar porque já está apaixonado.

— O que eu faço?

— Continue avançando. Da maneira que você tiver que fazer. Ele vai mudar de ideia. Só espero que não seja tarde demais quando isso acontecer. — Iris esticou o braço e pegou minha mão. — Você já se magoou antes, e com o Reed, você está em outra batalha difícil. Não se esqueça de erguer-se, em primeiro lugar. Insista com o Reed, mas insista em si mesma também, Charlotte.

Quanto mais eu pensava sobre a minha conversa com Iris, mais eu percebia que ela tinha razão. Eu precisava me esforçar, me erguer, continuar a trabalhar nas coisas que deixei escapar das minhas mãos com o passar dos anos. Então, fiz um voto de ao menos fazer um progresso na minha Lista do Foda-se a cada semana, independente de quão pequeno o item pudesse ser. Peguei a lista que eu havia imprimido e guardado na minha gaveta, servi-me de uma taça de vinho e sentei à mesa da minha cozinha, ruminando sobre qual item eu deveria riscar primeiro.

Esculpir um Homem Nu.

Dançar Com um Estranho na Chuva.

Aprender Francês.

Andar em um Elefante.

Nadar Pelada em um Lago à Noite. Bem, essa eu já podia riscar, né?

Encontrar Meus Pais Biológicos.

Fazer Amor Com um Homem Pela Primeira Vez Numa Cabine de Dormir Durante Uma Viagem de Trem Pela Itália.

Eu havia acrescentado um novo item à minha lista na semana anterior, enquanto estava sentada no banco de trás de um Uber na autoestrada, assistindo a caminhões enormes passarem.

Aprender a Dirigir um Caminhão Semirreboque.

Mordi a tampa da minha caneta enquanto decidia o próximo item a atacar. Havia um para o qual eu ficava voltando. Honestamente, estava na hora.

Encontrar Meus Pais Biológicos.

Tive curiosidade sobre meus pais biológicos a vida inteira. Minha mãe e meu pai sempre foram abertos sobre o fato de eu ter sido adotada, e me encorajavam a discutir o assunto. No entanto, eu tinha medo de que, se eu os procurasse, meus pais adotivos sentissem como se não tivessem sido suficientes para mim, quando, na verdade, eles haviam sido bem mais do que suficientes. Eles foram tudo o que uma criança poderia querer. Entretanto, de alguma maneira, aquilo não preenchia o buraco que eu sentia por não saber nada sobre o meu histórico familiar. Eu queria saber a história dos meus pais biológicos. Eles eram jovens demais quando a minha mãe engravidou? Eles se amavam? Eu também queria que eles soubessem que eu estava bem, que a decisão que eles tomaram havia sido a melhor para mim.

Terminando a taça de vinho, respirei fundo e peguei meu celular. Chamou uma vez.

Depois, mais uma vez.

Minha mãe atendeu no terceiro toque.

— Oi, mãe.

— Charlotte? Está tudo bem? — Ouvi o pânico em sua voz. Eu ligava para ela todo domingo à tarde sem falta, mas aquela era uma noite de sexta-feira.

— Sim. Está tudo ótimo.

— Oh. Ok. Bem, que bom. O que está fazendo esta noite?

— Hum... — Pensei em amarelar. Mas então, lembrei do que Iris havia dito. *"Insista em si mesma".* — Na verdade, estou fazendo uma lista de coisas que quero fazer. Tipo uma lista de desejos, mas não exatamente, já que não estou doente ou velha.

— Você tem certeza de que está tudo bem, querida?

Eu estava ligando para ela fora do dia e horário de sempre e falando sobre fazer uma lista de desejos. Eu deveria ter percebido que ela se alarmaria. Eu precisava me explicar melhor, ou ela iria se preocupar.

— Sim, está tudo bem de verdade, mãe. Eu só... eu meio que esqueci de quem eu realmente era quando estava com o Todd. Foi como se eu tivesse fundido a minha vida na dele, e acabei deixando as coisas que eu realmente queria em último plano. Então, criei uma lista de coisas que quero fazer, para me lembrar de viver a minha vida por mim. Isso faz sentido?

— Faz, sim. Parece que você andou refletindo bastante e olhando mais para a sua alma. Fico feliz em ouvi-la dizer que está focando em si mesma. Mas espero que nenhuma dessas coisas seja perigosa.

— Não são.

Mamãe ficou quieta por um longo tempo. Ela me conhecia bem.

— Tem algo na sua lista com que eu possa te ajudar?

Respirei fundo mais uma vez.

— Sim, mãe... tem sim.

— Tenho pensado em fazer uma pequena viagem à cidade. Que tal eu ir no domingo para conversarmos pessoalmente?

— Seria ótimo.

— Ok. Pode ser por volta do meio-dia?

— Perfeito.

Conversamos por mais um tempinho, desviando do assunto que nós duas sabíamos que estava pairando. Ela me perguntou o de sempre: sobre meu emprego, amigos, finanças. Antes de desligarmos, ela disse:

— Charlotte, você não tem que se sentir culpada por nada. Eu sei que você me ama.

Meus ombros relaxaram.

— Obrigada, mãe.

Na segunda-feira pela manhã, cheguei ao escritório mais cedo do que o normal. Eu pretendia adiantar as coisas que precisava fazer para que sobrasse tempo no fim do dia e ir ao Centro de Artes para me inscrever em uma aula de escultura.

Mas acabei ficando tão distraída vendo meu celular enquanto esperava o café terminar de coar que nem percebi quando o sensor da cafeteira começou a apitar, indicando que estava pronto, e que alguém havia chegado por trás de mim.

— Beisebol? Não sabia que você era fã do esporte.

Sobressaltada, balancei o celular e deixei-o cair no chão.

— Você me assustou pra caramba.

Reed curvou-se e pegou meu celular.

— Você está bem agitada esta manhã, mesmo que esse seja o seu normal. — Ele deu uma olhada na tela. — Você vai ver o jogo hoje à noite?

— Que jogo?

Ele abriu um sorriso sugestivo.

— Acho que isso responde à minha pergunta. — Ele me devolveu o aparelho, pegou nossas canecas do armário e começou a servir o café. — Eu vi a logo do Houston Astros no seu celular quando entrei. Você estava lendo as estatísticas, não estava?

— Ah. Sim.

Ele arqueou uma sobrancelha.

— Fã de beisebol?

— Não muito.

— Faz apostas?

— Hã?

— Por que outro motivo alguém estaria lendo estatísticas de beisebol se não vai ao jogo, não é fã do esporte, nem faz apostas?

— Eu só... eu acho estatísticas fascinantes. — Reed me lançou um olhar que dizia *"porra nenhuma".* — O quê? Eu acho.

Ele terminou de servir nossos cafés e me entregou minha caneca. Ele deu um gole no seu e me olhou bem nos olhos.

— Qual é o verdadeiro motivo, Charlotte?

Suspirei. Eu não tinha por que mentir para ele. No entanto, falar em voz alta sobre querer encontrar meus pais biológicos sempre me fazia sentir como se estivesse traindo a minha mãe adotiva. Ainda era difícil, mesmo que ela tenha me assegurado na noite passada que isso não era verdade. Reed já tinha visto a minha Lista do Foda-se, então ele entenderia.

— Eu conversei com a minha mãe sobre a minha adoção ontem. Eu já sabia de quase tudo o que ela me contou. A única informação nova de verdade que descobri foi que, quando eles me encontraram no hospital, eu estava embrulhada em uma manta do Houston Astros.

Algo cintilou na expressão de Reed.

— Uma manta do Houston Astros?

Assenti.

— Eu não sabia como era a logo, então pesquisei na internet, e acabei indo parar no site do time. Acho que fiquei imersa lendo as estatísticas enquanto a minha mente viajava.

Ele me encarou, mas seus olhos pareciam sem foco. Reed estava agindo de uma maneira estranha.

— Você é fã dos Yankees e nós não podemos ser amigos, ou algo assim? — brinquei. — Só por que eu fui embrulhada em uma manta do Astros?

— Tenho que ir — ele disse abruptamente. — Estou atrasado para um compromisso.

CAPÍTULO 29
REED

A pista sobre o Texas foi importantíssima.

Josh acabou passando duas semanas em Houston às minhas custas. Eu precisava de mais tempo para decidir como contaria a Charlotte o que estava acontecendo, e como fazê-la não pensar sobre encontrar seus pais biológicos até eu poder ter absoluta certeza de como iria abordar isso.

Então, decidi criar uma distração. Uma pela qual eu provavelmente precisava examinar a minha cabeça. Eu percebi que Charlotte havia acrescentado recentemente *Aprender a Dirigir um Caminhão Semirreboque* à sua Lista do Foda-se no servidor. *Só a Charlotte mesmo.*

Decidi que, para uma mega distração numa tarde de sexta-feira, eu teria que de alguma maneira fazer isso acontecer, então consegui alugar um caminhão semirreboque de dezoito rodas através de uma companhia de distribuição. Eles estacionaram o veículo para mim em um terreno vazio em Hoboken.

A luz do dia já estava acabando quando chegamos. Charlote não fazia ideia do porquê de estarmos ali.

— Achei que você tinha dito que iríamos ver uma nova propriedade. Por que estamos em um terreno vazio?

Desliguei o carro antes de falar.

— Você tem trabalhado muito duro para a empresa nesses últimos meses. Por mais complicado que seja o nosso relacionamento pessoal, eu também sou seu chefe. Sinto que não te digo o suficiente, como seu chefe, o quão estimada você é.

— Você teve que me trazer a um estacionamento deserto em Hoboken para fazer isso? Já que estamos em Nova Jersey, uma lanchonete teria sido bem melhor.

— Olhe ali.

Os olhos de Charlotte pousaram no veículo gigante.

— É um caminhão.

— Não é só um caminhão. É um caminhão semirreboque.

Ela finalmente entendeu onde eu queria chegar.

— Você andou me espionando.

— Você não acrescentou à sua Lista do Foda-se o desejo de aprender a dirigir um desses?

Sua expressão se iluminou conforme ela ia percebendo o que estava prestes a acontecer.

— Está falando sério? Eu estou aqui para dirigir o caminhão?

— Bom, nós não podemos levá-lo para a estrada. Principalmente porque você não tem carteira de habilitação nem para dirigir *carros*. Acho que nenhum de nós está pronto para morrer hoje. Mas você pode se divertir nesse estacionamento. — Percebendo que a pessoa que presumi ser o instrutor que eu havia contratado estava chegando, acenei com a cabeça para ela me seguir para fora do carro. — Vamos.

Charlote andou ao meu lado em direção ao veículo, que tinha as palavras **JB LEMMON DISTRIBUTION** pintadas na lateral. Um homem desalinhado com uma barba longa e branca saiu de dentro de um Ford Taurus mais velho ainda.

— Boa tarde, pessoal. — Ele olhou Charlotte de cima a baixo. — Você deve ser a Charlotte.

— Sim, senhor.

— Eu sou o Ed. Pronta para dirigir?

Ela olhou para mim e sorriu antes de começar a quicar sobre os calcanhares.

— Estou!

Charlote se acomodou no assento do motorista enquanto o instrutor sentou no banco do passageiro. Espremi-me para ficar atrás deles, no que parecia ser a cabine de dormir do motorista.

— A primeira coisa que você precisa fazer é checar os seus fluidos.

— Ah, estou bem quando a isso. Bebi muita água hoje.

Ele riu.

— Os fluidos estão na parte dianteira do caminhão, queridinha. Eu vou te mostrar.

— *Queridinha* — sussurrei no seu ouvido. — Devo te chamar assim de agora em diante?

Charlote o seguiu rapidamente até o lado de fora antes de eles voltarem.

— Agora, você precisa ajustar o seu assento com essas alavancas aqui. Você vai ter que afastar bastante para a frente para ter a melhor visão possível do capô.

Ele estava definitivamente tirando proveito da situação ao inclinar-se em direção a ela do banco do passageiro. Essa experiência já estava me irritando.

— Agora, você pode ligar o motor, mas, antes disso, tem que pisar na embreagem e se certificar de colocar na segunda marcha.

Charlote ligou o motor. O rugido ressoou pelo espaço, e vapores permearam o ar.

— Faça de conta que está tentando ver se há outros veículos vindo. Se estiver tudo limpo, você vai soltar a embreagem aos poucos.

Charlote continuou a seguir suas instruções cuidadosamente.

— Ok, pise um pouco no acelerador. Eleve as rotações por minuto para 1200. Depois pise na embreagem e retire o pé.

Ela estava fazendo perguntas como se estivesse seriamente pretendendo dirigir um desses algum dia. Meus olhos ficavam focando nas mãos dele sobre as dela conforme eles mudavam as marchas. Gotas de suor se formaram na minha testa quando o caminhão começou a se mover. Eu era um caso perdido.

—Uhuu! —Charlotte gritou ao dar a primeira volta pelo estacionamento. Após dirigir por meia hora, ela estacionou o caminhão.

Ed foi embora, deixando Charlotte e eu sozinhos na cabine do caminhão.

BILHETES DE ÓDIO 255

— Isso foi muito incrível, Reed.

— Fico feliz que tenha gostado.

O que havia começado como um mecanismo de enrolação transformou-se em uma experiência que fiquei feliz em compartilhar com ela. A alegria de Charlotte sempre era contagiante. Também me senti bem por ajudá-la a riscar mais um item da sua lista.

Estava tudo quieto dentro do caminhão. O único barulho era do trânsito na estrada ao longe.

Charlotte decidiu vir para onde eu estava e deitou na cama que ficava atrás do assento do motorista. Rapidamente, mudei-me para o banco do passageiro.

Ela apoiou os pés.

— Então, é assim que os caminhoneiros vivem, hein? Acho que deve ser um emprego legal, viajar pelo país, fazendo paradas e dormindo em lugares diferentes.

— Se tirar o risco de cair no sono e acabar se matando... acho que deve ser... divertido — falei sarcasticamente.

Ela jogou um travesseiro em mim, de brincadeira.

— Claro, né, eles viajam sozinhos. Eu não ia querer viajar sozinha.

Observando-a se aconchegar na cama para ficar mais confortável, percebi que era evidente que Charlotte não pretendia sair daquele caminhão tão cedo. Deus, como eu queria deitar ao lado dela. Se eu soubesse que a estava trazendo para uma cabine de sexo sobre rodas, teria repensado essa aventura. Não me ocorreu a possibilidade de ter uma cama ali.

Mantive-me grudado no banco do passageiro, determinado a não ser sugado pelo olho do furacão.

— Podemos ficar aqui por um tempinho? — ela perguntou.

— Não acho que seja uma boa ideia.

— Por que não? Aqui é tão tranquilo.

— Acho que é melhor voltarmos logo para a cidade.

— Por que você não confia em si mesmo quando está perto de mim?

Recusei-me a responder, decidindo virar o assunto para ela.

— Você não tem algum lugar para ir, tipo em um encontro com o... Blake? — O nome dele rolou pela minha língua como se eu tivesse proferido uma obscenidade.

— Não... eu não vou sair com o Blake. Mas por que a pergunta? Você ficaria com ciúmes se eu fosse?

Eu não queria mentir para ela, então escolhi permanecer calado. Meus ciúmes já tinham ficado muito claros há algumas semanas, mesmo.

— Por que você tem que ficar por aí com ciúmes quando sabe que pode me ter, Reed?

— Não posso ter você — estourei.

— Ah, pode sim. Você só está com medo.

— Pare — falei com os dentes cerrados, mesmo que tudo o que eu realmente queria era ouvi-la me contar algumas das coisas que me deixaria fazer com ela. Balancei a cabeça e suspirei. — De onde você veio, Charlotte?

— Você sempre me pergunta isso. Não posso responder de onde vim originalmente, mas sei exatamente como vim parar na sua vida. Tem... tem uma coisa que você não sabe. Uma coisa que nunca te contei.

Aonde ela estava querendo chegar?

— Não estou entendendo...

— Posso te contar a história de como nos conhecemos?

— Eu sei como nos conhecemos.

— Você acha que sim, mas não sabe. Você sempre pensou que eu estava fazendo algum tipo de jogo quando fui àquela visita no Millennium Tower. Tem mais coisas nessa história.

Eu sempre me perguntei como aquilo tudo aconteceu, como ela apareceu lá, para começar. Nunca fez muito sentido. Tinha mesmo algo faltando.

— Bom, me explique, então. Como você veio parar na minha vida, Charlotte Darling?

Ela deu tapinhas no espaço vazio na cama ao lado dela.

— Você pode vir para cá? Sentar ao meu lado?

— É melhor não.

— Por favor?

Relutantemente, sentei-me lá. Nossos ombros estavam lado a lado quando virei para olhá-la.

— Ok, Charlotte. Me conte como nos conhecemos.

— Foi o destino — ela disse, com naturalidade. Dei risada.

— Destino...

— Sim.

— Como você sabe disso?

— Eu tinha ido levar o meu vestido de casamento a um brechó para vendê-lo. Enquanto estava lá, me apaixonei por um lindo vestido rosado cheio de plumas.

Vestido de plumas.

De repente, eu não estava mais achando graça. Engoli em seco, sabendo exatamente de qual vestido ela estava falando. Embora, supostamente, desse azar o noivo ver o vestido da noiva antes do casamento, Allison havia insistido que eu aprovasse sua escolha. Mesmo que fosse nada convencional, ela tinha escolhido um vestido espetacularmente lindo.

— Eu conheço esse vestido — sussurrei.

— Então, você o viu? Ela te mostrou?

— Sim.

— Eu encontrei o bilhete azul que você escreveu no seu bloco de notas personalizado. Estava costurado dentro dele. Foi assim que descobri o seu nome. Acabei levando o vestido para casa comigo, porque só me deram crédito pelo meu. Então, fiz uma troca. Eu ainda o tenho. Está pendurado no meu closet. Estava curiosa sobre o homem que redigiu o bilhete, porque era simples e, mesmo assim, tão lindo.

Eu não podia acreditar no que estava ouvindo. Mordendo o lábio, permaneci em silêncio enquanto ela continuava a contar a história.

— Quando te procurei no Facebook, vi algumas pistas de que talvez o casamento não tivesse se realizado. Enfim, você já sabe o que aconteceu depois que preenchi aquela inscrição. Eu não esperava mesmo que tudo fosse rolar como rolou. Mas aquele vestido me chamou. E agora sei que era bem mais do que apenas um vestido. Sem mencionar eu ter esbarrado com Iris no banheiro. Sempre acreditei que estava destinada a te encontrar.

Puta merda.

Não pude evitar e peguei sua mão. Eu havia brincado sobre Charlotte e seu pó de fada. Sempre *houve* algo mágico nela, o jeito que ela simplesmente surgiu na minha vida e a virou de cabeça para baixo. Eu tinha que admitir que essa história me assustou um pouco. Mas, ao mesmo tempo, fazia muito sentido.

Limpei a garganta.

— Não sei o que dizer.

— Você não está zangado comigo?

— Por que eu ficaria zangado com você por isso?

— Porque violei a sua privacidade?

— Não dá para ficar zangado com você. Independentemente de como chegou aqui... você entrou no meu mundo e o encheu de vida, quando eu estava precisando muito.

— E, agora, você está me afastando.

— Charlotte... nós já falamos sobre isso.

Ela ficou quieta um pouco antes de voltar a falar.

— Sabe, apesar de estar magoada, não me arrependo de como tudo começou. Aquele bilhete me ajudou de verdade. Eu o li e ele me devolveu a esperança de que amor e romance existem... em uma época em que eu estava péssima de vida e de amor. Mesmo que tenha sido uma ilusão, me ajudou a virar a página.

Ela estava sendo tão sincera. Por que não retribuir fazendo o mesmo? Eu queria que ela soubesse que não havia sido tudo uma ilusão.

— Você não estava tão errada assim sobre mim, Charlotte — desabafei. — O bilhete era sincero. Somente agora, olhando para trás, estou conseguindo enxergar a situação como realmente é: que o amor que Allison tinha por mim não era o mesmo que eu tinha por ela. Então, o meu amor por ela era baseado em um ideal falso. Mas o homem que você achou que conhecia por aquele bilhete... ele existiu, sim, de certa forma. — Expirei profunda e irregularmente. — É engraçado, até. Aquele bilhete representou algo para você. Eu também passei um tempo apegado a um bilhete. Um que Allison escreveu, mas por um motivo completamente diferente. Quando ela terminou o noivado, não foi exatamente um momento cordial. Ela apareceu no meu escritório uma semana antes da data do casamento, sentou-se em uma das cadeiras diante da minha mesa e disse que havia aceitado se casar comigo porque pensou que eu ia cuidar dela pelo resto da sua vida, e não o contrário. Eu acho que fiquei em choque, enquanto ela continuou a falar pelos minutos seguintes. Foi tudo muito frio e com cara de negócios. Mas, antes de ir embora, ela pegou um papel do meu bloco de notas e escreveu nele seu novo número de telefone. Aparentemente, ela tinha mudado de celular, já que o número antigo estava no meu plano telefônico. Eu guardei aquele pedaço de papel na minha primeira gaveta por muito tempo. Não porque eu pensava em ligar para ela, mas para me lembrar de como aquele momento tinha me feito sentir. — Balancei a cabeça e baixei o olhar. — Todo dia, quando eu via aquele bilhete, era como colocar sal em uma ferida. Então, dois dias atrás, abri a gaveta, olhei para ele uma última vez, amassei-o e joguei no lixo. Eu nem sei, ao certo, o que me fez fazer aquilo. Acho que só estava na hora.

Charlotte continuava a me encarar, enquanto a cabine do caminhão estava preenchida por silêncio. A cada segundo que passava, eu sentia cada vez mais que estar ali com ela, diante de todas as emoções dançando no ar, era perigoso.

— Toda vez que eu uso, penso em você. Estou usando agora — ela disse.

Levei alguns segundos para compreender do que ela estava falando. Não era sobre o vestido.

Ela está usando agora.

Oh.

— Quer vê-la em mim?

Sim. Sim.

Porra, sim!

— Não.

Ela escolheu não me dar ouvidos ao erguer sua saia e abrir as pernas, exibindo a minha calcinha fio-dental preta favorita, aquela com a pequena rosa vermelha. Claramente, ela estava tentando me matar.

— Eu penso nas suas mãos acariciando a renda toda vez que a visto.

— Feche as pernas. — Minha voz estava áspera.

— Por quê? Você acha que querer te mostrar faz de mim uma vadia? Porque eu não sou uma vadia, não mesmo. Não transo há eras, e por mais que eu queira seguir em frente, só tem um homem com o qual eu quero fazer isso.

Meu corpo estava esquentando rápido.

— Arrume a sua saia.

— Você quer mesmo que eu faça isso? Porque não parece. Você está suando e não tira os olhos da minha calcinha. Não acho que seja isso que você quer. Acho que a sua mente está te dizendo uma coisa e o seu corpo está te puxando em outra direção. Mas tudo bem, então. Vou fechar as pernas.

Justo quando meu pulso começou a desacelerar um pouquinho de nada, percebi que, *sim*, ela havia fechado as pernas, mas agora estava tirando a calcinha.

Charlotte a ergueu diante da minha linha de visão.

— Você quer?

Sim. Sim.

Porra, sim!

— Não.

— Tome. — Ela abriu a minha mão, colocou a calcinha ali e fechou meus dedos sobre ela.

BILHETES DE ÓDIO 261

Fiquei chocado ao sentir umidade na minha palma. Como se não bastasse ela ter me dado sua calcinha, ela me deu sua calcinha *molhada*. Meu pau se retorceu.

Charlote envolveu os joelhos com os braços e ficou me observando enquanto eu começava a desemaranhar a peça.

Incapaz de resistir, enterrei o nariz no tecido rendado e inalei profundamente o aroma feminino e doce de sua excitação. E pronto. Foi isso que finalmente me desmontou, como uma droga evaporando as minhas inibições.

Eu precisava de mais.

Virando meu corpo em sua direção, deitei a cabeça em sua barriga, tentando salvar qualquer rastro de sanidade. Mas não havia nenhum. Fechei os olhos conforme descia o rosto em direção às suas pernas, separando seus joelhos. Charlote deixou escapar uma risadinha fraca e nervosa.

— Você acha isso engraçado? — perguntei, enquanto beijava vorazmente a parte interna de suas coxas.

— Eu acho. Eu...

Ela parou de falar no instante em que minha boca desceu com força em sua boceta lisinha. Eu estava ávido para ter o máximo de sua pele suave enquanto rolava a língua por sua carne inchada. Minha barba devia estar arranhando-a, mas ela não pareceu se importar. Seu clitóris pulsante era evidência disso.

Só essa vez, fiquei repetindo para mim mesmo. Nunca na minha vida eu quis chorar com a cara enterrada em uma vagina, até aquele momento. Porque pensar em nunca mais fazer o que eu estava fazendo era uma tortura. Esse sabor, essa boceta, essa mulher... tudo isso seria o meu fim. Nos meus ossos, no meu coração, eu sabia que Charlotte tinha sido feita para mim. E abrir mão dela seria um tapa na cara do universo, que a havia enviado para mim.

Eu não fazia ideia de como abriria mão dela.

— Você é mais deliciosa do que eu podia imaginar.

Com suas mãos segurando minha cabeça, Charlotte me puxou ainda mais contra ela. A mulher que eu vinha desejando intensamente há tanto tempo estava começando a gozar na minha boca. Aquilo parecia surreal. Eu não estava esperando que ela fosse chegar ao clímax tão rápido. Meu pau estava prestes a explodir.

— Desculpe — ela pediu.

— Não peça desculpas. Foi a coisa mais linda que já vivenciei.

— Bem, então, acho que *somos* capazes de concordar em alguma coisa — Charlotte disse ao levantar e começar a montar em mim. — Sua vez.

— Não.

Embora eu estivesse protestando, agarrei seus quadris e empurrei sua boceta nua contra a minha ereção dura, que estava se esticando na minha calça.

Minha boca envolveu a sua. Fechei os olhos e deletei-me em seu calor conforme ela se esfregava em mim. Aprofundei o beijo e emaranhei os dedos por seus cabelos sedosos. Foda-se, eu não sabia como parar.

— Meu pau vai ficar dentro da calça — falei contra seus lábios. — Não podemos fazer nada além disso. Está me entendendo? Esse momento de vulnerabilidade não muda nada.

Minhas palavras podem ter sido obstinadas, mas minhas ações eram fracas. Tirei sua blusa e puxei seu sutiã para baixo. E ali estavam aqueles peitos lindos com os quais eu vinha sonhando desde aquele dia nas Adirondacks. Não perdi tempo e levei minha boca a um deles, chupando com tanta força que qualquer um pensaria que eu estava tentando fazer com que expelisse néctar.

A quem eu estava tentando enganar? Isso não ia terminar bem para mim.

Meu celular tocou, mas ignorei.

— Você precisa atender? — ela perguntou.

— Não. Foda-se — rosnei, chupando seu peito com mais força.

Quando continuou a tocar, apesar de todas as minhas tentativas de ignorar, eu relutantemente me afastei de Charlotte o suficiente para checar na tela quem estava me ligando, para ter certeza de que não era uma emergência.

Era Josh, o investigador particular. *Por que ele estava me ligando repetidamente? A menos que algo muito importante tivesse acontecido...*

Isso me despertou de volta à realidade. Charlotte permaneceu sentada no meu colo enquanto eu atendia.

— Alô?

O tom dele era sério.

— Eastwood... acho que é melhor você arrumar as malas e vir para cá o mais rápido possível.

CAPÍTULO 30
CHARLOTTE

Reed parecia perturbado enquanto ouvia o que a pessoa do outro lado da linha estava dizendo. Seu pau ainda estava pulsando sob mim através da calça. Eu ainda estava nas nuvens, apesar da natureza aparentemente urgente da sua ligação.

Meu coração começou a bater forte e rápido assim que senti que algo estava errado.

— O que está acontecendo? — interrompi.

Ele ergueu o dedo indicador, enquanto continuava a se concentrar bastante na informação que estava recebendo.

— Você precisa me mandar por e-mail todas essas informações o mais rápido possível. — Ele pausou. — Tudo bem. Bom trabalho, Josh. Obrigado.

Ele jogou o celular de lado e passou os dedos pelos cabelos.

— Vista-se, Charlotte. Nós precisamos conversar.

— O que está acontecendo?

Reed estava agitado.

— Por favor. Apenas vista-se.

— Ok.

Depois que coloquei minhas roupas de volta, ele disse:

— Eu preciso te contar uma coisa que vai te deixar chateada. Mas quero que saiba que eu tinha a melhor das intenções.

— Ok...

— Charlotte, independente do que aconteça entre nós, quero que saiba que eu te considero uma das pessoas mais importantes da minha vida.

Eu quero que você encontre um ponto final e paz quando se **trata de** onde você veio. Queria te ajudar a encontrar os seus pais biológicos. Eu sabia que, se dependesse só de você, podia levar anos para encontrá-los, isso se você os encontrasse. Eu tenho um investigador particular à minha disposição, e o coloquei no caso em tempo integral.

— Meu Deus. Você fez o quê?

— Josh vem trabalhando nisso há várias semanas. Ele passou um bom tempo tanto em Poughkeepsie quanto em Houston.

— Houston?

— Sim.

— O que ele descobriu?

— Parece que, na semana em que você nasceu, uma garota deu à luz um bebê que nunca foi registrado. A adolescente foi embora do hospital antes de fazer isso. Josh conseguiu acesso ao formulário médico da garota. Ela havia fornecido um nome falso, mas listou uma pessoa chamada Brad Spears como parente mais próximo, e esse nome era real. Josh localizou o tal Brad, que disse a ele o nome verdadeiro da amiga que havia desaparecido anos atrás. O nome dela era Lydia Van der Kamp. Ela era do Texas e, aparentemente, estava escondendo a gravidez dos pais.

Meu coração começou a acelerar.

— Essa Lydia é minha mãe?

Reed assentiu.

— Parece que sim. O tal Brad e Lydia eram amigos por correspondência quando ela fugiu da família religiosa e veio para Nova York. Ele não era o pai do bebê, mas era apaixonado por ela. O plano era ela ficar, ter o bebê e eles fugirem juntos. E foi aí que as coisas ficaram um pouco confusas. Por alguma razão, Lydia mudou de ideia. Ela desapareceu do hospital e levou o bebê sem contar a Brad, e é tudo o que ele sabe. Pouco tempo depois, você foi encontrada na igreja. Josh localizou o paradeiro de Lydia Van der Kamp em Houston. Ela era a única pessoa com esse nome por lá. E então, você me contou que havia sido encontrada usando uma manta do Astros. Isso corroborou a conexão com o Texas.

Cobri minha boca.

— Meu Deus.

— Desde então, Josh está no Texas, e conseguiu falar com os filhos de Lydia.

— Filhos?

Eu tenho irmãos?

Reed abriu um meio sorriso.

— Sim. Ela tem dois filhos. Eles confirmaram que a mãe deles confessou recentemente que abandonou um bebê em uma igreja em Nova York quando era adolescente. Não temos um exame de DNA para confirmar nada ainda, mas acho que é seguro dizer que encontramos a sua mãe.

Eu queria saber como ela era.

— Você tem uma foto dela?

— Não, infelizmente. Mas posso arranjar para você.

Fiquei assentindo repetidamente, para absorver tudo.

— Ok... — Senti que ele estava hesitando para me contar mais alguma coisa. — Tem mais?

Respirando fundo, ele fechou os olhos.

— Ela está morrendo, Charlotte.

Senti como se meu coração estivesse se desintegrando.

— O quê?

— A ligação que acabei de receber não me deu notícias muito boas. Aparentemente, Lydia tem sofrido por complicações da doença de Crohn, que ela descobriu ainda muito jovem. Ela acabou desenvolvendo algo chamado colangite esclerosante, que resultou em insuficiência hepática. Ela está ligada a máquinas de suporte de vida no momento, e não há chances de sobrevivência.

Minha mãe está morrendo? Ela é tão jovem.

— Ai, meu Deus. O que isso significa?

Ele pausou.

— Significa que você e eu vamos para o Texas.

CAPÍTULO 31
REED

Eu odiava tê-la colocado nessa situação, mas que alternativa eu tinha? Ela teria se arrependido pelo resto da vida se não tivesse vindo ao Texas.

Estávamos em frente ao hospital em um calor sufocante, o céu nublado complementando esse dia sinistro.

Charlotte parou de repente na entrada.

— Não estou pronta para entrar ainda.

— Podemos ficar aqui fora pelo tempo que você precisar. — Coloquei uma mão em seu ombro. — Quer que eu pegue algo para você?

— Preciso de um pouco de água, eu acho.

— Vamos até a cantina.

— Não. Eu quero ficar aqui fora. Você pode ir pegar água pra mim e trazer?

— Claro.

Charlotte definitivamente não estava normal hoje. Quem poderia culpá-la?

E isso ficou ainda mais comprovado diante do que testemunhei quando voltei para o lado de fora.

Os céus se abriram e começou a chover torrencialmente. Eu estava voltando com duas garrafas de água, quando notei que Charlotte estava dançando com o homem que antes estava fumando ali perto quando a deixei. Eles estavam sorrindo e rindo ao se embalarem de um lado para o outro de mãos dadas.

Que porra é essa?

E então, a ficha caiu.

Dançar Com Um Estranho na Chuva.

Ela decidiu aproveitar essa oportunidade para riscar um item da sua Lista do Foda-se. O momento era meio estranho, mas, vindo de Charlotte, qualquer coisa era possível. Ela provavelmente precisava se distrair do estresse do momento e não deixou a chance passar.

Eu estava tentando não permitir que meus ciúmes tomassem de conta.

Charlote parou de dançar quando me viu.

— Esse homem fez a gentileza de cooperar comigo. Eu expliquei sobre a Lista do Foda-se.

— Não se preocupe. — Ele sorriu. — Sou muito bem casado. Não quis ofender.

Minha expressão devia estar muito óbvia.

— Não me ofendi.

Ela virou para ele.

— Obrigada. Eu precisava muito disso.

— O prazer foi meu.

Conforme nos afastávamos, aproximei minha boca da sua orelha.

— Qual o nome dele?

— Não faço ideia. Isso teria anulado o propósito.

Balancei a cabeça e ri.

— Aqui está a sua água.

— Obrigada.

Charlotte abriu a garrafinha e bebeu metade em um longo gole. Demoramos mais alguns minutos do lado de fora e, então, virei-me para ela.

— Pronta?

Expirando uma grande quantidade de ar, ela pôs a mão na barriga.

— Tão pronta quanto possível.

Após torcermos um pouco nossas roupas, tivemos fácil acesso ao quarto de Lydia Van der Kamp ao dizermos que éramos da família. Ninguém se deu ao trabalho de questionar nada. Não tínhamos certeza se encontraríamos os filhos dela, mas, quando chegamos ao quarto, ela estava sozinha com a enfermeira. A mulher abriu um sorriso simpático.

— Olá.

— Oi — Charlotte disse, com seu olhar fixo na mulher em coma com tubos saindo da boca.

— Vocês estão aqui para verem a srta. Lydia?

— Sim.

— Você deve ser filha dela. Vocês duas se parecem. Estou apenas trocando a roupa de cama.

— Ela consegue ouvir o que dizemos? — Charlotte perguntou.

— Bom, ela está fortemente sedada. Não podemos ter certeza sobre o que ela pode ou não ouvir.

Depois que a enfermeira saiu, fiquei no canto do quarto para dar espaço para Charlotte. Ela caminhou até o lado da cama de Lydia.

A mulher parecia mais velha do que sua idade real, provavelmente devido ao estresse da doença. Ela estava conectada a um monte de tubos, que faziam parecer que sua vida estava sendo sugada. Apesar de tudo, eu conseguia ver um traço de semelhança com sua filha.

Charlotte levou um tempo para reunir a coragem para falar.

— Oi, Lydia... não sei se pode me ouvir. Meu nome é Charlotte, e eu... eu sou sua filha. Acabei de ficar sabendo sobre você, na verdade. Corri para cá assim que descobri que você estava doente. Eu sonhava em te conhecer sob circunstâncias diferentes. Eu sinto muito por isso ter te acontecido. Você é jovem demais. Não é justo. Posso ver o quanto somos parecidas. Agora sei de quem herdei meus cabelos loiros.

Charlotte olhou para mim. Seus olhos estavam marejados, e interpretei isso como a minha deixa para ir ficar ao lado dela, deduzindo que ela precisava de mim para confortá-la. Segurei sua mão enquanto ela continuava a falar com Lydia.

— De qualquer forma, estou aqui para te dizer uma coisa. Qualquer culpa que você sinta por ter me deixado naquela igreja, livre-se dela. Tudo acabou sendo como deveria ser. Eu tenho pais maravilhosos que adoro. Então, não ache que você fez uma coisa ruim. Você era muito jovem, e tomou a decisão que achou que seria melhor para mim. Obrigada por ter escolhido uma igreja... e não, tipo, sei lá... um posto de gasolina ou algum outro lugar aleatório. Cuidaram muito bem de mim por lá. Espero que você possa me ouvir. Todo mundo merece ficar em paz, e espero poder te dar isso. Obrigada por escolher me ter. Eu sempre serei grata a você por isso. E eu sempre vou te amar por ter me dado a vida.

Charlotte descansou a cabeça gentilmente na beira da cama, próximo ao corpo quase sem vida de Lydia. Ela pegou sua mão e a segurou.

Alguns momentos depois, Charlotte pulou.

— Você viu isso?

— O quê?

— Ela acabou de apertar a minha mão!

— Eu não vi. Mas se você sentiu, isso é incrível.

— Espero que isso signifique que ela me ouviu.

Coloquei as duas mãos em seus ombros. Eu esperava que significasse isso, também. Eu sentia muito por Charlotte. Não conseguia nem imaginar ver a minha mãe pela primeira vez sob essas circunstâncias. Ela estava sendo muito forte, e eu estava muito orgulhoso dela.

O cara que estava fumando lá fora e dançou com Charlotte na chuva apareceu na porta, de repente. Por que ele estava ali?

— Posso ajudá-lo? — perguntei.

— Depende. Você consegue trazer a minha mãe de volta à vida? — ele disse ao entrar no quarto.

Charlotte ficou paralisada.

— Acabei de juntar as peças e descobrir quem você é, Charlotte. Temos falado sobre você todo dia desde que aquele investigador foi embora. Achei que você me parecia familiar quando estávamos lá fora, mas agora estou vendo que é porque você parece uma versão mais jovem da mamãe. Nós já nos conhecemos, mas... eu sou Jason. Seu irmão.

Os olhos de Charlotte encheram-se de lágrimas quando ela o abraçou.

— Oh, meu Deus! Oi!

As mãos de Jason estavam tremendo um pouco conforme ele envolvia as costas de Charlotte. Ele tinha cheiro de chaminé, mas, em uma primeira impressão, parecia ser uma pessoa decente.

Isso era surreal pra caramba. Ele deve ter puxado mais ao pai, porque eu nunca adivinharia que esse cara de cabelos escuros era irmão de Charlotte.

— Há quanto tempo ela está mal assim? — ela perguntou a ele.

— Mais ou menos um mês.

— Há alguma esperança?

Ele franziu a testa.

— Receio que não. Ela está dependente das máquinas, a esse ponto. Estamos lutando com decisões bem difíceis.

Charlote voltou ao seu lugar ao lado de Lydia e olhou para Jason.

— Eu sinto muito.

— Ela amava você, Charlotte. Ela só nos contou sobre você há pouco tempo. A mamãe tinha medo de te procurar porque pensou que talvez você a odiaria quando soubesse. Mas ela te carregava no coração.

As lágrimas que vinham ameaçando cair começaram a escorrer pelo rosto de Charlotte enquanto ela olhava para seu recém-encontrado irmão.

— Eu posso ficar? Até ela... eu... eu quero passar um tempo com ela. E com você. E com o meu outro irmão. Tudo bem?

Ele sorriu.

— A mamãe gostaria muito disso. Na verdade, acho que não existe nada que traria mais paz a ela do que ter você aqui hoje.

— Quanto tempo ela tem?

Jason andou até o outro lado da cama de sua mãe — da mãe deles — e cobriu a outra mão da mulher com a sua.

— Não muito. Semanas... dias... talvez até mesmo horas. Tem sido difícil termos coragem de desligar os aparelhos. Todos meio que sentimos que ainda não estava na hora. — Ele olhou para Charlotte. — Agora, isso faz sentido. Nós estávamos esperando por você. *Ela* estava esperando por você.

— Oi — Charlotte sussurrou, piscando após acordar e olhar para mim.

Há algumas horas, ela se aconchegou na poltrona ao lado da cama da mãe e adormeceu. Era quase duas da manhã, no horário do Texas. Ela alongou os braços sobre a cabeça e soltou um grande bocejo.

— Por quanto tempo eu dormi?

— Não muito. Algumas horas.

— Jason foi embora?

Minha primeira impressão sobre Jason estava certa. Ele acabou demonstrando que era mesmo um cara bem decente. Durante as horas em que Charlotte dormiu, ficamos conversando e nos conhecendo melhor. Com apenas vinte e dois anos, ele já havia servido quatro anos no exército e era casado com sua namorada do ensino médio. Ele também havia sido o único cuidador de Lydia durante os últimos meses desde que ela piorou, e sua mãe claramente significava tudo para ele. Balancei a cabeça.

— Ele foi lá embaixo pegar café para nós. Eu não queria estar longe caso você acordasse e ficasse confusa.

Ela abriu um sorriso triste.

— Confusa tipo, como eu podia ser filha única e estar servindo café para o meu chefe em Nova York num dia, e no seguinte estar quase do outro lado do país com meu irmão pegando café para o meu chefe?

Estiquei a mão e apertei seu joelho.

— Sim, desse jeito, espertinha.

— Você dormiu?

— Ainda não. Mas reservei um quarto de hotel para nós aqui perto enquanto você estava roncando.

Charlote arqueou uma sobrancelha.

— *Um* quarto de hotel? Tipo um, não dois?

— Reservei uma suíte com duas camas. Não quero te deixar sozinha.

Ela se inclinou e sussurrou no meu ouvido:

— Ou... talvez você esteja querendo que eu levante a minha saia para você de novo?

Jason voltou para o quarto, salvando-me de ter que responder. Na verdade, eu tinha ficado uma hora e meia pensando em quantos quartos reservar. No fim, pensei que já a tinha visto nua, saboreado sua boceta e perdido meu juízo por essa mulher. Já tinha ultrapassado demais o limite; confortá-la e ficar ao seu lado enquanto ela lutava com aquela situação difícil não seria pior do que o que eu já havia feito.

Seu irmão me entregou um dos cafés que ele carregava em uma bandeja de papelão e virou-se para Charlotte.

— Peguei um com creme e açúcar para você. Não tinha certeza de como você gosta. Mamãe e eu gostamos dele fraco e doce, então pensei que talvez o gosto fosse hereditário, ou algo assim.

Ela sorriu.

— Assim está perfeito. Obrigada.

Jason sentou-se do outro lado da cama.

— Não sei quanto tempo vocês planejam ficar, mas deveriam dormir um pouco. Eu não tenho muito espaço no meu apartamento. Moro em um estúdio com minha esposa. Mas vocês podem ficar na casa da mamãe, se quiserem. Estou com as chaves dela, e não fica muito longe daqui. Uns quinze minutos.

— Obrigada. Mas Reed já reservou um quarto de hotel para nós aqui perto.

— Você tem um bom marido. — Ele olhou para mim. — Mas acho que dormir seria uma boa para ele. Ele estava te vigiando como um falcão enquanto você dormia e parecia tão estressado quanto você quando estava acordada.

Eu ainda não tinha percebido que não havíamos denominado o nosso relacionamento para ele. Considerando que estive ao lado de Charlotte o tempo inteiro, a conclusão dele era lógica.

— Ah. Reed não é meu marido. Ele é meu... — Charlotte lutou para encontrar a palavra certa. — Chefe.

Jason ergueu uma sobrancelha e tomou um gole de café.

— Chefe?

— Sim, ele é meu chefe em Nova York. Eu trabalho na empresa dele.

— Pelo jeito que ele parecia que ia me assassinar quando nos encontrou dançando lá fora, e o jeito que ele ficou te olhando dormir... eu só presumi.

Charlotte olhou rapidamente para mim e depois voltou o olhar para seu irmão.

— É... complicado.

Ele sorriu sugestivamente.

— Imagino que seja.

Depois que terminamos de tomar nossos cafés, Jason sugeriu novamente que fôssemos dormir. Embora Charlotte parecesse hesitante, ela concordou quando ele disse que deveríamos voltar por volta das dez da manhã, que era o horário que os médicos faziam as visitas.

O hotel que reservei pelo celular era tão perto que dava para ir andando, e o check-in foi rápido e fácil. Foi só quando nós dois ficamos sozinhos no quarto silencioso que comecei a me questionar se nos colocar em um lugar com duas camas gigantes havia sido a coisa inteligente a se fazer.

— Eu vou tomar um banho rápido — Charlotte avisou.

— Você está com fome? O hotel tem um menu de serviço de quarto vinte e quatro horas. Que tal eu pedir algo para nós? Você não comeu nada desde antes de sairmos de Nova York.

— Ok. É, acho que eu deveria comer. Obrigada.

— O que você vai querer?

— O que você for comer.

Os ombros caídos de Charlotte e a tristeza em sua voz estavam me matando.

— Então, dois cheeseburguers duplos, batatas grandes, milkshake e sobremesa?

— Claro.

Eu estava brincando, mas não achava que ela iria querer toda essa comida. Então, resolvi testar se ela estava prestando atenção.

— Ok. Também vou pedir duas porções de pé de porco e esquilo assado.

Olhei-a quando ela respondeu:

— Parece ótimo.

Ela não fazia ideia do que eu tinha acabado de dizer.

O serviço de quarto chegou assim que Charlotte saiu do banheiro. Eu não tinha certeza se tinha chegado muito rápido ou se o banho foi muito longo. Levantei a tampa prateada do primeiro prato.

— Salada Caesar de frango? — Levantei a segunda tampa. — Ou penne alla vodca?

— Desculpe. Eu não estou com fome. — Ela suspirou.

Charlote estava usando um roupão branco e felpudo do hotel e seus cabelos molhados estavam envolvidos por uma toalha no topo da cabeça. Ela já não era muito grande, mas, enterrada sob aquilo tudo, parecia minúscula. Esfreguei um ponto no meu peito, mesmo que a dor fosse por dentro.

— Venha aqui. — Abri os braços e ela não hesitou em se aproximar. Ela fechou os olhos e deixou escapar mais um suspiro conforme eu a abraçava com força. Acariciei suas costas. — Foi um dia longo. Ou dois dias longos. É melhor dormirmos um pouco.

Ela não fez nenhuma menção de se mover, mas assentiu.

— Você pode me abraçar? Deitar comigo, quero dizer.

— Claro.

Juntos, fomos para o quarto. Tirei meus sapatos e a camisa social, parando de repente quando chegou o momento de remover a calça e a regata branca. Charlotte precisava do meu apoio, não de uma ereção cutucando sua bunda. Puxei as cobertas e deitei na cama, esticando os braços para ela se juntar a mim. Ela tirou a toalha da cabeça e se aconchegou contra mim, repousando a cabeça úmida no meu peito, bem sobre o meu coração.

Eu queria dizer alguma coisa, oferecer-lhe algum tipo de conforto verbal. Mas parecia que as palavras estavam presas na minha garganta. Em vez disso, fiz o que pareceu natural e acariciei sua cabeça com uma mão e suas costas com a outra.

Após mais ou menos dez minutos, pensei que ela havia caído no sono, mas ela me provou o contrário.

— Obrigada por esse presente, Reed — ela sussurrou. — Mesmo que o meu coração esteja partido em mil pedacinhos porque ela está indo embora e eu nunca vou poder conhecê-la, de um jeito estranho, é a primeira vez que me sinto completa. Eu sempre senti que algo estava faltando.

Beijei o topo da sua cabeça e firmei meu abraço em volta dela.

— O prazer foi meu, Charlotte. Eu só queria que as coisas com a saúde dela pudessem ser diferentes.

Alguns minutos depois, ela adormeceu. Escolhi ficar acordado e curtir a sensação de tê-la dormindo pacificamente nos meus braços. Parecia tão certo. Era tão incrível não fazer nada além de ficar deitado com a mulher pela qual eu havia me apaixonado e fazer de conta que essa era a minha vida.

Eu *queria*, mais do que qualquer coisa, que essa fosse a minha vida.

Mas ver o sofrimento emocional que Charlotte estava passando ao ver uma mulher que ela havia acabado de conhecer morrendo era um lembrete gritante de que essa nunca poderia ser a minha vida.

Essa mulher finalmente estava se sentindo completa, e eu não ia arrancar um pedaço seu que eu podia nunca mais ser capaz de devolver.

CAPÍTULO 32
CHARLOTTE

— Ela vai sofrer?

Reed ficou atrás de mim, apertando meus ombros, enquanto conversávamos com os médicos do lado de fora do quarto de Lydia. Jason havia dito que eles estavam enfrentando decisões difíceis, mas ouvir a junta médica recomendar o desligamento dos aparelhos naquela manhã fez tudo ficar real. Muito real.

— Nós daremos a ela um sedativo e medicamentos para dor para mantê-la calma e relaxada — o dr. Cohen disse. — Aumentaremos a dosagem antes de remover o respirador, para que ela não sinta nenhuma dor.

— Por quanto tempo ela... ela ao menos consegue respirar sozinha? — Jason perguntou.

— É difícil dizer. Sempre há expectativas, mas, no geral, com um paciente no estado da sua mãe, não esperamos que ela aguente mais do que alguns dias. Provavelmente menos.

Jason engoliu em seco. Eu podia ver que ele estava tentando segurar as lágrimas. Reed e eu estávamos do lado esquerdo dos três médicos que vieram fazer a consulta, e meu irmão do outro lado, sozinho. Fui até ele e fiquei ao seu lado, segurando sua mão. Ele olhou para mim, assentiu e limpou a garganta.

— Nós temos outro irmão que faz faculdade na Califórnia. Ele vai pegar um voo amanhã. Eu gostaria de conversar com ele sobre isso, e também dar a ele mais uma chance de vê-la.

— Claro — o dr. Cohen concordou. — Leve o tempo que precisar para reunir a sua família. Não estamos apressando vocês. Sua mãe está confortável. Ela só não tem nenhuma perspectiva razoável de uma recuperação significativa, a esse ponto. Então, é uma questão de tempo, e o tempo precisa ser o certo para você e a sua família. Se sentisse que ela está sofrendo, eu os apressaria. Mas tire um dia ou dois e pense bem. — Ele mexeu no bolso do jaleco branco e retirou um cartão de visitas e uma caneta. Após anotar algumas coisas no verso, ele o entregou para Jason. — O número do meu celular está no verso. Se você ou a sua família tiverem alguma dúvida, me liguem. A qualquer hora. Estarei de volta amanhã de manhã para checar tudo.

— Obrigado — todos dissemos, um depois do outro.

Após passarmos mais alguns minutos no corredor para conversar com outros médicos, nós três voltamos para o quarto de Lydia. Senti que Jason precisava de um tempo sozinho, então pedi a Reed que fosse dar uma volta comigo e disse ao meu irmão que traríamos almoço para ele.

O calor do Texas estava pesado do lado de fora do hospital. Nós dois parecíamos perdidos em pensamentos enquanto andávamos lado a lado ao redor do hospital.

— Eu preciso ligar para a Iris — falei. — Me sinto péssima por estar tirando esses dias de folga quando só estou na empresa há poucos meses, mas não posso ir embora agora.

— Não fique assim. E você não precisa ligar, a menos que queira conversar. Estou mantendo contato com ela, e ela sabe o que está acontecendo. Nós tivemos uma assistente temporária antes de Iris te contratar, então entrei em contato com a agência pela qual ela foi contratada para ver se ela está disponível para um trabalho de trinta dias. Achei que você precisaria passar um tempo aqui. E depois, também. — Ele olhou para mim.

— Obrigada. — Balancei a cabeça. — Eu realmente não sei como te agradecer por tudo, Reed. Por encontrá-la, por me trazer até aqui, por ficar comigo, por me abraçar enquanto eu dormia. Nada disso teria sido possível sem você.

— Pare de me agradecer, Charlotte. Se os papéis fossem invertidos, você teria feito o mesmo por mim, tenho certeza.

Caminhamos em um silêncio confortável, dando duas voltas ao redor do hospital. Mas eu não conseguia parar de pensar em tudo o que Reed havia feito por mim. Ele tinha toda razão quando disse que, se os papéis fossem invertidos e eu pudesse ajudá-lo, eu o ajudaria. O que me fez pensar sobre o valor do meu relacionamento anterior.

Depois de quatro anos com o meu ex-noivo, eu tinha sorte se Todd me levasse pelo menos uma sopa de frango do restaurante chinês quando eu estava doente. E olha que ele sempre passava em frente ao restaurante a caminho do meu apartamento. Reed havia colocado toda a sua vida em espera porque eu precisava dele na minha. Eu nem ao menos sabia quando ele tinha feito as reservas no hotel ou falado com Iris — ele deve ter feito essas e outras coisas enquanto eu dormia, para poder me dar sua total atenção quando eu estivesse acordada. Percebi que ele não passava tempo mexendo no celular quando estávamos juntos. Outra coisa que Todd nunca foi capaz de fazer por mim. *Deus, aquela Allison era mesmo uma idiota.* Reed se doava total e incondicionalmente — até mesmo para mim, alguém para quem ele não pretendia prometer seu coração, na alegria e na tristeza.

Infelizmente, quanto mais eu pensava no quão generoso ele era, mais percebia que já tinha monopolizado seu tempo mais do que o suficiente. Reed trabalhava de dez a doze horas por dia, normalmente. Nossa pequena viagem o deixaria semanas atrasado.

Você deveria voltar para Nova York. Eu vou ficar bem aqui sozinha.

— Não vou te deixar sozinha, Charlotte.

— É sério... eu estou bem.

Reed lançou-me um olhar que dizia *"está nada"*.

— Odeio te dizer isso, mas você não fica bem nem em um dia normal, Darling.

Dei risada.

— Isso é verdade. Mas você não pode ficar aqui e segurar a minha mão para sempre. Nós não fazemos ideia de quanto tempo pode levar. Pode demorar semanas.

Reed parou de andar. Levei alguns passos até perceber que estava indo sozinha. Quando virei, ele estava me olhando.

— Você me quer aqui com você?

— Claro que quero. Mas você tem que trabalhar. Você já fez tanto.

— Eu posso trabalhar remotamente.

— Mas não dá para fazer as visitas assim.

— Tenho uma equipe que pode me substituir. Ficarei aqui pelo tempo que você precisar de mim. — Ele estendeu a mão. — E eu gosto muito de segurar a sua mão, se quer saber a verdade.

Coloquei a mão na sua e dei dois passos para fechar a distância entre nós. Ficando nas pontas dos pés, beijei sua bochecha e estiquei-me para sussurrar no seu ouvido:

— Aquela Allison... idiota pra caralho.

Nove dias após chegarmos em Houston, Lydia Van der Kamp morreu às 23:03 de um domingo. Reed, Jason, meu irmão mais novo, Justin, e eu estávamos todos em volta da sua cama quando ela deu seu último suspiro. Fazia menos de vinte e quatro horas desde que tinham desligado os aparelhos.

Nada poderia ter me preparado para aquele momento. Depois que o médico a declarou oficialmente morta, um padre veio dizer algumas palavras. Então, cada um de nós se despediu dela individualmente. Reed se ofereceu para ficar comigo quando chegou a minha vez, mas senti que era algo que eu precisava fazer sozinha.

Ela havia morrido, mas eu esperava que seu espírito pudesse me ouvir conforme eu falava.

— Oi, mãe. Estou tão feliz por ter te conhecido. Você deve estar pensando que sou um pouco louca por dizer "ter te conhecido", já que você não estava acordada durante todo o tempo em que estive aqui. Mas eu te conheci, sim, porque pude conhecer meus dois irmãos, que você criou. Eles são amorosos e gentis e o tipo de homens que são a prova viva de uma boa criação. Então, mesmo que nós não tenhamos tido a oportunidade de conversar, eu te conheci através deles. E você era uma ótima pessoa. — Limpei algumas lágrimas da minha bochecha. — Eu sei que não deve ter sido fácil para você abrir mão de mim. Meus irmãos disseram que você sempre sentiu como se eu tivesse ficado com um pedaço do seu coração no dia em que me deixou naquela igreja. Bem, sinto a mesma coisa agora. Um pedaço do meu coração que acabei de encontrar agora está faltando novamente. Desapareceu quando você deu o seu último suspiro. Um dia, nós vamos nos encontrar de novo e nos completar. — Inclinei-me e beijei sua bochecha uma última vez. — Até lá, terei um anjo olhando por mim.

Eu nem ao menos conseguia me lembrar de sair do seu quarto pela última vez, ou mesmo de me despedir dos meus irmãos antes de ir embora do hospital. No caminho de volta para o hotel, Reed ficou me perguntando se eu estava bem. Eu achava que estava. Pensei estar em paz com tê-la encontrado e perdê-la novamente no espaço de pouco mais de uma semana. Eu não estava mais chorando e não me sentia mais perturbada, o que era estranho. Mas havia uma diferença entre ficar em paz e ficar entorpecida.

Foi só quando chegamos ao nosso quarto de hotel e eu fui tomar um banho que a ficha pareceu cair. Entrei debaixo do chuveiro completamente vestida.

A água quente caía nas minhas costas, fazendo as roupas pesarem. Fechei os olhos com força e comecei a chorar. Meus ombros sacudiam, soluços chacoalhavam meu corpo e, no entanto, eu não emiti que nenhum som saísse durante os primeiros vinte ou trinta segundos. Mas então, a tampa saiu da garrafa, e comecei a colocar tudo para fora. Chorei muito. *Muito mesmo.* Um berro uivante e nauseante gorgolejou por minha garganta. Nem parecia que aquele som tinha saído de mim. Apoiei-me nos azulejos da parede para me manter de pé.

Ouvi vagamente a porta do banheiro se abrir com um clique, mas não registrei a presença de Reed até ele estar atrás de mim, dentro da banheira. Ele envolveu seus braços na minha cintura por trás.

— Está tudo bem. Pode botar tudo pra fora. Estou aqui com você.

Recostei-me para trás, tirando meu peso da parede e colocando contra o homem atrás de mim, e pressionei a cabeça em seu peito. Chorei por tantas coisas. Lydia morrer tão jovem, meus irmãos ficarem sem mãe, nunca poder ouvir sua voz ou ver seus olhos, minha mãe — minha mãe adotiva maravilhosa — que fez tudo certo e, mesmo assim, eu só poder lhe entregar noventa e nove por cento do meu coração, porque o um por cento remanescente pertencia a uma mulher que nunca conheci.

Reed apenas ficou ali, uma mão me segurando e a outra acariciando meus cabelos encharcados. Ficamos assim por muito tempo, até a água começar a ficar fria. Em algum momento, quando minhas lágrimas secaram, ele esticou o braço e desligou o chuveiro, que chiou com a ação.

— Me deixe tirar essas suas roupas.

Tremendo, assenti.

Ele se ajoelhou diante de mim e desabotoou minha calça jeans. Depois de descer a peça ensopada por minhas pernas, ele olhou para cima.

— Segure-se nos meus ombros para tirar a calça dos pés — ele orientou suavemente.

Fazendo o que me foi dito, tirei um pé da calça, depois o outro.

— Eu vou tirar todas as suas roupas para que você possa vestir outras secas. Tudo bem?

Assenti novamente.

Reed deslizou a calcinha molhada por minhas pernas e a chutei dos meus pés — dessa vez, sem precisar ser instruída.

— Levante os braços.

Ele puxou minha camiseta encharcada e abriu meu sutiã, deixando as roupas pesadas caírem no chão da banheira com um barulho alto. Eu ainda não tinha me movido um centímetro sequer quando ele saiu da banheira, pegou uma toalha e a abriu antes de me envolver nela.

— Você está bem? — ele perguntou novamente. Assenti de novo. — Venha. Vamos procurar algo quente para você vestir e deitar na cama sob as cobertas.

— Mas você também está encharcado — falei finalmente.

— Eu vou me livrar das minhas roupas depois que colocar você na cama.

Balancei a cabeça.

— Não. Eu espero.

Os olhos de Reed ergueram-se até os meus, e ele parecia estar ponderando sobre o que pedi. Embora estivesse hesitante, ele não me negaria nada no momento. Ele fechou os olhos e assentiu.

O ar-condicionado estava gelado, fazendo com que usar roupas molhadas ficasse insuportável. Mesmo envolta em uma toalha seca, eu ainda tremia. Reed devia estar congelando, mesmo que não demonstrasse. Ele desabotoou sua camisa ensopada e a deixou cair na pilha no chão da banheira. Sua regata fina foi em seguida. Ele hesitou ao chegar no botão da calça, olhando para mim mais uma vez antes de abri-lo. Fiquei olhando, esperando, até ele continuar. Ele deslizou uma perna da calça e depois a outra antes de curvar-se para retirá-la pelos pés.

Quando ele ficou de pé novamente, entendi por que ele estava tão hesitante.

O volume protuberante em sua cueca boxer fez meu coração bater forte.

Reed baixou o olhar para sua ereção, que se projetava contra o tecido molhado. Um franzido maculou seu lindo rosto.

— Me desculpe. Eu... eu não consigo evitar.

— Não precisa se desculpar — sussurrei. — Eu ficaria decepcionada se você conseguisse.

Ele analisou meu rosto, engoliu em seco e enfiou os polegares no cós da boxer.

Prendi a respiração quando ele a retirou. Seu pau duro balançou contra seu baixo ventre ao se libertar. Apesar do cômodo estar congelando e estarmos em meio a uma pilha de roupas ensopadas, um calor repentino espalhou-se por todo o meu corpo.

Reed observou meu olhar, conforme eu percorria toda a sua linda pele. Eu nunca tinha visto um corpo tão perfeito — abdômen definido, ombros largos, cintura esguia... mas era para sua excitação inegável que meus olhos ficavam voltando. Quando eu, inconscientemente, lambi os lábios, Reed rosnou.

— *Porra*, Charlotte. Não me olhe assim.

Meus olhos encontraram os seus.

— Assim como?

— Como se você fosse se sentir melhor se eu te pedisse para ficar de joelhos e me chupar. Como se isso fosse fazer aquele seu sorriso, do qual eu sinto tanta falta, voltar ao seu rosto lindo.

Olhei para baixo e, ao tornar a encontrar seus olhos, encarei-o sob os cílios.

— O que mais você acha que me faria sorrir?

— *Charlotte...* — ele alertou.

O clima mudou. Nós dois sentimos. Tensão crepitava no ar. Era muito insano como as minhas emoções podiam pular de precisar que ele me segurasse enquanto eu chorava para precisar dele dentro de mim em um período de tempo tão curto. Enquanto eu estava razoavelmente certa de que estava estável, também tinha absoluta certeza de que não me arrependeria do que quer que acontecesse entre nós. Não importava o que havia incitado a faísca a se transformar em chamas; eu queria me queimar.

Dei um passo para mais perto. Ele podia nunca me dar seu coração, mas eu queria ao menos fingir que ele era meu por um dia. A proximidade entre nós durante a última semana, o jeito como ele me manteve de pé quando eu estava pronta para desmoronar, isso tudo fazia ser fácil sentir que éramos mesmo um casal. Eu precisava sentir o resto. Meu coração martelava contra a minha caixa torácica.

— Eu quero você, Reed. Eu só quero sentir algo que não seja doloroso esta noite. — Meu olhar desceu até seu membro grosso antes de eu tornar a encontrar seus olhos. — Bem, isso pode ser doloroso, mas é um tipo diferente de dor.

As narinas de Reed inflaram. Ele era como um touro vendo a capa vermelha balançando de um lado para o outro por trás de um portão trancado. Eu queria abrir aquela fechadura e vê-lo atacar. Levei minha mão até o nó da toalha na qual ele havia me envolvido e o desfiz, jogando-a no chão.

O músculo na mandíbula de Reed flexionou conforme seus olhos viajavam por meu corpo.

— Você não quer isso, Charlotte. — Sua voz era tensa. — Você não entende.

— É aí que você se engana, Reed. Eu entendo, *sim*. Depois dessa semana, entendo melhor do que ninguém. Porque eu preferia ter tido esses últimos nove dias que terminaram em dor com a minha mãe do que nunca tê-la conhecido de jeito nenhum. Eu não ligo se o nosso tempo é ainda mais curto ou mais difícil... eu só quero seja lá o que possamos ter.

Seu peito subia e descia pesadamente.

— Você está destruída depois desses nove dias. Pense em como seria depois de nove anos, se eu não tiver sorte.

Eliminei a distância que ainda restava entre nós, fazendo nossas peles se tocarem, e olhei para ele desafiadoramente.

— Pense no que poderíamos ter durante esses nove anos.

Ele baixou a cabeça.

— Eu não posso te magoar, Charlotte. Eu simplesmente não posso.

Eu senti que o estava perdendo novamente. A janela começou a fechar diante da menção de qualquer coisa a longo prazo. Reed não queria me prometer nada que envolvesse compromisso, porque ele achava que não poderia cumprir da maneira que eu precisava que ele cumprisse. Mas, esta noite, eu precisava dele, nada mais importava. De qualquer jeito, qualquer formato, qualquer aspecto. Eu aceitaria qualquer parte dele que ele pudesse me dar, mesmo que não fosse seu coração.

— Me dê apenas esta noite, então. Eu *preciso* de você, Reed. Me ajude a esquecer. — Eu estava prestes a implorar. — *Só uma noite.*

Ele me encarou. Eu podia ver o debate que se travava dentro dele. Decidindo que talvez fosse necessário mais do que apenas palavras para virar o jogo a meu favor, coloquei a mão entre nós e passei o polegar lentamente pela glande do seu pau inchado e úmido. Depois, levei o dedo até meus lábios e chupei o líquido pré-gozo que ficou nele. Os olhos de Reed ficaram em chamas.

— *Pooooorra* — ele rugiu, jogando a cabeça para trás.

De repente, minhas costas atingiram a parede do chuveiro. Reed pressionou as mãos contra o azulejo, uma em cada lado da minha cabeça, e eu não conseguia controlar a minha respiração.

— É isso que você quer? — Sua cabeça mergulhou e ele chupou meu mamilo.

Com força.

Meus lábios se partiram e um gemido respondeu à sua pergunta.

Ele mordiscou e puxou meu mamilo dolorido entre os dentes.

— É isso que você quer? *Responda.*

— Eu... quero te sentir.

Um sorriso perverso espalhou-se em seu rosto quando sua cabeça se ergueu para seu olhar encontrar o meu. Nossos narizes se tocavam.

— Você quer me sentir por uma noite? Eu vou te fazer me sentir *por dias.*

Reed esmagou sua boca na minha, engolindo meu arfar de choque. Pele contra pele, presa contra a parede, sua mão segurando meus cabelos com firmeza, e ainda não era o suficiente. Eu precisava que esse homem e eu nos tornássemos um só mais do que qualquer coisa nesse mundo. Parecia ser a única coisa certa.

Prendi meus braços em volta do seu pescoço e me ergui para envolver sua cintura com as pernas. Ele esfregou seu pau com força contra mim, a fricção contra meu clitóris me deixando perto de perder a cabeça. Meus olhos reviravam conforme ele chupava minha língua em sincronia com os movimentos que fazia com seu membro entre as minhas pernas. Eu nunca fiquei tão excitada em toda a minha vida, nunca precisei tanto de alguém. Estava encharcada entre as pernas, e não tinha nada a ver com o chuveiro.

— Sem camisinha — Reed murmurou contra a minha boca. — Quero te sentir sem barreiras.

— Oh, Deus, sim.

Ele desgrudou os lábios dos meus e se afastou o suficiente para olhar nos meus olhos. Ofegando, seu rosto estava nublado de luxúria enquanto ele tentava se controlar e me analisava. Ele parecia querer se certificar de que eu realmente concordava com o que ele tinha dito.

— Eu tomo pílula — reassegurei.

Por alguns dolorosos segundos, ele fechou os olhos, e eu pensei que ele podia estar reconsiderando.

Mas eu não podia estar mais errada. Ele balançou a cabeça.

— Eu fantasio sobre estar dentro de você desde a primeira vez em que nos conhecemos. Você estava usando aquele vestidinho preto, andando pela cobertura que eu estava mostrando, agindo toda inocente. Eu queria te curvar e estapear a sua bunda por desperdiçar o meu tempo.

Foi impossível conter meu sorriso presunçoso. Foi exatamente essa a sensação que ele me passou naquele dia. Eu me lembrava vividamente de sentir que ele tinha uma energia perigosa que conflitava com seu terno feito sob medida e gravata-borboleta. Na época, eu pensei que estava imaginando coisas.

— Você deveria ter feito isso. Eu não sabia que essa era uma opção dentre todas as comodidades luxuosas que aquele lugar oferecia.

— Naquele dia em que você recebeu flores do *Blake...* — Ele cuspiu o nome como se fosse uma maldição. — Eu fui para casa e bati uma imaginando que te fodia por trás enquanto aquele imbecil assistia pela janela. Você estava de quatro e de frente para o vidro, mas eu cobri o seu rosto com as duas mãos para que ele nem ao menos pudesse te ver gozar com o meu pau dentro de você. Isso é o quanto eu *odeio* pensar em você com outro homem, *porra.*

Sua confissão me deixou de queixo caído. Eu sabia que ele se sentia atraído, que até mesmo tinha sentimentos por mim, mas nunca pensei que o ouviria admitir que era tão obcecado por mim como eu era por ele. Aquilo alimentou ainda mais a minha ousadia.

Movi as mãos dos seus ombros para seus cabelos, emaranhando meus dedos pelas mechas molhadas.

— Nós poderíamos fazer isso, se você quiser. Eu poderia ligar para ele e...

— *Não* — Reed me cortou. — Não fale sobre ligar para outro homem. Não esta noite.

Ele colocou a mão entre nós e segurou seu pau, conduzindo-o até minha entrada. Olhando nos meus olhos novamente, ele falou contra os meus lábios:

— Esta noite... esta noite você é minha, porra.

Ele impulsionou os quadris para frente devagar, mas com firmeza, e me penetrou. Inconscientemente, meus olhos se fecharam.

— Abra, Charlotte. — Sua voz era áspera. Abri os olhos e nossos olhares se encontraram. — Mantenha-os abertos. Me deixe te ver. Eu quero ver o seu rosto lindo enquanto o meu pau entra em você. A única coisa melhor do que sonhar com isso é ver na vida real. — Ele deslizou para dentro e para fora algumas vezes. — *Porra. Isso é tão bom.*

Eu não transava há uma eternidade, e Reed era grande e grosso. Meu corpo o apertava feito uma luva. Sorri.

— Você é... *grande.*

Reed sorriu de volta. A visão era de tirar o fôlego. Ele estava dentro de mim e, por aquele singelo momento, parecia não se preocupar com mais nada no mundo.

Suas mãos deslizaram para segurar minha bunda, e ele me ergueu para nos ajustar. A leve inclinação do meu quadril permitia com que ele enfiasse ainda mais fundo. Seu sorriso desapareceu com sua concentração profunda.

— *Porra.*

Choraminguei quando ele deslizou a mão entre nós e começou a esfregar meu clitóris com dois dedos. Nenhum de nós duraria muito tempo. Meu corpo formigava e minhas pernas estavam começando a tremer. Reed passou a estocar com mais e mais força.

— Eu quero te preencher. Quero jogar meu gozo tão fundo que você sempre terá um pedaço de mim dentro de você.

Nossa. Tão sujo e, ao mesmo tempo, tão lindo.

Gemi seu nome conforme o orgasmo tomava conta de mim. Minhas unhas cravaram em suas costas, meu corpo começou a estremecer e se contorcer, e eu perdi a noção do mundo ao meu redor. Estávamos em um túnel, só nós dois, reclusos do resto do mundo. Reed olhou nos meus olhos e se permitiu doar mais do que somente seu corpo. Estávamos conectados em um nível que eu nunca vivenciei antes; nossas mentes, corpos e espíritos estavam em perfeita harmonia.

Quando meu corpo começou a ceder, Reed parou de se segurar. Ele estocou mais e mais forte dentro de mim até seu corpo enrijecer e seu clímax quente me preencher.

Simplesmente espetacular. Melhor do que fogos de artifício no Quatro de Julho.

Ele continuou se movendo para dentro e para fora por um longo tempo depois disso, beijando-me e me dizendo repetidamente como eu era linda. Sentindo-me molenga, segurei-me nele com as forças que me restavam enquanto recuperava o fôlego. Reed beijou meu pescoço, minha clavícula, minhas bochechas, até mesmo minhas pálpebras. Aquele momento pareceu tão íntimo, como se estivéssemos em uma bolha protegida do mundo lá fora.

No entanto, em certo ponto, ele saiu de dentro de mim e me colocou de pé. E roçou os lábios nos meus.

— Obrigado por esta noite, Charlotte.

Era uma coisa aparentemente inofensiva de se dizer, muito doce, até. No entanto, estourou a nossa bolha. Reed estava me agradecendo pela noite porque as coisas não seriam as mesmas no dia seguinte.

CAPÍTULO 33
REED

Que porra eu fiz?

Eu não queria me arrepender do que tinha acabado de acontecer. Me arrepender significaria que foi um erro, que fizemos algo de errado. E o que aconteceu entre Charlotte e mim... foi o contrário de errado. Nada nunca pareceu tão certo. Mas não significava que não tinha sido uma estupidez.

Uma noite.

Charlotte não era o tipo de mulher para uma noite só, e mesmo que tenhamos dito isso, no fim das contas, eu só a magoaria ainda mais. Agora que meu sangue havia saído do meu pau inchado e voltado para o meu cérebro, eu estava dolorosamente ciente disso.

Durante as últimas nove noites, desde a primeira vez em que a abracei até ela dormir, determinei-me a sempre ir para a cama depois de Charlotte. Não importava o quão exausto estava, eu esperava até ela estar dormindo pra valer e, então, tentava cair no sono no sofá. Era o mínimo que eu podia fazer para manter ao menos uma pequena distância entre nós. Mas pegar meu laptop e fingir que estava trabalhando depois do que havíamos acabado de fazer parecia uma maneira péssima de agir. O constrangimento se instalou depois que terminamos de nos trocar para dormir.

Enrolando, peguei uma toalha e comecei a secar meus cabelos molhados, enquanto Charlotte deitava em umas das camas *queen size* do quarto. Quando comecei a vasculhar minha mala para ganhar mais tempo, ela suspirou alto.

— Você vai tirar todas as suas roupas daí e dobrá-las novamente só para evitar vir para a cama comigo?

É claro que ela sabia.

Dei risada e peguei uma camiseta antes de sentar na beira da cama.

BILHETES DE ÓDIO 293

— Eu não sei onde devo dormir.

Ela abriu um sorriso enorme.

— Não me diga...

— Espertinha.

— Deite logo, Reed. — Ela puxou as cobertas. — E caso ainda haja alguma dúvida... eu quis dizer nessa cama *aqui*.

Na verdade, não havia outro lugar no mundo onde eu preferia estar naquele momento. E uma noite significava mais do que uma hora no banheiro, então dane-se. Ela não precisou pedir duas vezes. Fui até o interruptor e apaguei a luz do quarto antes de me juntar a ela na cama. Nos posicionarmos ali foi tão natural quanto o que sempre senti ao tocá-la. Deitei-me de costas, e Charlotte aconchegou-se na curva do meu ombro. Meu braço a envolveu, e minha mão passou a acariciar seus cabelos.

Alguns minutos se passaram até ela falar.

— Você acredita em Deus, Reed?

Durante meses após o meu diagnóstico, fiquei contemplando exatamente essa pergunta. Eu não tinha certeza se acreditava. Mas então percebi que eu estava com medo de *não* acreditar, o que significava que, na verdade, eu acreditava que havia algo a temer.

— Acredito.

— Você acredita que há um paraíso no céu?

— Acho que sim.

— Você acha que os cães vão para lá?

Sorri no escuro. *Tão típico de Charlotte.* Pensei que estávamos entrando em uma discussão filosófica sobre a existência do céu e do inferno, e ela estava preocupada com o destino dos cães após a morte.

— Acho que sim. Você está preocupada com algum em particular?

— Linguiça.

— Quem?

— Meu cachorro. Ele morreu quando eu tinha dezessete anos. O nome dele era Linguiça.

— Algum motivo para ele ter esse nome?

— Mais ou menos...

Diante da sua relutância, eu sabia que havia uma história ali. Uma que seria única como ela.

— Desembucha, Darling. Por que ele tinha esse nome?

— Com D grande ou d pequeno?

— Depois do que aconteceu no banheiro, você já sabe que não tem nada *pequeno* para mencionar aqui.

Ela deu risadinhas. *Deus, eu amo esse som.*

— Promete que não vai rir? — ela pediu.

— Não prometo nada.

Ela deu um tapa no meu peito.

— Quando eu estava no jardim de infância, nós aprendemos o Juramento à Bandeira. Como estávamos começando a aprender a ler e muitas das palavras eram grandes, a professora nos ensinou uma frase de cada vez. Eu fiquei muito orgulhosa por ter decorado. Então, certa noite após o jantar, desenrolei a bandeira que os meus pais tinham em um mastro na nossa varanda para mostrar como eu era inteligente.

— Continue...

Ela sentou na cama. Estava escuro, mas eu podia ver sua mão sobre o peito.

— "Eu prometo lealdade à bandeira dos Estados Unidos da América, e à república que ela representa, uma nação sob Deus, indivisível, com liberdade e *linguiça* para todos.".

Gargalhei.

— Você pensou que *liberdade e justiça* fosse *liberdade e linguiça*?

— Meus pais também acharam engraçado. Isso meio que se tornou nossa piadinha interna. Sempre que meu pai perguntava para a minha mãe: "O que foi que você comeu no almoço hoje?", minha mãe respondia: "Linguiça". Então, quando eles me deram um cachorrinho de presente de aniversário, era óbvio que o nome dele tinha que ser Linguiça.

— *Óbvio.*

— Você está tirando sarro da minha cara?

Eu ri.

— O Linguiça está no céu, Charlotte. E eu tenho certeza de que todos os outros cães com nomes tipo Spot e Lady têm inveja do nome maneiro dele.

Charlotte deitou novamente. Dessa vez, ela repousou a cabeça sobre o meu coração.

— Espero que ele esteja com a mamãe.

— Ele está, linda. Ele está.

Ela ficou quieta por muito tempo depois disso. Comecei a achar que ela tinha caído no sono. Mas, aparentemente, ela estava pensando em mais coisas além do Linguiça.

— Por que Deus deixaria alguém tão jovem morrer?

— Eu passei muito tempo pensando sobre essa mesma pergunta. E a resposta é: eu não faço ideia. Acho que ninguém tem essa resposta. Mas eu gosto de pensar que, talvez, o céu seja um lugar melhor do que aqui e que a morte não é uma punição, mas, às vezes, uma recompensa para tirar as pessoas do seu sofrimento.

Charlotte ergueu um pouco a cabeça para olhar para mim.

— Uau. É um lindo jeito de pensar.

Coloquei a mão em sua bochecha.

— Lydia está em um lugar melhor. É mais difícil para quem fica para trás.

— Não consigo nem imaginar o que os meus irmãos estão passando. Eu sinto como se tivesse um buraco no meu peito, e nem ao menos pude fazer lembranças com ela.

Seu sentimento ficou suspenso no ar.

Beijei o topo da sua cabeça e a abracei.

— Durma um pouco. Amanhã vamos cuidar dos preparativos para o funeral, e será um dia bem longo.

Ela bocejou.

— Ok.

Bem quando eu estava começando a cochilar, ouvi seu sussurro:

— Reed? Já está dormindo?

— Eu estava...

— Eu só quero dizer mais uma coisa. — Ela fez uma pausa. — Eu acho que é melhor passar anos guardando uma lembrança que pode doer às vezes do que nunca ter nada para lembrar.

As pessoas a amavam. Homens, mulheres, jovens, idosos, não importava.

Fiquei no fundo do salão da recepção observando Charlotte conversar com um casal mais velho. As únicas pessoas que ela conhecia antes do velório começar eram seus dois irmãos. No entanto, conforme as pessoas se aproximavam para oferecerem suas condolências, todos já a conheciam e iam embora com um sorriso após alguns minutos de conversa.

Eu tinha começado o dia ao seu lado, querendo ficar por perto caso ela precisasse do meu apoio. Mas, após um tempo, afastei-me um pouco para lhe dar privacidade com sua família recém-encontrada. A mãe adotiva de Charlotte havia pegado um voo na noite anterior para dar suporte à filha. Saímos para jantar em um lugar e comemos sobremesa em outro restaurante, porque sua mãe tinha lido sobre ele em uma revista durante o voo, o que foi tempo suficiente para perceber que a peculiaridade de Charlotte veio da sua criação, e não da sua natureza.

Nancy Darling caminhou até a fileira onde eu estava sentado. Ela desamarrou e retirou a echarpe de seda que estava em seu pescoço e a usou para limpar o espaço já limpo e vazio ao meu lado antes de sentar — algo que eu percebi que ela fazia antes de se sentar em qualquer lugar.

— Ela parece estar bem. — Apontei Charlotte com o queixo. — Como você está?

— É estranho estar aqui, mas estou bem. Fiquei feliz por ter conseguido um tempinho sozinha com Lydia antes de ficar muito cheio. Eu tinha muito o que agradecer a ela.

Assenti.

— Eu não sabia bem como Charlotte ia se sentir hoje. Ela teve uma semana difícil. Mas parece estar bem, também.

— Ah. Erro de principiante. Você vai aprender — Nancy provocou, só que ela não estava brincando. — Não deixe o sorriso no rosto da minha filha te enganar. Não é a emoção que ela demonstra durante uma situação difícil que me preocupa.

Estreitei os olhos para Charlotte, vendo-a sorrir novamente. Ela *parecia* estar bem.

— O que você quer dizer?

Nancy hesitou.

— Vocês parecem muito próximos e, já que trabalham juntos, você vai ficar perto dela por muito mais tempo do que eu. Então, talvez você possa ficar de olho nela por mim.

— Ok...

— Eu não sei se você sabe, mas Charlotte tem problemas com abandono que ela esconde muito bem. Isso não é incomum em crianças adotadas. Mas essas ansiedades se manifestam de maneira diferente de pessoa para pessoa. Abandono é um trauma e causa transtorno de estresse pós-traumático. Muitas pessoas não percebem isso.

— Eu não sabia que ela sofria com problemas de longo prazo.

— Todo mundo tem problemas. Charlotte apenas tende a enterrar os dela e agir impulsivamente para evitar sentir o que realmente está sentindo.

Porra. Impulsivamente. Como estar chorando em um minuto e, no seguinte, querer transar no chuveiro.

— Geralmente, é mais difícil para alguém que acaba de sofrer uma perda depois que tudo termina — Nancy disse. — Sem mais visitas ao hospital ou família reunida. Tudo fica enterrado, literal e figurativamente. E então, tudo e todos ao redor voltam ao normal, e a pessoa ainda não está pronta. É aí que vou me preocupar muito mais com a Charlotte.

— O que posso fazer para ajudar?

Nancy deu tapinhas na minha perna.

— Apenas esteja ao lado dela. Quando a pessoa que deveria estar lá por você te deixa para trás, você tende a ficar um pouco arisco. O relacionamento dela com aquele panaca, o Todd, não reassegurou a ela que as pessoas também chegam para ficar. A melhor coisa que podemos oferecer à Charlotte é continuidade; sermos confiáveis quando ela mais precisar de nós, seja como for.

CAPÍTULO 34
REED

Estávamos de volta a Nova York, mas nada se assemelhava a como as coisas estavam antes de irmos para o Texas. Parecia que tudo havia mudado.

Charlote estava tirando uma licença do trabalho muito necessária, para ter um tempo para clarear a mente depois de tudo o que teve que aguentar em Houston. O escritório estava completamente sem brilho sem ela por perto. Ela decidiu ficar com seus pais em Poughkeepsie por um tempo, e eu a apoiei totalmente. Ela ficou um pouco relutante, mas precisava muito do recesso, durante o qual eu também pretendia pensar e decidir o que eu ia fazer em relação a ela.

Fiquei feliz por ela ter escolhido apoiar-se em seus pais e não em mim. Não era que eu não quisesse dar-lhe apoio. Eu queria tanto poder confortá-la que doía. Mas estar perto dela depois do que havíamos feito naquele quarto de hotel no Texas seria demais. Meu cérebro, sempre tão racional, se tornava inútil quando ela estava por perto. E eu precisava do meu cérebro para as decisões importantes que eu precisava tomar.

Sozinho, no meu escritório, fiquei ouvindo as palavras da mãe de Charlotte repetindo-se na minha mente.

"A melhor coisa que podemos oferecer à Charlotte é continuidade; sermos confiáveis quando ela mais precisar de nós.

Nancy Darling provavelmente não fazia a menor ideia de que, mesmo podendo oferecer à sua filha constância e confiabilidade a curto prazo, estar com ela agora seria em detrimento da sua vida daqui a algum tempo. Charlotte pensava que sabia o que era melhor para ela. Ela era jovem, cheia de brilho nos olhos e ingênua. A situação comigo não era tão simples como ela estava tentando fazer com que fosse. Ela disse que preferiria ter uma quantidade limitada de tempo com alguém a não ter tempo nenhum. Ela não podia tomar essa decisão para si mesma agora. É fácil dizer isso quando todos estão com boa saúde.

Será que ela se sentiria da mesma forma se eu não estivesse saudável e a minha deterioração lenta durasse por anos de sua vida?

Eu tinha que tomar cuidado. Nós ultrapassamos um limite muito grave quando fizemos sexo.

Sexo incrível, alucinante e bruto que eu não esqueceria enquanto vivesse.

Eu disse a ela que seria apenas uma noite, e até então, estava mantendo a minha palavra para não ferrar com tudo de vez.

A menos que eu fosse ficar com Charlotte a longo prazo, era imperativo nunca mais transar com ela. Já havíamos quebrado a regra e cedido uma vez... tinha que parar ali. Seria extremamente difícil me recuperar. Sem contar que ela ficaria ainda mais apegada a mim.

Mas eu a quero apegada a mim, não é?

Isso que era foda. Eu estava incrivelmente dividido entre o desejo egoísta de ceder e ficar com Charlotte, e a escolha inteligente de abrir mão dela.

Eu odiava dizer isso. Eu odiava demais dizer isso, mas eu precisava do meu irmão. A cabeça do Max vivia nas nuvens durante metade do tempo. Ele era egocêntrico e não estava muito por dentro do que acontecia na minha vida. Isso era parcialmente culpa minha, por escolher não me abrir com ele quando se tratava de Charlotte. Mas, quando a água batia na bunda, ele era sempre a pessoa para a qual eu corria para pedir conselho aos quarenta e cinco do segundo tempo.

Como Charlotte estava de licença, aquela era a oportunidade perfeita para pedir a Max que me encontrasse no meu escritório para uma reunião de última hora para colocar o papo em dia. Embora aquele não fosse o dia da semana em que ele costumava decidir dar o ar da graça na empresa, Max fez um esforço especial para ir me ver depois de eu ter deixado um recado urgente na sua caixa-postal.

Ele entrou no meu escritório com uma caixa de donuts e dois cafés, porque assuntos urgentes precisavam de donuts, aparentemente. Max era a única pessoa que eu conhecia que consumia um monte de porcarias e ainda conseguia manter um corpo sarado.

Ele deu uma mordida em seu donut e falou com a boca cheia.

— Cara... você tá morrendo, ou algo assim? Não me lembro da última vez que me chamou só pra conversar.

Eu me lembrava. Foi depois que descobri que eu tinha esclerose múltipla. Aquela havia sido literalmente a última vez que chamei Max para uma reunião de emergência.

— Sente-se, irmão — pedi.

— Sobre o que você quer falar?

— Sobre a Charlotte.

— Você tá caidinho por ela. A vovó me contou que você a ajudou a encontrar a mãe biológica no Texas, e que depois ela morreu. Que loucura. Como a Charlotte está?

— Ela está com os pais no interior, tirando uma licença. A viagem ao Texas meio que também me desmontou, de mais de um jeito.

Ele semicerrou os solhos.

— Você transou com ela, não foi? — Minha falta de negação foi o suficiente para ele confirmar. — Sortudo da porra.

Expirei uma grande quantidade de ar.

— Eu preciso que você me ajude a entender o que fazer, Max.

— O que você precisa entender?

— Você sabe o quê. Eu nunca quis me envolver com ela, nunca quis que as coisas chegassem tão longe, por causa do meu diagnóstico. Eu fodi a porra toda.

— Você fodeu a *Charlotte* toda. Não vejo problema nenhum nisso. — Ele pegou outro donut e gesticulou com ele na minha direção. — Você quer que eu te diga como se livrar da melhor coisa que já te aconteceu sem que isso doa pra caralho? Você acha que eu sou algum tipo de mágico, porra? Não existe uma resposta fácil para isso porque você está apaixonado pela garota, estou certo?

Respirei fundo e cedi.

— Apaixonado pra caralho por ela.

— Então *fique* com ela. Ela sabe tudo sobre você. Ela já aceitou. Fique com ela, Reed.

— E se eu não conseguir? E se a culpa for demais para aguentar? Como vou deixá-la? Me diga como deixá-la.

— Não dá pra ficar meio feliz. Ou fique com ela, ou pare. Apenas pare, de uma vez. Não a iluda mais, não tente ser amigo dela ou a porra do herói dela, porque nós dois sabemos que isso é um monte de enganação. Você está além desse ponto. E eu odeio ter que dizer isso, mas vocês dois não vão poder trabalhar juntos se você decidir abrir mão dela. Essa merda não vai dar certo. Você vai continuar vacilando e terminar nessa mesma situação, e isso não é justo. Então, cague ou saia da moita. E é melhor você arranjar um emprego novo para ela, se decidir colocar um ponto final nisso. Ela vai ficar bem. Acredite em mim, tem um monte de homens por aí que adorariam lamber as feridas dela.

Eu sabia que ele havia acrescentado a última parte para me testar. Ele tinha consciência de que me deixaria louco. Suas palavras eram duras, mas eu sabia que eram a maldita verdade. Não existia meio-termo com Charlotte. Era tudo ou nada.

— Max, você sempre é certeiro. Obrigado. Eu precisava desse tapa na cara.

Naquela noite, sozinho no meu apartamento, encarei a paisagem da cidade, ainda sem ter certeza do que fazer. A única coisa da qual eu tinha certeza era que Charlotte e eu nunca poderíamos ser apenas amigos. Seria muito doloroso assisti-la seguir em frente com sua vida. Nunca existiria alguma vez em que eu não iria querer Charlotte Darling mais do que o meu próximo fôlego.

Quando meu celular tocou, depois da meia-noite, eu quase ignorei até ver que era ela. Atendi.

— O que está fazendo acordada tão tarde?

— Não consigo dormir.

Meu corpo ficou inquieto ao mero som da sua voz, uma prova viva do quão fraco eu era quando se tratava dela. Era mais fácil considerar terminar tudo de vez com Charlotte quando eu não estava olhando para ela ou ao menos ouvindo sua voz. Mesmo sem ela estar por perto, eu andava perpetuamente duro só de pensar na nossa noite juntos.

— Sinto muito por você estar com insônia.

— Eu te acordei? — ela perguntou.

— Não. E não teria problema algum se você tivesse me acordado. Como estão as coisas na sua casa?

— Estou me sentindo muito perdida... tipo, eu estou aqui, mas não estou. Não sei bem como explicar. Passei tanto tempo da minha vida me perguntando de onde eu vim. Estou sentindo um vazio estranho agora. Mas é mais do que isso, mais do que o falecimento da minha mãe. Eu sinto que estou em um ponto de virada na minha vida, mas um no qual não sei quais são as minhas opções, só sei que algo precisa mudar. Mas não tenho energia para pensar sobre isso ou descobrir o que é. Mal sinto vontade de sair da cama, na maioria dos dias.

— Isso é depressão, Charlotte. Eu sei como é, porque passei um bom tempo assim, principalmente depois que fui diagnosticado, quando a minha mente ficava imaginando o pior cenário. Você vai ficar bem. Eu prometo. Você só tem que enfrentar isso.

— Sobre o que você pensava, especificamente, durante esse tempo? — ela perguntou.

Embora eu não quisesse virar o foco da conversa para mim, comecei a me abrir um pouco.

— Eu começava a me imaginar incapacitado, sem poder me mover, coisas assim. E isso deixava a depressão ainda pior.

Ela ficou um pouco em silêncio.

— Você sabe que, se alguém realmente te ama, essa pessoa preferiria ter qualquer espaço de tempo com você a não ter tempo nenhum, não é? Quando você ama alguém, até mesmo cuidar dessa pessoa quando ela não pode se cuidar sozinha é uma honra, não um fardo.

O foda era que eu estava começando a realmente acreditar que ela se sentia assim. Eu só não conseguia imaginar ser um fardo para alguém que eu amo, independentemente de como essa pessoa via a situação. Meu peito apertou. Eu precisava mudar de assunto.

— Vamos voltar a você. É a primeira vez que você passa por algo assim?

— Sim. Isso nunca me aconteceu antes.

— As pessoas vão te dizer para simplesmente levantar e fazer alguma coisa, distrair a mente, mas você não consegue nem ao menos determinar o que é. É somente um sentimento de vazio que te segue para onde for. Às vezes, só precisa passar sozinho. *Vai* passar. A sua mente vai clarear, você vai descobrir o que quer, e vai recuperar o seu brilho.

— Como estão as coisas no escritório?

Deprimentes sem você por lá.

— O mesmo de sempre. Você não está perdendo nada, ou algo assim. Não se preocupe com isso.

— Você disse que a assistente temporária vai ficar lá por trinta dias?

— Pode ser por mais tempo, se necessário. Tire todo o tempo que precisar.

— Talvez eu vá mesmo precisar de mais tempo. Estou pensando em viajar.

Meu estômago revirou.

— Para onde você vai?

— Eu ainda não decidi.

— Charlotte, se você precisar de dinheiro ou qualquer coisa para a sua viagem, por favor, me avise.

— Não. Não, eu não preciso do seu dinheiro. Você já fez o suficiente por mim. — Houve uma pausa antes de ela tornar a falar. — Enfim, é melhor eu deixar você dormir.

— Eu posso ficar acordado a noite toda, se você precisar.

— Tudo bem. Eu também preciso tentar dormir.

— Me ligue de novo. Por favor, me mantenha informado.

— Ligo, sim. Boa noite, Reed.

— Charlotte?

— Sim?

Eu nem sabia por que chamei seu nome, por que não a deixei simplesmente desligar. Não era como se eu pudesse dizer as coisas que eu queria dizer.

Me mata saber que você está sofrendo.

Venha para a minha casa. Me deixe cuidar de você.

Eu te amo.

Eu te amo, Charlotte.

— Se cuide — eu disse simplesmente.

CAPÍTULO 35
CHARLOTTE

Recebi um e-mail notificando-me de que eu havia acabado de receber um pagamento instantâneo de cinco mil dólares. Eu definitivamente nunca havia ganhado tanto dinheiro de uma vez só. O vestido personalizado de plumas de Allison foi vendido no eBay em menos de um dia.

Não tinha demorado nem um pouco. O vestido valia bem mais — pelo menos vinte mil dólares —, mas eu precisava do dinheiro logo para arcar com a minha viagem para a Europa. Bem, eu já tinha comprado as passagens, mas precisaria do dinheiro para pagar a fatura caríssima do cartão de crédito que chegaria no fim do mês. O único jeito que encontrei para garantir o dinheiro rápido foi vendê-lo por um preço menor.

Eu não havia contado a Reed que tinha voltado para a cidade. Para todos os efeitos, eu ainda estava em Poughkeepsie com os meus pais. Eu só ficaria no meu apartamento por tempo suficiente para poder enviar o vestido e arrumar as minhas malas antes do meu voo no fim da semana, de qualquer jeito.

Decidi ir para Paris e passar alguns dias explorando a cidade antes de fazer uma viagem de trem para Roma. Reservei uma cabine de dormir. Não era bem o cenário que imaginei quando coloquei o item na minha Lista do Foda-se, mas era o mais perto que eu conseguiria chegar.

Depois de retirar o bilhete azul de Reed cuidadosamente do vestido, segurei o pequeno papel em minha mão e li a mensagem algumas vezes.

Da mesa de Reed Eastwood

Para Allison.

"Ela disse: 'Perdoe-me por ser uma sonhadora'. e ele segurou sua mão e respondeu: 'Perdoe-me por não ter chegado antes para sonhar com você'."

— J. Iron Word

Obrigado por realizar todos os meus sonhos.

Seu amor.

Reed

Como eu queria ser amada por ele. Mas talvez ele não fosse capaz de amar da maneira como amava quando redigiu o bilhete. Ele havia endurecido. Por mais que eu quisesse que ele visse as coisas como eu via, eu não podia forçá-lo. A resistência dele me desgastou. Juntando isso ao torpor em que estava ultimamente, eu não tinha nenhuma energia para lutar por nada, muito menos por Reed Eastwood.

Enquanto eu empacotava o vestido cuidadosamente em uma caixa branca grande e baixa, torcia para que ele levasse sorte à Lily Houle, em Madison, Wisconsin. Lily seria agora a pessoa a receber sua mágica, que parecia não estar mais funcionando para mim.

Pensei em como esse vestido havia mudado a minha vida. Ele me trouxe o Reed, e mesmo que ele e eu nunca tenhamos ido além do que tivemos, ele mudou a minha vida. Ele me fez sentir coisas que eu nunca tinha sentido antes e me deu o encerramento que eu precisava em relação às minhas raízes.

Com uma última olhada no tecido antes de fechar a caixa, eu estava pronta para deixar o conto de fadas ir embora. Amar não tinha a ver com um lindo vestido, um bilhete, ou mesmo com palavras comoventes. Amar era estar com alguém na alegria e na tristeza, apoiar essa pessoa não somente nos melhores momentos, mas também nos piores. Era estar ao lado dessa pessoa, como eu faria por Reed, se ele me permitisse. Pensei na minha mãe biológica. Amar de verdade também era perdoar.

Fiquei triste por sentir que estava desistindo de Reed, especialmente depois da noite que tivemos em Houston. Mas se nem mesmo aquele sexo incrível pôde nos fazer ficar juntos finalmente, o que poderia? Eu sentia tanta falta do seu corpo, da sensação de tê-lo dentro de mim. Essa necessidade estava me fazendo passar a noite inteira acordada, ultimamente. Nós havíamos nos tornado um só fisicamente e, no entanto, emocionalmente, ele ainda era tão resguardado, ainda tão distante. Quantas vezes eu aguentaria ser rejeitada pelo mesmo homem?

Eu preferia estar sozinha do que ao lado de um Reed inatingível, em seu jogo de gato e rato que nunca tinha fim. Eu não queria pedir demissão da Eastwood, mas eu provavelmente teria que fazer isso. Eu tinha decisões importantes para tomar, e esperava que a minha viagem pela Europa me ajudasse a encontrar clareza.

O primeiro dia em Paris consistiu em pão e queijo, seguido de pão e mais queijo.

Sentada em frente à La Fromagerie, fiquei me perguntando se tinha conseguido algo além de ganhar três quilos durante essa viagem. Eu não ia encontrar minhas soluções em uma baguette, isso era certeza. No entanto, comer sozinha parecia ser o que eu queria fazer. E essa viagem era tanto para fazer nada quanto para encontrar algo significativo.

Eu estava rodeada por parisienses lindíssimos tomando seus cafés e falando um idioma que eu não conseguia entender bem, apesar dos meus esforços em tentar aprender. Permanecendo no meu próprio mundo, fiquei aproveitando o prato de queijo e frutas que pedi.

Decidi que visitaria o máximo de cafés possível antes de ter que embarcar no trem para a Itália.

Por mais que eu estivesse sozinha, não me sentia solitária, principalmente por estar em meio a tantas outras pessoas curtindo suas próprias solidões. Por exemplo, um artista estava sentando em um canto, desenhando algo. Eu estava em boa companhia estando sozinha. E era reconfortante.

A visão da Torre Eiffel à distância servia como um lembrete espetacular para erguer o olhar do meu prato vez ou outra e não esquecer do esplendor de onde eu estava. Em vez de um hotel, eu havia optado por ficar em um Airbnb na Quartier Saint-Germain-dés-Prés, uma vizinhança pequena, mas muito charmosa, que não ficava muito longe da torre. Eu pretendia dar um tempo na minha turnê culinária no dia seguinte para visitar a Notre Dame e o Louvre.

Meus olhos viajaram até um homem que poderia ser Reed de costas — cabelos escuros, vestindo um terno, estatura grande e larga. Meu coração pareceu perder uma batida quando pensei no quão incrível seria tê-lo aqui comigo.

O homem estava sentado sozinho, lendo um jornal. De repente, percebi que você podia viajar para o outro lado do Atlântico e buscar todas as distrações no mundo para suprimir a dor no seu coração... mas um pequeno lembrete era só o que bastava para desmoronar de novo.

Alguns momentos depois, uma mulher e duas criancinhas de rostos rosados juntaram-se ao homem. Ele ficou de pé e curvou-se para abraçar os dois anjinhos. Ainda observando-o pelas costas, o homem era basicamente Reed para mim. E a cena que eu estava testemunhando era Reed e seus filhos — uma vida que ele poderia ter, se não fosse por seus medos. Uma vida que *eu* poderia ter, se não fosse por seus medos.

Lágrimas começaram a descer pelo meu rosto. Era um espetáculo e tanto, enquanto eu chorava e mastigava.

Justo quando eu estava prestes a me levantar e seguir para o meu próximo destino culinário, o artista que estava no canto começou a se aproximar de mim. Ele disse algo em francês que eu não consegui entender, depois piscou e me entregou o retrato no qual ele estava trabalhando. Ele fugiu — literalmente — antes que eu tivesse a chance de responder qualquer coisa.

Olhei para baixo e arfei. Era um desenho horrível de mim. Não porque estava mal desenhado, mas porque era provavelmente como eu estava mesmo aquele dia. No desenho, minha boca estava aberta enquanto eu me empanturrava com um pedaço de pão. Meus olhos estavam esbugalhados e pareciam inchados devido às lágrimas. Eu ia ver a calma e composta Mona Lisa no dia seguinte. Aquele desastre em minhas mãos era o completo oposto.

Entretanto, enquanto eu continuava a encarar meu retrato, fui percebendo que, apesar da minha vida estar uma bagunça, aquele estranho havia encontrado algo em mim que era digno de arte. Ao simplesmente estar ali curtindo o momento presente, eu o havia inspirado, de alguma maneira. Encarei o desenho mais um pouco. Quanto mais eu olhava, menos via a garota perdida comendo pão e mais a mulher independente. Uma que havia acabado de encontrar e perder a mãe biológica, e mesmo assim, persistiu, apesar ainda de estar apaixonada por um homem que ela nunca poderia ter. Ela sobreviveu. Comendo queijo. Talvez isso fosse uma lição para me mostrar que eu estava bem assim: sozinha e vivenciando o que quer que a vida colocasse no meu caminho. Talvez *eu* fosse suficiente.

Eu sou suficiente.

Naquele momento, percebi que, mesmo que levasse algum tempo, eu ficaria bem, independente do que acontecesse entre Reed e mim, porque eu teria a *mim mesma*. E eu era forte. Perfeitamente imperfeita.

Mais tarde, naquele dia, acabei passando em frente a uma boutique na Rue du Commerce, que vendia vestidos de noiva antigos.

Não pude evitar e parei para olhar o vestido que estava na vitrine da loja. Era deslumbrante, mas não da maneira que o vestido rosado de plumas de Allison era. Esse tinha o formato sereia, era branco e coberto de lantejoulas. Era simples, mas tinha um cinto lindo que lhe dava personalidade e complementava o estilo.

Pensei sobre a minha última experiência com um vestido de noiva de boutique tantos meses antes, sobre quantas coisas tinham acontecido desde então, o quanto tudo havia mudado. Meu gosto amadureceu junto a muitas outras coisas na minha vida.

Tantas coisas ainda estavam incertas. Eu continuaria a trabalhar na

Eastwood, ou voltaria para a faculdade? Eu tinha muito em que pensar quando voltasse para casa. Apesar das incertezas, tinham tantas outras coisas sobre as quais eu *havia* adquirido certeza em relação ao que eu queria da minha vida.

Eu tinha certeza de que merecia o tipo de homem que me amasse como Reed amaria se ele não tivesse tanto medo. E eu sabia que não deveria perder a esperança de encontrar isso. Até mesmo a minha mãe havia encontrado o amor e vivido uma vida feliz, apesar de curta, depois de tudo o que passou após abrir mão de mim.

Dei uma última olhada no vestido na vitrine. Era o tipo de vestido que eu poderia escolher hoje em dia: não tão pomposo como o de plumas, mas também não muito simples. Se o vestido de plumas representava um ideal falso, esse representava... a mim.

Simples, mas elegante, e cheio de brilho.

CAPÍTULO 36
REED

Não era fácil fingir que eu não ficava imaginando onde ela estava ou o que estava fazendo a cada momento do dia. Eu havia prometido que daria espaço para Charlotte e não iria interferir em sua viagem. Mas eu não conseguia evitar me perguntar se ela estava segura ou se ainda estava triste e deprimida. Tudo o que eu sabia era que ela ia visitar a França e a Itália e planejava ficar fora por algumas semanas. Ela deixou sua data de retorno em aberto. Eu queria saber se ela pretendia voltar para a empresa, no fim das contas.

Estava ficando cada dia mais difícil me concentrar no trabalho. Então, fiz algo que quase nunca faço: fui até o Central Park durante meu horário de almoço e decidi simplesmente sentar em um banco e pensar. As folhas de outono sopravam ao meu redor enquanto pensamentos sobre Charlotte me consumiam. Mesmo com tudo o que essa cidade tinha para oferecer, era incrível como a vida podia parecer sem graça quando a única pessoa que realmente importa desaparecia de uma hora para a outra. Acho que isso só acontece quando você percebe o quanto aquela pessoa importa. Que é quando ela vai embora.

De repente, fiquei ciente de uma presença por minha visão periférica. Quando virei para a esquerda, notei um jovem rapaz em uma cadeira de rodas parado bem ao lado do meu banco.

Ele devia ter por volta de dezoito ou dezenove anos, e podia ser uma versão mais jovem de mim, com cabelos escuros e traços esculpidos. Garoto bonitão.

Acenei com a cabeça.

— Oi.

Desatento, a princípio, ele virou para mim.

— Oi.

Senti que precisava dizer mais alguma coisa.

— Dia agradável, não é?

— Hã... é. — Ele abriu um meio sorriso, como se tivesse um monte de outras coisas melhores para fazer do que conversar comigo.

— Está passeando e curtindo o tempo? — perguntei.

— Não... hã, na verdade, estou esperando por alguém que conheci no Tinder.

Ah...?

Ele deve ter notado minha expressão surpresa, porque estreitou os olhos para mim.

— Que foi? Você acha que uma pessoa em uma cadeira de rodas não pega ninguém?

— Eu não disse isso.

— Bem, sua expressão disse.

— Desculpe se dei essa impressão. — Alguns momentos de silêncio se passaram. Olhei para o céu e, então, virei-me novamente para ele. — Então... Tinder, hein? Dá certo pra você?

— E como dá. Você não acreditaria no número de garotas que querem bancar as heroínas comigo. Quer dizer, inicialmente, eu as conquisto com o meu rosto. Nos conectamos e, então, elas descobrem que estou numa cadeira de rodas. Você acha que elas fogem? Porra, de jeito nenhum. É isso que acaba selando o acordo. É como se elas achassem que vão me salvar ou alguma merda assim. Por enquanto, só quero pegação mesmo. E eu consigo. Toda vez. Dá certo pra todo mundo. Então, pode guardar esse seu olhar de pena aí pra si mesmo. Sou eu que vou transar hoje. — Ele se inclinou. — Sexo sobre rodas.

Sexo sobre rodas.

Joguei a cabeça para trás, gargalhando. Algo me dizia que eu nunca esqueceria desse garoto. É isso que se ganha com noções pré-concebidas. Esse cara era foda.

Alguns momentos depois, uma ruiva atraente passeando com um cachorrinho se aproximou.

— Você deve ser o Adam.

Ele moveu a cadeira de rodas na direção dela.

— Ashley... você é ainda mais bonita pessoalmente.

Ela corou.

— Obrigada.

Ele olhou para mim rapidamente com um sorrisinho convencido antes de virar de volta para ela.

— Vamos, então?

— Com certeza.

Adam acenou para mim.

— Legal conversar com você, cara.

— É. Se cuide. — Fiquei olhando para eles até desaparecerem de vista.

Ali estava aquele cara, vivendo o que era basicamente o meu pior pesadelo, e estava mais feliz do que pinto no lixo. Isso provava que perspectiva era tudo. Ele exalava autoconfiança e não estava perdendo nada da vida, porque acreditava que merecia mais, e escolheu viver, não se esconder.

Era engraçado como, às vezes, o universo colocava bem na sua frente exatamente o que você precisava ver naquele momento.

Deus, isso soava como a Charlotte falando.

— Você é bom, hein? — falei, apontando com o dedo para o céu. — Quase me convenceu.

— Você teve alguma notícia da Charlotte? — indaguei, mexendo no meu relógio, para disfarçar, no escritório de Iris.

— Não, mas ela me enviou um arquivo com seu itinerário para eu saber onde ela está, em caso de emergência.

— E?

— Bem, eu dei uma olhada e vi que ela vai pegar uma viagem noturna de trem da França para a Itália, daqui a alguns dias.

— Você quer dizer... em um vagão com cabine de dormir?

— Sim. — Sua expressão ficou taciturna. — Reed, eu não tenho tanta certeza de que ela esteja viajando sozinha.

Meu pulso acelerou.

— O que te faz achar isso?

— Estou com essa sensação. Acho que aquele rapaz, Blake, deve estar com ela.

E então, uma compreensão me atingiu.

O item em sua Lista do Foda-se.

Fazer Amor Com um Homem Pela Primeira Vez Numa Cabine de Dormir Durante Uma Viagem de Trem Pela Itália.

Comecei a sentir o pânico se instalar. E se Iris estivesse certa? E se Charlotte não estivesse sozinha? Ela não estava bem. Charlotte estava muito vulnerável para tomar decisões espertas. Sem contar que ela não entendia como eu realmente me sentia por ela. E se ela tiver ido a essa viagem com o Blake para me irritar por ter dormido com ela e depois fugido? Ela esteve bem distante, ultimamente, e nunca mencionou, com todas as palavras, que as coisas com ele haviam acabado.

Charlotte não fazia ideia do nível de impacto que ela teve na minha vida, da profundidade dos meus sentimentos por ela, porque eu nunca lhe disse. Quem poderia culpá-la por pensar que não tinha mais nada a perder a essa altura? Porra, se os papéis fossem inversos, eu também estaria em um trem com o Blake.

Eu vinha enganando a Charlotte e a mim por meses. Ela acreditava que o homem que escreveu o bilhete azul não existia mais. Mas a verdade era que... mesmo que ela não estivesse com outro, eu queria ser o homem que faria amor com ela naquele trem.

— Você está bem, Reed?

— Não. Não, eu não estou. — Eu estava falando rápido demais. — Tenho medo de ter ferrado com tudo de vez com a Charlotte. Pensei que poderia viver sem ela, mas não posso. Agora, deve ser tarde demais para consertar as coisas. Um dos itens da Lista do Foda-se dela é fazer amor com um homem pela primeira vez em uma cabine de dormir de um trem. Se estiver com esse tal de Blake, ela vai dormir com ele.

Fiquei de pé e comecei a andar de um lado para o outro.

— Não é tarde demais, Reed. Charlotte quer estar com *você*. Mesmo que ela esteja com outro homem, isso foi só porque você a afastou. É você que ela quer. Você precisa ir até lá e dizer a ela como se sente.

Virei-me para minha avó.

— E se ela estiver com ele?

— Diga mesmo assim. Você não pode deixá-la escapar.

Por Deus, ela tinha razão.

— Não. Eu não posso mesmo. Ela é a pessoa certa pra mim, vovó. É ela, e perceber isso tem sido assustador... mas é inegável.

— Então, vá! Você não tem muito tempo para alcançá-la antes que ela pegue o trem.

Não consegui um voo que me permitiria embarcar no trem de Charlotte em Paris. A única chance que eu tinha de conseguir entrar no trem seria pegá-lo quando fizesse parada em Veneza, a caminho de Roma, que, de acordo com seu itinerário, seria seu destino final. Isso significava que eu poderia muito bem chegar e descobrir que Charlotte já havia realizado seu desejo de fazer amor em uma cabine de dormir com o Blake, já que o trem só chegaria em Veneza pela manhã.

Era um risco que eu tinha que correr.

Quando pousei em Veneza, tudo o que eu queria era chegar à estação de trem. Estava dependendo da internet do meu celular para me ajudar a chegar lá, mas, por alguma razão, não tinha sinal. E, meu Deus do céu, eu não conseguia encontrar ninguém que falasse a minha língua. Mesmo que eu não tivesse sinal de internet, ainda conseguia enviar mensagens de texto.

Nota mental: nunca confiar que o Max vai me levar a sério quando eu pedir que ele traduza algo para italiano para mim. Em vez de ir para a estação de trem mais próxima, acabei indo parar em um bordel.

Lembre-me de torcer o pescoço dele quando eu voltar para casa.

Mesmo depois que meu sinal retornou, o desvio já tinha me atrasado pelo menos meia hora. *Porra, Max.* Meu tempo estava acabando.

Finalmente cheguei à ferrovia Venezia Santa Lucia. Havia dezesseis plataformas, e eu tinha que me virar para descobrir em qual delas o trem noturno de Charlotte pararia. Aparentemente, Veneza seria a primeira parada e também o destino final de alguns passageiros. Aqueles que seguiriam para Roma permaneceriam no trem. Eu não somente não fazia ideia se Charlotte estava realmente nesse trem, como também não sabia se ela estava com aquele cara. Meus nervos estavam à flor da pele. Senti-me enjoado.

Com sorte, encontrei alguém que entendia a minha língua e consegui descobrir em qual plataforma o trem faria a parada. Comprei a passagem para Roma e fui até o outro lado da estação para esperar perto dos trilhos.

Minha mente estava acelerada. O que eu ia dizer a ela? Sentia que tinha que preparar dois discursos diferentes, para dois cenários diferentes. As emoções estavam transbordando no meu peito, mas nenhuma palavra se formava no meu cérebro. Eu só esperava conseguir elaborar algo coerente, se tivesse a oportunidade.

Bem na hora certa, às 11:05, o trem parou na estação. Com meu coração martelando no peito, fiquei olhando uma multidão sair do vagão frontal e pegar suas bagagens.

Entreguei minha passagem para o condutor e entrei no trem, encontrei um assento e esperei impacientemente. Eu não queria fazer nada que pudesse causar problemas enquanto o trem estava parado, pensando que seria bem menos provável quererem me expulsar se estivéssemos em movimento.

Assim que o trem partiu, levantei e caminhei até onde ficavam as cabines. Bati em todas as portas. Ou eu não recebia resposta alguma, ou era recebido — em alguns casos, não muito cordialmente — por pessoas que não eram Charlotte Darling.

Ela ao menos estava nesse trem?

Eu tinha certeza, àquela altura, de que preferiria não encontrá-la a me deparar com ela e outro homem em alguma posição pós-coito.

Meu coração parou por um momento quando segui para o último vagão, onde ficava a sala de jantar. Estava vazia, exceto pela loira linda e angelical sentada em um canto, comendo um croissant e olhando pela janela.

Sozinha.

CAPÍTULO 37
CHARLOTTE

Pegar uma viagem de trem durante a noite toda foi um erro. Não consegui dormir nem um pouco. O movimento, combinado com a minha mente cheia, me impediu de conseguir fechar os olhos.

Viajar em uma cabine de dormir em um trem pela Itália não era nada como imaginei. Era uma experiência solitária e desconfortável.

Eu sentia saudades de casa.

Eu sentia saudades do Reed.

Por mais que me deixasse triste, era a verdade.

Decidi ir para a sala de jantar para tomar café da manhã e sentei-me perto da janela, com o vagão inteiro só para mim. Ainda na *vibe* de comida francesa, pedi um croissant e um café.

Olhando pela janela, fiquei maravilhada com a paisagem cênica italiana. Meus olhos permaneceram fixos nas plantações do lado de fora, até que o reflexo de um homem que parecia demais com Reed surgiu no vidro.

Eu estava alucinando.

Será que comer laticínios demais pode causar alucinações?

Pisquei. Quando vi que ele ainda estava ali, girei para a esquerda e coloquei minha mão sobre o peito, deparando-me com ele.

Reed?

Meu Deus, Reed!

Sua boca estava tremendo enquanto ele me encarava.

— Você está sozinha?

Incapaz de formar palavras, apenas assenti.

Seus ombros estavam subindo e descendo. Reed estava bem despojado, com barba por fazer, como se estivesse fazendo um mochilão pela Europa. Ele estava usando calça cargo e botas.

Isso é um sonho?

— Você parece que está indo para a guerra — eu disse.

— Eu pensei que estava. — Ele exalou com força. — Pensei que você estava aqui com um homem.

— Você veio até aqui porque pensou que eu estava com um homem?

— Sim. — Ele fechou os olhos. — Quer dizer, não. Eu não sei. Acho que teria vindo de qualquer jeito. Eu tenho tantas coisas pra dizer, Charlotte.

— Eu não acredito que você está aqui.

Ele finalmente se aproximou, sentando-se ao meu lado e me puxando para um abraço. Apertei-o com força e comecei a chorar.

— Senti tanto a sua falta, Reed.

Ele respirou contra o meu pescoço.

— Ah, linda. Eu também senti a sua falta. — Ele se afastou para me olhar. — Bonnie Raitt tinha *mesmo* razão...

— Como assim?

Ele me olhou nos olhos por vários segundos antes de falar.

— Não dá para fazer alguém amar uma pessoa. Mas o oposto também é verdade. Nada nem ninguém pode fazer alguém *parar de amar* uma pessoa. Eu tentei tanto não te amar, Charlotte. Mas eu te amo com todo o meu coração e a minha alma.

As lágrimas caíram mais ainda conforme abracei-o pelo pescoço.

— Meu Deus, Reed, eu te amo tanto.

Ele aproximou a boca da minha orelha.

— Podemos ir para a sua cabine de dormir? — ele perguntou. Senti a excitação me preencher.

— Sim.

Levantamos com pressa e seguimos para a minha cabine. No segundo em que a porta fechou atrás de nós, seus lábios envolveram os meus. Eu não aguentaria se ele me dissesse mais uma vez que não poderíamos ficar juntos. Eu amava esse homem e não queria viver mais sequer um segundo sem ele.

Sua ereção pressionou o meu abdômen quando ele me empurrou para a cama.

— Eu tenho tanta coisa pra falar — ele disse contra os meus lábios ao pairar sobre mim. — Mas eu preciso estar dentro de você enquanto falo. Por favor.

Ofegando, assenti.

— Sim.

As mãos dele se atrapalharam ao tentar tirar minha calça jeans. Eu o ajudei a deslizá-la por minhas pernas sem afastar meus lábios dos dele nem um segundo.

Eu já estava muito molhada quando sua glande grossa pressionou minha entrada. Ele estava dentro de mim completamente após apenas uma estocada forte. Reed estava me fodendo como se tivesse atravessado o mundo só para fazer isso. E ele tinha mesmo, de certa forma.

Minhas mãos correram por seus cabelos já bagunçados. Sua barba arranhou meu queixo conforme ele devorava minha boca.

— Eu te amo, Charlotte — ele sussurrou no meu ouvido enquanto me penetrava. — Eu te amo tanto, e sinto muito por não saber como parar. Porra, eu não consigo parar. Eu sou um filho da puta egoísta. E preciso de você do meu lado mesmo que isso acabe arruinando a sua vida. Eu preciso de você.

— Você *salvou* a minha vida, e não quero ter que viver sem você nunca mais.

— Enquanto eu estiver respirando, você não terá.

A conversa parou quando ele começou a bombear mais forte dentro de mim. A cama sob nós estremeceu. O trem estava se movendo, mas, de alguma maneira, ainda parecia que éramos nós que estávamos chacoalhando o vagão. Nossa primeira vez no Texas tinha sido mais do que incrível, mas não havia palavras para descrever o quão gostoso estava sendo aquele momento. Meu orgasmo veio sem avisar. Enquanto eu gritava em êxtase, o corpo de Reed estremeceu antes que seu gozo quente me preenchesse.

Talvez a sensação fosse diferente porque, dessa vez, eu tinha a certeza de que ele era meu.

— Isso é pra valer, Reed?

Ainda dentro de mim, ele beijou meu pescoço.

— Essa é a coisa mais real que já vivenciei. Eu quero tudo, Charlotte. Eu quero casar com você, eu quero que você tenha os meus filhos, se for isso que você quer, e eu quero realizar todos os seus sonhos.

Sua declaração me fez explodir em lágrimas.

— Eu disse algo errado? — ele perguntou.

— Não. Estou tão feliz, Reed.

Ficamos apenas olhando nos olhos do um outro e sorrimos. A felicidade em sua expressão espelhava a minha.

Ele saiu de dentro de mim lentamente e me aconchegou em seus braços.

— Sabe — ele começou, falando contra a minha pele. — Eu nunca tinha considerado o que aconteceu com Allison uma bênção, até você aparecer. Se ela não tivesse me deixado, eu nunca teria te conhecido. O meu amor por você vai além de qualquer coisa que já senti por outra pessoa, Charlotte. Não tem comparação.

— Em parte, eu estava chorando porque você mencionou filhos. Por alguma razão, eu tinha medo de que talvez você tivesse receio de ter filhos. Ouvir você dizer que quer ter filhos comigo é um sonho se tornando realidade.

— Nós nunca falamos realmente sobre isso, mas eu sempre suspeitei de que você queria ter filhos — ele disse.

— Sim, mas quero você mais.

— Que bom, porque quero te dar as duas coisas. Vou ter que colocar uma boa quantidade de fé em Deus de que estou tomando a decisão certa. Você sabe que me preocupo com a minha habilidade de cuidar de você e deles. Mas não há nada que eu queira mais do que ter uma pequena Charlotte.

Meus olhos se encheram de lágrimas novamente.

— Estou tão feliz, Reed.

— Eu também. — Ele me beijou antes de dizer: — Mal posso esperar para ver Roma com você. Que tal voltarmos para Paris por alguns dias também?

Arregalei os olhos.

— Sério?

— Eu quero ver com você. Nunca estive lá.

— Posso te mostrar tantas coisas! Encontrei tantos cafés por lá. Tanto pão e tanto queijo!

— Queijo, hein? Bem, agora estou mesmo muito animado.

Comecei a repassar os eventos da última meia hora na minha cabeça.

— Ei... o que te fez pensar que eu estava aqui com um homem?

— Iris. Ela colocou na minha cabeça que aquele tal de Blake estava aqui com você.

Fechei os olhos e não consegui evitar a risada. Iris sabia muito bem que eu não tinha viajado com Blake. Ela havia dito isso para deixar Reed com ciúmes. Ela o tinha enganado direitinho.

Eu teria que me lembrar de agradecê-la.

CAPÍTULO 38
REED

Três meses depois

Reuniões de equipe que contavam com a presença de Charlotte sempre me deixavam distraído.

Não importava o fato de que ela havia se mudado para o meu apartamento e que eu podia dormir com ela todas as noites. Sempre que ela estava por perto, eu não conseguia focar em mais nada. Mas hoje, esse sentimento estava particularmente forte, e eu sabia exatamente por quê.

Iris mantinha um sorriso no rosto sempre que Charlotte e eu estávamos no mesmo ambiente que ela. Minha avó já considerava Charlotte parte da família. No jantar de domingo em Bedford na semana anterior, Iris havia desenterrado as fitas com as gravações do tempo em que eu cantava em corais. Eu podia ter resistido, mas a deixei mostrá-las a Charlotte. Isso era o quanto eu confiava no amor de Charlotte por mim; nada poderia destruir a forma como ela me via, não importava o quão vergonhoso aquilo fosse.

O contador estava falando e falando sobre os relatórios trimestrais, e eu não estava ouvindo uma palavra do que ele dizia.

Discretamente, abri a pasta no meu laptop que continha o documento com a minha lista de desejos e acrescentei mais um item: *Casar Com Charlotte Darling*.

Ela olhou para mim, e eu imediatamente fechei o documento, mesmo que ela não pudesse ver o que eu estava escrevendo. No entanto, eu tinha a sensação de que ela sabia que eu estava aprontando alguma coisa.

Quando a reunião terminou, peguei minha caneta e escrevi no meu bloco de notas.

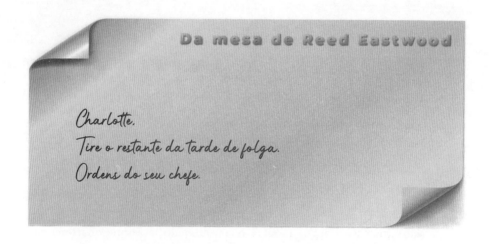

Da mesa de Reed Eastwood

Charlotte,
Tire o restante da tarde de folga.
Ordens do seu chefe.

Entreguei-lhe o bilhete enquanto as pessoas se dispersavam. Ela olhou para o papel e estreitou os olhos.

— O que você está aprontando... *chefe*?

— Eu cancelei as minhas reuniões da tarde. Vamos para casa relaxar.

— Quem é você? Você não é mais o viciado em trabalho que eu conhecia.

— É, bem, acabei me viciando em outras coisas, hoje em dia. No caso, em você.

De volta ao apartamento, Charlotte tinha acabado de sair do chuveiro quando decidi mostrar a ela uma das surpresas que eu tinha na manga.

— Lembra da nossa primeira visita a Bridgehampton? E que a proprietária era uma artista que faz pinturas retratando como casais se conheceram?

— Sim, eu me lembro de achar isso muito legal.

— Bem... eu a procurei e pedi que fizesse uma para nós.

O queixo dela caiu.

— Você tá brincando? — Ela pareceu, então, pensar um pouco mais. — Espera... como nos *conhecemos*? Aquela não foi exatamente uma experiência muito romântica. Foi o contrário, na verdade. Isso vai ser muito interessante.

— Bom, eu sei disso. Então, digamos que dei um toque único à minha descrição.

Fui até o canto do quarto e ergui o quadro para levar até ela.

Abri-o aos poucos, retirando o embrulho de plástico-bolha. Eu ainda não o tinha visto também, porque queria ser surpreendido tanto quanto Charlotte.

— Meu Deus! — Charlotte gritou. Ela cobriu a boca com a mão e começou a gargalhar descontroladamente.

E eu? Eu estava segurando a barriga de tanto rir.

A artista havia feito um trabalho fenomenal ao retratar Charlotte e eu sobre uma prancha de surfe, com um cão na parte da frente. Estávamos praticando surfe para cães. A interpretação dela quanto à expressão no rosto de Charlotte foi certeira. Eu havia dado fotos nossas à artista para que ela pudesse se basear. Na pintura, eu estava na parte de trás da prancha, segurando-me com força e parecendo aterrorizado, enquanto Charlotte estava rindo sem a mínima preocupação. A língua do cachorro estava para fora e os olhos dele pareciam possuídos. Isso era clássico e ficaria exposto para sempre na sala principal de qualquer lugar que morássemos.

Ela estava rindo tanto.

— Esse é o melhor presente que alguém já me deu.

— Ainda não terminei com os presentes por hoje — eu disse.

— Ah, não?

Esfreguei as mãos e preparei-me para a minha próxima surpresa.

— Então, eu estava pensando... na última vez que cheguei, vi que só tem um item na sua Lista do Foda-se que você não cumpriu ainda.

Seus olhos moveram-se de um lado para o outro enquanto ela pensava sobre isso.

— Esculpir um Homem Nu...

— Sim. — Sorri, nervoso. — Bom... eu gostaria de ser o seu modelo.

— Está falando sério?

— Mais sério impossível.

Meu quarto extra tinha se transformado no espaço de arte de Charlotte. Eu não fazia ideia se ela ao menos tinha as ferramentas certas para fazer isso hoje, mas esperava que ela concordasse.

— Isso é uma loucura... mas de um jeito bom. — Ela estava sorrindo de orelha a orelha. — Eu *adoraria* esculpir você.

— Então, estou aqui pra isso.

— Não acredito que você quer mesmo fazer isso.

— Por que não? Eu não ia mesmo querer que você esculpisse um outro cara nu.

— Acho que entendo o seu ponto.

— E eu tenho certeza de que isso, de algum jeito, vai terminar em sexo. Então, eu não poderia estar mais ansioso.

— Você vai ter que ficar de pé parado por um bom tempo, sabia?

— Estou nessa pra valer.

Um sorriso largo espalhou-se pelo seu rosto.

— Eu também, Reed.

Eu sabia que ela não se referia apenas àquele momento.

— Lembra da primeira noite que fui para o seu apartamento, quando eu disse que a Allison tinha se esquivado de uma enrascada?

— Sim.

Coloquei as mãos em seus ombros e olhei em seus olhos.

— Fui eu que me livrei de uma enrascada, Charlotte. Nem consigo imaginar ter ido em frente com aquele casamento. Eu nunca saberia que o meu amor verdadeiro ainda estava por aí. O que sinto por você vai além de qualquer coisa que já senti na minha vida. Até mesmo a esclerose múltipla... tudo teve que acontecer exatamente como aconteceu para que eu pudesse ficar com você. Eu não mudaria nada, se significasse que te encontraria. Sempre serei grato à Allison por ter me deixado, porque agora sei que tenho uma capacidade ainda maior de amar, de um jeito que nunca achei que fosse possível. Teria sido trágico nunca perceber isso. Eu só espero poder te fazer tão feliz quanto você me faz.

— Você já me faz a mulher mais feliz do mundo. Eu não sei se foi a magia do vestido, o destino, ou Deus, mas algo me trouxe até você. Nunca tive dúvidas de que eu estava destinada a te encontrar e ser sua. Sempre senti o seu amor por mim, mesmo quando você estava tentando lutar contra. Foi isso que me impediu de desistir de você. Eu nunca vou desistir de você, Reed. Estou nessa pra valer, porque eu quero estar. Você entende?

— Eu entendo isso agora, amor.

— Ótimo.

Sorri.

— Então, vamos para o espaço de arte?

— Depois de você.

Charlotte acendeu as luzes e começou a reunir seus materiais.

— Normalmente, eu faria somente o torso. Mas adoraria tentar esculpir a parte abaixo da cintura.

— Você quer moldar o meu pau? Você tem argila suficiente pra isso? — Pisquei para ela.

— Posso dar um jeito.

— Se você quiser que eu fique duro, vai ter que tirar a blusa. É justo eu ter algo para olhar também, já que vou ter que ficar aqui pelado por uma hora.

Para meu deleite, ela obedeceu, concordando em me esculpir com seus lindos peitos à mostra.

Era fascinante vê-la tão focada. Ela colocou um monte enorme de argila em um mastro de metal e usou o que parecia ser uma espátula para amaciar o material.

— Eu só preciso pegar um pouco de água. Volto já — ela disse.

Ali estava. Aquele era o momento de colocar meu plano em ação. De algum jeito, eu tinha que permanecer *duro* para isso funcionar.

Fique duro.

Fique duro.

Sem Charlotte e seus peitos lindos diante de mim, isso não era garantido. Alcancei o bolso da minha calça para tirar de lá um pacotinho de veludo, amarrando a fitinha para formar um laço. Deslizei pelo meu pau ainda rígido e deixei o pacotinho pendurado no meu membro como se fosse um enfeite.

Quando ela voltou, voltei à minha pose estoica e esperei-a notar. Alguns segundos depois, ela olhou para baixo.

— O que é isso?

— Como assim?

— Esse negócio preto pendurado no seu pau.

— Eu não sei do que você está falando — eu disse, abafando minha risada.

Ela inclinou a cabeça de lado.

— Reed...

Olhei para baixo.

— Ah! Isso... entendi. — Acenei com a cabeça. — Por que não vem mais perto para ver?

Ela limpou as mãos e se aproximou devagar, antes de deslizar cautelosamente o pacotinho de veludo do meu pau.

— O que tem dentro disso, Reed?

Peguei-o da sua mão.

— Enquanto me esculpir nu completa a sua Lista do Foda-se por enquanto, eu acrescentei um item muito importante à minha hoje, um sem o qual a minha vida não seria completa. — Coloquei um joelho no chão e abri o pacote, tirando de lá o anel de noivado com diamante em forma de pera de dois quilates. — Charlotte Darling, você pode me ajudar a realizar o maior desejo da minha lista? Você quer ser minha esposa?

Minha mão tremeu conforme eu deslizava o anel em seu dedo. Isso a fez pausar. Ela olhou para mim, e eu lhe dei um sorriso tranquilizador, recusando-me a acreditar que era um tremor e me convencendo de que era uma reação nervosa.

Agora não. Vai se foder.

Lágrimas escorriam por suas bochechas.

— Sim! Sim, é claro que quero!

Ainda completamente pelado, ergui a minha linda noiva sem blusa no ar.

— Você acaba de me fazer o homem mais feliz da face da Terra.

— Não acredito que você armou isso sem que eu descobrisse.

— Não foi muita dureza.

Ela passou a mão pelo meu membro.

— Vou ter que discordar.

EPÍLOGO
CHARLOTTE

Vinte e seis anos depois

Lustres brilhantes iluminavam o enorme espaço rústico, que estava adornado com arranjos centrais de mesa formados por torres de flores exuberantes. Tecidos que caíam em cascata do teto complementavam a atmosfera de conto de fadas.

Enquanto observava a pista de dança, desejei que Iris ainda estivesse aqui para ver sua bisneta se casar.

Dominada pela emoção, segurei a mão de Reed enquanto assistíamos à nossa filha, Tenley Iris, e seu marido, Jake, dançarem ao som de *What a Wonderful World*, de Louis Armstrong.

Era inegável o fato de que Tenley havia herdado os genes do pai — cabelos e olhos escuros —, enquanto nosso filho, Thomas, puxou a mim, com cabelos loiros e olhos azuis. Meu foco viajou até a mesa principal. Sentado ao lado de seu tio Max, Thomas estava sorrindo de orelha a orelha enquanto assistia à sua irmã mais velha dançar com o marido. Era bom tê-lo conosco no fim de semana, antes de ele ter que voltar para a faculdade.

No outro canto do salão, meus dois irmãos, Jason e Justin, estavam sentados com suas famílias. Nós nos aproximamos no decorrer dos anos e nos reuníamos durante alguns feriados no Texas. Eu nunca consegui descobrir quem era o meu pai biológico. Meus irmãos diziam que minha mãe havia dito a eles que era um cara que estava de passagem pela cidade e acabou tendo que ir embora. Mesmo com o investigador de Reed no caso, nós nunca o encontramos.

Quando a dança terminou, o DJ anunciou que estava na hora da dança de pai e filha.

Arrepios permearam meus braços. Olhei para Reed.

— Você está pronto?

— Sim — ele respondeu sem hesitar.

Tenley se aproximou e ofereceu a mão ao pai, que levantou com cuidado da cadeira de rodas. Mesmo que meu marido não estivesse limitado a uma cadeira de rodas, ele precisava fazer intervalos frequentes quando tinha que ficar de pé o dia todo. Eu sabia que ele queria economizar energia para esta dança. Sua performance na igreja mais cedo já havia exigido muito dele, emocional e fisicamente. Meu lindo marido nos surpreendeu ao finalmente se render à apresentação que ele sempre quis fazer, cantando com o coral da igreja durante a cerimônia de casamento. Ele havia feito até mesmo uma pequena parte solo.

No decorrer dos anos, a esclerose múltipla começou a se manifestar, mas isso não roubou a determinação e o espírito de Reed. Havia dias bons, nos quais ele se sentia melhor do que em outros, e, de modo geral, os dias bons superavam os ruins. Mas a esclerose múltipla não era mais algo que podíamos ignorar, por mais que quiséssemos.

Quando *Dream a Little Dream*, de Cass Elliot, começou a tocar, fiquei arrepiada. Tenley havia escolhido essa música porque Reed costumava cantá-la para ela quando ela era criança.

Com as mãos entrelaçadas, eles se embalaram de um lado para o outro no ritmo da música. Ele estava fazendo todo o possível para não demonstrar que estava se esforçando. Fiquei incrivelmente emocionada por Reed estar podendo fazer isso. Significava tanto, especialmente devido ao último item que ele havia acrescentado à sua lista de desejos: *Dançar Com a Tenley no Dia do Seu Casamento.*

Então, essa dança era tudo.

Lágrimas nublaram a minha visão. Os convidados aplaudiram com muito entusiasmo quando a dança terminou. Tenley e Reed andaram de mãos dadas até mim, e nós três nos juntamos em um abraço.

Reed, então, voltou logo para sua cadeira de rodas. Eu sabia que ele havia usado cada gota de energia naquela dança e precisava descansar. Mas ele dançaria com sua filha hoje nem que fosse a última coisa que ele fizesse na vida.

Tenley se afastou, deixando Reed e eu sozinhos.

— Você foi ótimo — eu disse, inclinando-me para beijá-lo. Ele abriu um sorriso malicioso para mim.

— Sabe o que seria incrível para finalizar esse dia?

— O quê?

— Você me cavalgando nessa cadeira.

Algumas coisas nunca mudam.

— Sexo sobre rodas? — Sorri.

Caímos na gargalhada. Reed havia me contado sobre o rapaz no Central Park que o deixou impressionado anos atrás. Nós costumávamos brincar sobre fazer "sexo sobre rodas" sempre que ele precisava usar a cadeira. E, de fato, nós fizemos "sexo sobre rodas" várias vezes.

Tenley segurava a saia do seu vestido ao vir apressada na minha direção.

— Ei, mãe, eu não quero ficar dançando com o bilhete no meu vestido. Pode acontecer alguma coisa com ele. Você pode guardá-lo para mim?

— Claro.

Ergui o tecido e retirei o bilhete com cuidado.

Para ser o seu "algo azul", Tenley quis prender em seu vestido o bilhete azul que Reed me deu no dia do nosso casamento — o mesmo bilhete que eu havia usado dentro do meu próprio vestido.

— Obrigada, mãe. — Ela curvou-se para dar um beijo no pai antes de sair correndo.

Enquanto Reed mantinha os olhos fixos na filha, sorri diante do seu olhar de orgulho. Antes de guardar o bilhete na minha bolsa de mão, fiquei nostálgica ao lê-lo.

Da mesa de Reed Eastwood

Para o meu único amor e alma gêmea, Charlotte.

Eu não preciso da ajuda de um poeta para demonstrar o meu amor por você. Tentar reduzi-lo a algumas frases nunca faria jus aos meus reais sentimentos. Nem mesmo meus sonhos mais loucos poderiam conceber o nível de amor que tenho no meu coração hoje. Você vai além dos meus sonhos mais loucos. Meu amor por você é infinito. Você. É. Tudo.

Seu amor.

Reed

AGRADECIMENTOS

Em primeiro lugar, obrigada a todos os blogueiros que divulgam as novidades sobre os nossos livros com tanto entusiasmo. Somos eternamente gratas por tudo o que vocês fazem. Seu empenho é o que ajuda a criar empolgação e nos apresenta a leitores que podem nunca ter ouvido falar de nós.

Para Julie. Obrigada pela sua amizade, apoio diário e encorajamento. Mal podemos esperar por mais livros seus em breve!

Para Luna. O que nós faríamos sem você? Obrigada por estar conosco todos os dias como uma amiga e muito mais, e por nos abençoar com o seu talento criativo incrível.

Para Erika. Obrigada pela seu amor, amizade e apoio. Seu olho de águia também é fantástico.

Para a nossa agente, Kimberly Brower. Obrigada por trabalhar incansavelmente para ajudar esse livro a render frutos. Temos tanta sorte por podermos te chamar tanto de amiga como de agente. Estamos muito animadas pelo ano que temos à frente e somos gratas por você estar conosco em cada passo.

Para a nossa editora incrível na Montlake, Lindsey Faber, para Lauren Plude e todo o time da Montlake. Obrigada por trabalharem tanto para garantir que o resultado final de *Hate Notes* fosse o melhor possível. Foi um prazer absoluto trabalhar com vocês.

Para J. Iron Word. Obrigada por nos permitir usar sua linda citação que inspirou a história.

E, por último, mas não menos importante, para nossos leitores. Nós continuamos a escrever por causa da avidez que vocês têm por nossos livros. Nós adoramos surpreendê-los e esperamos que vocês tenham curtido ler esse livro tanto quanto nós curtimos escrevê-lo. Obrigada por todo o entusiasmo, amor e lealdade. Amamos vocês!

Com muito amor, Penelope e Vi.

Entre em nosso site e viaje no nosso mundo literário.
Lá você vai encontrar todos os nossos
títulos, autores, lançamentos e novidades.
Acesse www.editoracharme.com.br

Você pode adquirir os nossos livros na loja virtual:
loja.editoracharme.com.br

Além do site, você pode nos encontrar em nossas redes sociais.

 https://www.facebook.com/editoracharme

 https://twitter.com/editoracharme

 http://instagram.com/editoracharme